다른 세계와 나

다른 세계와 나

모옌 에세이집 ㊦

박재우·배도임 옮김

아시아

차례

4부 초원이 존재하지 않는다면 누가 뻔뻔스럽게 계속 살아갈까

차례

2부 삶을 질투하지 않는 문학, 문학을 질투하지 않는 삶

먹는 일 세 가지 이야기

초 패왕과 전쟁

기이한 봉우리를 죄 찾아 밑그림으로 삼다

달빛은 물처럼 검은 옷을 비추누나

개 이야기 세 편

전에 머물던 곳을 다시 돌아보니

'국가 애도일'에 일어난 조그만 일 두 가지

예전의 설날

말발굽

말馬의 말

그림 밖의 목소리

전쟁문학에 대한 이런 생각 저런 생각

당대문학 자유 토크

충웨이시 선생 이야기

악을 알아야 선하게 될 수 있다

마오 주석이 돌아가신 날

소설의 밖에서

박재우 교수는 나의 오랜 벗이다. 그는 중국문학을 연구하고 또 중국문학을 한국에서 번역 소개하고 보급하는 데 힘쓰고 있다. 아울러 그는 중국 작가와 한국 작가의 만남과 대화도 적극적으로 추진하고 있다. 에세이도 들어 있고 강연도 들어있고 머리글도 들어 있는 이 책은 박재우 교수와 그의 제자 배도임 박사가 한글로 번역하였다. 그래서 나는 마음이 든든하고 뿌듯하다.

여기에 수록된 글은 모두 내가 비교적 편하게 쓴 작품이다. 생각나는 대로 편하게 썼기 때문에, 내 성격과 인품을 있는 그대로 더 잘 드러내고, 소설 '밖'에 있는 나를 더욱 많이 이해할 수도 있다.

지금까지 내 소설은 대부분 거의 다 한글 번역본이 있다. 그 가운데는 훌륭하게 번역된 것도 있고, 비교적 거친 것들도 있다. 이는 한편으로 문학작품 번역이 쉽지 않다는 사실을 설명하고, 또 다른 한편으로 독자가 번역서 한 권이나 몇 권을 읽어서는 어떠한 외국 작가에 대하여 객관적인 인식을 얻지 못할 가능성이 있다는 점도 설명한다. 바로 그러한 까닭에, 박재우 교수가 책임 번역한 이 책을 나는 특별히 소중히 여긴다.

작가는 소설을 쓸 때, 사실은 소설 속 인물을 돌아가면서 역을 맡아 연기한다. 작가의 개성이 물론 어떤 인물들에게서 구체화할 수 있긴 하지만, 대부분 경우에 작가는 무대 뒤에 숨어있다. 그렇지만 에세이를 쓰거나 강연할 때, 작가는 얼굴을 드러내지 않고 속마음을 쏟아낸다. 이러한 글은 소통의 장애를 없애주므로, 무릎을 맞대고 흉금을 터놓고 이야기하는 듯이 읽을 수 있다.

나는 전에 한국에 열 번 갔었고, 많은 벗을 사귀었다. 한국의 벗들이 박재우 교수가 번역한 이 책을 그들에게 다정한 안부를 묻는 내 편지로 여기기를 바란다. 코로나19 상황이 하루빨리 물러가서 우리가 한국이든 중국이든 아니면 다른 어디서든 다시 만날 수 있기를 기대한다.

2022년 11월 28일

모옌

일러두기

1. 이 책은 베이징北京 문화예술출판사文化藝術出版社에서 2010년에 출판한 『莫言散文新編』을 우리말로 옮긴 것이다.
2. 지은이 주석과 옮긴이 주석은 같은 일련번호를 가지며, 지은이 주석에는 [지은이]라고 표시하였다.
3. 제목을 표시하는 기호로 단행본에는 『 』, 단편소설은 「 」, 잡지와 신문에는 《 》, 영화나 음악의 제목에는 〈 〉 사용하였다.

3부

다른 세계와
나

처음으로 칭다오에 가다

처음으로 칭다오青島에 가기 전부터 사실상 나는 칭다오에 대해 잘 알고 있었다. 지금으로부터 30년 전에 바로 인민공사가 한창일 무렵이다. 온 마을 사람들이 몇몇 소대로 나뉘어 집단으로 함께 일을 하였다. 가난하기는 하였지만, 확실히 제법 즐거웠다. 그 가운데 이름이 팡란화方蘭花라고 하는 여성의 남편이 칭다오에 주둔하는 군대에서 작은 지프를 운전하였다. 해병대라고 하였는데, 회색 군복을 입고 매우 우쭐거렸다. 칭다오는 우리 고향에서 그리 멀지 않고, 이 군인이 늘 작은 지프를 몰고 와서 팡란화를 데려갔다. 팡란화가 돌아와서 우리와 함께 일을 할 때마다 그녀가 칭다오에서 구경한 좋은 풍경과 먹어본 맛있는 것들을 우리에게 말해주었다. 무슨 잔교棧橋니, 루쉰공원이니, 해수욕장이니, 동물원이니, 수족관이니, 민물새우 볶음이니 매콤달콤 돼지 안심이니, 새하얀 찐빵을 맘대로 먹을 수 있다느니. 그녀의 의기양양하고 생생한 묘사를 통해서 나는 칭다오에 가본 적은 없지만 이미 칭다오의 풍경과 음식에 대해 잘 알게 되었고 눈을 감으면 그러한 풍경들이 눈앞에 나타나는 것 같았다. 팡란화는 칭다오의 풍경과 음식에 관한 이야기 말고도 칭다오 사람의 몰염치에 대해서도 말하였다. 그녀는 처음에 목소리를 낮추고 조용조용 "저 칭다오 사람들은 정말 창피를 모르는 게 버릇인가 봐요……." 하고 말하였다. 그런 다음에 별안간 목소리를 높여서 온 세계가 모두 들어야 한다는 듯이 크게 "그들은 환한 대낮에 바닷가 절벽 위에서 쪽쪽거리며 뽀뽀하고 난리도 아냐……." 하고 말하였다. 이러한 일이 풍경과 음식보다 더욱더 우리 같은 젊은이들의 흥미를 끌었고, 그래서 팡란화의 꽁무니 뒤에는 언제나 젊은이 한 떼거리가 따라가며 웅성웅성 "형수님, 형수님, 그런 거 좀더 이야기 좀 해주세요. ……더 이야기해주세요……." 하고 간청하였다. 그녀가 고개를 숙이고 우리를 쳐다보면서 "봐, 한도 끝도 없을 것 같은데, 너희들에게 뭘 더 말해줘?" 하고 말하였다.

생산대대에 일찍이 칭다오에 가서 새우젓과 앵무새를 판매했던 사람이 있었다. 성은 장張이고 이름은 성生인데, 왼쪽 눈에 인공 눈알을 했고, 목이 삐딱하고, 역사문제가 좀 있어서 온종일 입을 꾹 다물고 열지 않았다. 팡란화가 기세등등한 것을 보고는 기가 막혀서 마침내 참지 못하고 "팡란화, 당신 날마다 칭다오를 떠벌리지만, 당신은 당신 남편의 작은 지프를 타고 갔지, 당신은 기차 타고 칭다오에 가보았어? 당신은 가오미에서 기차를 타고 칭다오를 가면 무슨 정거장을 지나가야 하는지 알아?" 하고 말하였다. 팡란화는 눈을 부라렸지만 대답은 하지 못하였다. 그리하여 장성이 우쭐해져서 머리를 삐딱하게 하고 가보를 꿰듯이 가오미에서 칭다오까지 역이름을 하나하나 주워섬겼다. 그가 탄 것은 보나마나 완행열차였을 것이다. 역이름이 몇십 개 이상 되었기 때문이다. 나는 지금 가오미를 나가면 야오거좡이고, 야오거좡을 지나면 즈란좡이고, 즈란좡을 지나면 자오시이고, 자오시를 지나면 자오현이고, 자오현을 지나면 란촌이고, 그런 다음에 청양, 쓰팡 등이고, 마지막 역이 칭다오의 옛날 역이라는 것만 기억할 뿐이다. 하지만 당시에 나도 그 장성처럼 칭다오에서 가오미까지 길을 따라 거치는 역이름을 한 군데도 막하지 않고 외울 수 있고, 게다가 장성처럼 그렇게 거꾸로 줄줄 외울 수도 있었다. 그랬기에 나는 칭다오에 가보기 전에 이미 상상 속에서 여러 차례 기차를 타고 장성이 보고한 역이름을 따라 한 역 한 역 칭다오로 갔고, 그런 다음에 팡란화가 묘사한 관광노선을 따라 칭다오의 산 좋고 물 좋은 곳을 수없이 돌아다녔다. 게다가 수많은 산해진미를 맛보는 상상도 하였다. 기차를 타고 풍경을 돌아보는 상상은 좋은 것이지만, 맛있는 것을 먹는 상상은 좋지 않은 것이고 아주 괴로운 것이었다. 입 안에 침이 고이고 배에서 꼬르륵꼬르륵 소리가 났다. 멋쟁이들이 해변에서 연애하는 것을 보는 상상도 좋은 것이 아니다.

1973년에 설을 쇤 뒤에 나는 녹두 20근, 땅콩 20근, 새해 떡 20근을 등에 짊어지고 큰형과 그의 아들에게 보내기 위해 칭다오로 가서 배를 타고 상하이에 갔을 때, 낯선 도시로 가는 것이 아니라 마치 고향으로 돌아가는 길을 가는 것인 양 느꼈다. 하지만 칭다오에 도착하자마자 나는 완전히 방향을 잃어버렸다. 외삼촌 집인 광저우로廣州路 어귀에 있는, 어떤 목재소에 바짝 붙어있는 낮고 허름한 두 칸짜리 작은 판잣집에서 나와서 화장실에 한 번 갔다가, 그만 돌아가는 길을 찾을 수 없게 되었다. 나는 켜켜이 쌓인 판재와 더미더미 쌓인 원목 사이에서 오락가락하기를 점심때부터 저물녘까지 뱅뱅 돌았고, 절망한 나머지 몇 차례 울고 싶었으며 땀이 솜저고리를 흠뻑 적셨다. 마침내 내가 목재 더미 뒤쪽에서 큰형이 말하는 목소리를 듣고, 모퉁이를 돌아가자마자 외삼촌의 집 대문이 짠하고 눈앞에 나타났다.

내가 고향으로 돌아가서 일하다 쉬는 짬에 고향 사람들이 나에게 칭다오에 대한 인상을 물었을 때, 나는 만감이 교차해서 말하였다.

"칭다오에 목재가 정말 많아요, 칭다오 사람은 모두 목재 더미 안에서 살아요."

나는 오늘날의 칭다오는 진작 깜짝 놀랄 정도로 아름답고 깨끗한 도시로 변화된 것을 알고, 외삼촌이 당시에 살았던 그런 작은 판잣집을 찾아보고 싶고 그 많던 목재를 찾아보고 싶지만, 실현 가능성이 별로 없어 보인다.

사람 '인人'자의 구조

2008년 5월 12일, 지진이 발생한 그 시간에 나는 마침 스페인으로 가는 비행기를 타고 있었다. 비행기 창밖에 하얀 구름이 뭉게뭉게 피어올랐고, 가없는 대지 위의 산과 강의 흐름을 어렴풋이 분간할 수 있었다. 암스테르담 공항에 도착해서 비행기를 갈아탈 때 핸드폰을 켰다. 지진과 관련한 뉴스 열 몇 개가 늦을세라 앞다투어 튀어나왔다. 뉴스가 짧고, 게다가 여독 때문에 솔직히 그다지 큰일은 아닐 것이라고 여겼다.

비행기를 갈아타고 바르셀로나에 도착하였을 때는 현지 시각으로 새벽 1시였다. 비행기가 착륙할 때, 얼굴로 달려드는 수많은 등불을 보면서 무엇보다 먼저 떠오른 것은 이 도시에서 사는 전 국제올림픽위원회 위원장 사마란치였다. 십몇 년 전에 베이징에서 올림픽 개최를 신청할 때, 어떤 학교가 초등학생을 동원하여 사마란치에게 편지를 쓰게 하였다. 어떤 친구의 아들이 이렇게 썼다.

사 할아버지, 만약 할아버지가 올림픽을 베이징에서 개최하게 해주면 제가 할아버지를 우리 집에 오셔서 물만두를 드시도록 초대할게요. 우리 외할머니가 빚은 물만두가 얼마나 맛있는데요…….

베이징올림픽이 곧 개최될 것이다. 중국 사람이라면 누구나 개막식에서 백발이 성성한 이 자상한 노인을 보게 되기를 희망한다.

베이징올림픽 개막식의 감독은 나의 친구 장이머우이다. 1980년대에 그가 나의 소설을 바탕으로 각색한 영화 〈붉은 수수〉를 촬영할 때부터, 우리는 두터운 우정을 맺었다. 그가 올림픽 개막식 감독을 맡고부터 나는 줄곧 그를 대신해 아이디어를 생각하였다. 작년 여름에 나는 멋들어진 계획 한 가지를 생각해냈다고 여겨서 그와 만나기로 약속하였다. 그가 아주 흥분해 그 바쁜 중에 나와 함께 저녁밥을 먹었다. 계획을 그에게 내보였을 때, 그가 다 본 뒤에 웃었다. "이런 건 인터넷에 벌써 쌓이고 쌓였네. 자네의 것보다 훨씬 상세하게." 하고 말하였다. 나는 그의 귀중한 시간을 빼앗은 것 때문에 너무 미안하였다. 지금 개막식은 이미 숨가쁜 예행 연습 단계에 들어갔겠지? 나는 장이머우가 반드시 세계에 멋들어진 개막식을 선사해줄 수 있다고 믿는다. 그는 뛰어난 재능과 광적인 프로정신을 갖고 있고, 특히 다른 사람의 의견 속에서 창작의 영감을 얻기를 잘하기 때문이다.

이튿날 점심에 스페인 '아시아의 집'에서 스페인통신사, 《엘파이스》, 《엘문도》 등 매체의 인터뷰를 받을 때, 그제야 문제의 심각성을 알게 되었다. 거의 모든 기자가 무거운 표정에 침통한 말투로 중국에서 발생한 지진에 대해 언급하였기 때문이다. 통역을 맡은 중국 유학생도 나에게 지진이 발생한 장소와 대략적인 사상자 숫자를 알려주었다. 뒤이어진 두 차례 강연에서 사회자가 모두 무엇보다 먼저 중국의 지진 상황에 관한 그들의 관심과 지진 희생자에 대한 애도를 표시하였다. 강연 효과는 아주 훌륭하였다. 청중의 박수가 아주 뜨거웠다. 나는 이것이 나의 강연이 그토록 훌륭해서가 결코 아니라 올림픽, 짱두藏獨,[1] 중국에 대한 어떤 서양 매체의 왜곡 보도, 지진 등 많은 사건의 종합적인 효과라는 것을 안다. 이는 2008년 봄에 세계가 중국에 보낸 박수 소리이다. 베이징에서 거리를 걸어갈 때 나는 일반 민간인에 불과하지만, 외국의 어떤 장소에 가게 되면 신분에 변화가 생긴다. 이것도 나에게 국민과 국가의 관계를 체험하게 하였다.

청중의 질문에 대답할 때, 나는 강연장 뒤쪽에 걸려 있는 스페인 아시아의 집 마크를 빌려 많은 설명을 하였다. 그것은 한자의 사람 '인人'자였다. 글자가 아주 뻣뻣해서 마치 함께 지탱하고 있는 나무 토막 두 개 같아서, 그린 것이지 쓴 것이 아닌 게 분명하였다. 나는 몇 년 전에 아주 유행한 텔레비전 연속극의 삽입곡 〈세계의 축소판이 가정이야〉 속 가사 한 구절 "인人 자의 구조가 바로 서로 받쳐주

1 '짱두'는 티베트 독립운동을 하는 사람들, 행동대원을 가리키는 말이다. 특히 2008년 3월 14일 오후에 티베트 수도 라싸에서 일어난 대규모 시위를 가리킨다.

는 거야."라는 것부터 말하였다. 재난을 당한 사람은 서로 받쳐주어야 하고 평화를 누리는 사람도 서로 받쳐주어야 한다. 중국 사람이 서로 받쳐주어야 하고 온 세계의 사람, 심지어 정치적 관점이 일치하지 않은 사람, 종교 신앙이 다른 사람도 서로 받쳐주어야 한다. 서로 받쳐주어야만 그래야 생존 공간이 생긴다. 지진의 재난 속에서 살아남은 사람의 다수는 건축 재료가 받쳐주어서 만들어진 공간을 빌려 숨을 쉴 수 있었고, 그런 다음에 또 서로 받쳐주고 있는 사람들의 구조를 받아 새로이 살아갈 희망을 얻었다. 당신이 자신의 몸으로 다른 사람을 받쳐줄 때, 다른 사람의 몸도 당신을 받쳐주는 것이다. 당신이 참된 마음으로 다른 사람의 상처를 어루만져줄 때, 당신 자신의 영혼도 승화되고, 당신이 재난을 당하였을 때도 누군가 당신을 위로해주러 올 것이다.

이튿날, 마드리드 기차역에서 친구들이 나에게 몇 년 전 이곳에서 발생한 폭탄테러 사건을 말해주고 있을 때, 난데없이 뒤쪽에서 비명이 들렸다. 휙 고개를 돌려보니 어떤 백발이 성성한 노부인이 땅바닥에 넘어져 있었다. 주변의 사람들이 손에 들고 있던 짐을 내려놓고 우르르 달려들어 부축해주었다. 그들의 얼굴에 어린 내심에서 우러나온 배려의 표정이 나에게 깊은 감동을 주었다. 넘어진 사람이 마치 그들의 할머니인 것 같았다.

베를린에서의 연극 관람

3월 23일 저녁, 베를린 '세계문화의 집'에서 '문화와 기억'이라는 주제로 중국문화의 달 행사의 막을 열었다. 이는 독일 역사상 중국문화를 주제로 삼은 행사 가운데서 가장 큰 규모라고 하였다. 행사의 내용에 전통극 공연, 예술 강좌, 미술작품 전시, 작가 낭송 등 프로그램이 들어 있었다. 전통극에 매료되어 좋아하기 때문에, 나는 많은 프로그램 중에서 독일 관객에게 깊은 인상을 남길 수 있는 건 보나 마나 전통극 공연이라고 생각하였다. 개막식 날 밤의 공연 프로그램은 타이완 당대전기극장當代傳奇劇場, Contemporary Legend Theater의 설립자이자 이름난 경극 배우인 우싱궈吳興國의 1인극 〈이곳의 리어왕〉이었다.

우싱궈는 타이완에서 일찍부터 명성 높은 인물이고, 세계 연극계에서도 상당한 지명도를 갖고 있지만, 대륙 연극계에서는 오히려 오랫동안 거의 알려지지 않았다. 몇 년 전에 베이징에서 공연하고 또 베이징대학에서 강좌를 가진 뒤에 그의 이름도 차츰 알려지기 시작하였다. 물론 명성은 몸 이외의 것이고 중요한 것은 그가 지난 40년 동안 숱한 단련 끝에 이룩한 예술적 성취에 있고, 대륙의 동료, 많은 연극광과 후배 배우들의 관심을 이미 끈 데도 있다. 지금 거장의 계관을 우싱궈에게 바친다고 해도 안 될 건 없지만 그렇게 서두를 필요가 없다. 그의 것은 이르나 늦으나 그의 것이다. 하지만 '경극 혁명의 기수'라는 칭호를 그에게 바치고, 그에게 기수라는 칭호를 주어 그를 계속 돌격하게 할 수도 있다.

경극은 일찍이 그토록 눈부셨고 일찍이 그렇게 중국 백성의 일상생활에 깊이 영향을 끼쳤으며 일찍이 그만큼 중국 사람을 취한 듯 미친 듯 빠지게 하였지만, 사회의 발전과 과학기술의 진보에 따라서 날로 시들해지고 마침내 예술의 화석이 되어가는 중이다. 20세기 1980년대부터 대륙 연극계가 분발해서 경극의 영광을 다시 만들어내고 정부도 대대적으로 지원하며 위에서 아래까지 한마음으로 거의 죽음에 이른 전통극이 청춘을 회복할 수 있기를 희망하였다. 비슷한 시기에 타이완에서 우싱궈가 거의 혼자 힘으로 '전통에 대한 열정과 사랑을 분노의 혁명으로 전환하였다.' 그는 동료와 선배들의 '경극이 우리를 따라 무덤에 들어가려 한다.'라는 우려가 현실이 될까 봐 두려워하였다. 그는 '내가 가장 사랑하는 경극이 어떻게 사람들을 끌어들일 수 없어?'라며, 뜻을 같이하는 젊은이들과 함께 당대전기극장을 세웠다. 무엇보다 먼저 전통적인 경극 극본의 사상적 결핍, 구조의 산만, 언어의 투박함, 리듬의 늘어짐과 평면적인 인물 등에 대한 개혁부터 손을 대기 시작하였다. 그리하여

셰익스피어의 〈맥베스〉를 우싱궈의 것이자 타이완의 것이자 중국 것이기도 한 〈욕망의 도시〉로 각색하였다. 이 연극이 무대에서 선보였을 때, "관중은 미친 듯이 좋아하였고 어떤 사람은 소리를 지르고 어떤 사람은 눈물을 흘리면서 타이완 문예계를 일주일 동안 뒤흔들었다" 하였다. 물론 언제나 다른 견해도 있기 마련이다. '우싱궈는 경극 전통의 파괴자'라는 주장도 제법 세를 얻었다. 전통과 현대나 계승과 창조는 모든 낡은 예술의 오랜 갈등이다. 창조하지 않으면 죽는다. 하지만 창조의 척도를 어떻게 파악할 것인가? 고정 관객에게 아부할 것인가? 아니면 새 관객에게 밀착할 것인가? 의견이 갈피를 잡을 수 없고 일치된 결론을 내릴 수 없다. 나는 대담하게 혁신할 것을 주장한다. 주저 말고 폐허를 무너뜨리고 케케묵은 우상 따위는 부숴버리자. 설령 잘못을 바로잡으려다 너무 지나쳐 오히려 나쁘게 되더라도 괜찮다. 사실상 진작 우상이 된 저 거장들도 처음에는 모두 대담한 혁명가였다. 당시 그들의 창조도 환호와 질책을 수반하였다. 우싱궈는 찬양과 비판을 돌아볼 틈이 없다. 그는 한 편 한 편 새로운 연극으로 개편하였고, 작품으로 자신을 새로운 경지로 올리고 있다.

나는 현장에서 우싱궈의 〈욕망의 도시〉를 관람할 인연이 없었지만, 다행히 그가 공연한 녹화물을 보았다. 과연 상당히 훌륭하였다. 극본에 대담하게 여백을 두고, 리듬을 경쾌하게 하고, 배우의 기본기도 탄탄하였다. 노래, 대사, 액션, 무술 등이 모두 뛰어났고, 극중 인물에 대한 이해가 깊었다. 기교를 활용해 연기하였을 뿐만 아니라 혼을 다해 연기하였고, 혼으로 기교를 이끌고 나갔다. 복장, 조형, 무대 배치 등에 모두 제법 새로운 의미를 담아냈다.

그래, 셰익스피어의 이름난 연극을 각색한 〈이곳의 리어왕〉을 보니까, 베를린 '세계문화의 집' 무대에서 우싱궈 혼자 배역 열 가지를 맡았다. 남자, 여자, 정직하거나 거친 성격의 인물, 웃기는 인물, 노래와 몸짓을 휙휙 바꾸고, 문장이니 무술이니 곤곡이니 난탄 가락이니 뭐니 가리지 않고 연기하였고, 동양과 서양을 융합시키고 고전과 현대를 접목하였다. 확실히 의미 있는 형식이었고 깊이를 지닌 작품이었으며, 관객에게 생각할 커다란 공간을 남겨주었다.

공연이 끝나자 박수 소리가 오래도록 그치지 않았다. 서양 관객의 교양과 예의는 종종 중국의 연기자를 착각하게 할 수 있지만, 의례적인 박수 소리인지 절로 나오는 환호인지는 나도 분간할 수 있다.

공연 뒤에 그와 함께 간식을 먹었다. 화장을 지운 뒤의 우싱궈는 전혀 쉰이 넘은 사람 같지 않았다. '혁명가는 영원히 젊다'라는 가사가 저절로 떠올랐다. 나는 그에게 경의를 표시하였다. 무용배우 출신이자 당대전기극장의 제작자이며 우싱궈와 함께 경극을 혁신시켜온 그의 부인 린슈웨이林秀偉 여사가 나에게 우싱궈와 그들의 극단을 위해서 글을 한 편 써줄 수 있는지 물었다. 나는 즉석에서 대답하였다. "쓰고말고요."

개, 새, 말

10년 전에 나는 어떤 작가대표단을 따라 서독에 갔었다. 지금 돌이켜 생각하니, 서독의 아름다운 도시에서 옷차림이 깔끔하고 단정한 남자나 여자가 개를 끌고 가는 모습을 아무 데서나 볼 수 있었다. 독일의 북쪽 끝에서 남쪽 끝까지 가면서 주인 없는 개를 한 마리도 본 적이 없었다. 독일의 개 종류는 실로 아주아주 많다. 소처럼 둔하게 생긴 녀석, 토끼처럼 깜찍하게 생긴 녀석, 미녀처럼 긴 털을 펄럭이는 녀석, 흉한 귀신처럼 주름진 얼굴에 찢어진 주둥이를 가진 녀석도 있다. 거의 모든 개의 목에 쇠사슬이 달려 있었다. 이따금 쇠사슬을 제거한 개를 한 마리쯤 볼 수도 있지만, 목에는 여전히 고무 밴드를 차고 있었다. 그 쇠사슬이 개의 뒤쪽에 있는 주인의 손에 들려 있었고, 언제든지 모두 매고 걸 수 있었다. 쇠사슬을 제거한 개라고 해도 착한 아이처럼 얌전히 주인의 뒤를 따라갔고 주인이 빨리 걸으면 녀석도 빨리 걷고 주인이 느릿느릿 걸으면 녀석도 느릿느릿 걸어서 쇠사슬이 없어도 쇠사슬이 있는 것 같았고,

볼 때마다 사람을 감동하게 하였다.

뮌헨에서 나는 개 같기도 하고 아닌 것 같기도 한 커다란 동물 한 마리를 보았다. 녀석은 아름다운 금발 미인의 뒤쪽에서 어슬렁어슬렁 따라가고 있었다. 그 여인은 상의를 열어젖힌 채로 고개를 쳐들고 앞쪽에서 씩씩하게 걸어갔고, 그 괴물은 그녀의 뒤쪽에서 늠름하고 의젓하게 걸어갔다. 나는 속으로 아주 무서웠다. 나를 죽인다 해도 세상에 저런 동물이 있을 거라고는 생각할 수 없었기 때문이다. 녀석은 호랑이와 면양을 교배하여 낳은 잡종이겠지? 녀석이 자기를 쳐다보는 나를 보았는데 대가리를 삐딱하게 꼬고 싸늘하게 휙 쳐다보았다. 풀빛의 긴 털 속에 감춘 그 흉악한 눈초리가 사람을 질리게 하였다. 내 주먹보다 훨씬 큰 녀석의 발이 따각따각 땅바닥을 두드렸고 꼬리를 몸뚱이 뒤쪽에서 끄는데 대걸레 자루 같았다. 저런 것이 만약 첩첩산중에 나타난다면 틀림없이 온갖 짐승을 벌벌 떨게 하는 대왕일 것이겠지만, 녀석이 어떤 여인의 뒤쪽에서 따라가며 목에는 역시 쇠사슬을 걸고 있으니 영락없이 녀석도 개일 뿐이었다.

고속도로 옆의 어떤 작은 음식점에서 나는 잘 차려입은 중년 남녀 한 쌍을 보았다. 아주 귀염둥이 아기를 보살피듯이 은쟁반으로 기껏해야 두 근 나갈까 하는 자그마한 늙은 개 한 마리에게 우유를 먹였다. 이 개가 살짝살짝 할딱이는데, 나는 중국의 고전 미인을 떠올렸다. 녀석은 붉고 작은 혓바닥으로 우유를 조금 핥았고, 그런 다음에 대가리를 좀 흔들었다. 그 여인이 외국어로 중얼거리는데, 나는 알아듣지 못하였지만, 그녀의 뜻을 추측할 수 있었다. 보나 마나 이런 말이었을 것이다.

"아가, 안 먹을 거야? 너 고거 먹으면 어떻게 하니?"

그 자그마한 늙은 개가 계속 대가리를 흔들었다. 남자가 병 속에서 황금색의 소시지 한 개를 꺼내 자그마한 늙은 개의 주둥이 안에 넣어주었다. 우리가 이따금 먹은 소시지는 전혀 구수하지 않았지만, 이 남자가 개를 먹이려고 가져온 소시지는 정말 냄새가 코를 찔렀다. 자그마한 개가 그 소시지의 냄새를 좀 맡아보고는 먹지 않았다. 나는 속으로 확 솟구치는 분노를 느꼈다. 10년 전에 우리의 사상은 지금과 매우 달랐고, 우리의 생활도 지금과 비교할 수 없었다. 내가 이런 말을 하는 목적은 바로 그 소시지의 냄새가 나의 식욕을 불러일으켰다는 것을 인정하려는 데 있다. 10년 전에 나는 미처 인정할 용기가 없었다면, 10년 후에 나는 솔직하게 인정할 수 있다. 사실 모든 것이 바로 이른바 명분이다. 하느님이 만물을 자라게 하는데, 결코 저건 개먹이이고 저건 사람 먹이라고 정하지 않았다. 그 독일의 자그마한 늙은 개가 먹기 싫어하는 소시지의 품질이 좋고, 그것이 나의 식욕을 불러일으킨 것은 완전히 정상적인 일이다. 만약 지금이라면 나는 그 독일 남자에게 내가 먹도록 한 개 달라고 하였을 것이다. 그가 나에게 주고 안 주고는 그의 문제이다. 그는 그 자그마한 늙은 개가 먹지 않는 소시지를 종이로 싸서 쓰레기통에 내버렸다. 나는 속으로 너무 가슴이 아팠다. 그 남자가 눈처럼 새하얀 손수건으로 개의 작은 주둥이를 닦아주고, 그런 다음에야 비로소 그의 여인과 앉아서 밥을 먹었다.

또 한 번은 우리가 봉고차를 타고 도로에서 달리고 있었다. 호화로운 승용차마다 우리 차 옆을 추월해 지나갔다. 한 대가 추월해 지나갔고, 또 한 대가 추월해 지나갔다. 나는 후다닥 금방 전에 우리를 추월해 지나간 차의 뒷좌석에서 작은 페키니즈 한 마리가 빙긋이 웃으며 쪼그리고 앉아 있는 것을 보았다. 이 녀석이 또 우리 차에 대고 짖어대는데, 마치 우리의 차가 너무 느리다고 비웃는 것 같았다. 나는 속으로 화가 치밀었다. 녀석을 끌어내 한 발로 걷어차지 못하는 게 한이었다. 하지만 녀석을 태운 벤츠는 나는 듯이 지나갔다. 나는 퍼뜩 이런 생각이 들었다.

'저 개가 만약 멀미하면 토할 수 있을까? 토해서 저 호화 승용차를 더럽히는 건 아닐까?'

또 한 번은 확실히 기억할 수 없지만, 어느 도시에선가, 어떤 교회 옆 길바닥에 볼에까지 타는 듯한 붉은색의 수염을 기른 늙은 부랑자가 누워 있었다. 그 노인의 몸 앞뒤로 개 다섯 마리가 다정히 기대고 있었다. 마치 그의 다섯 아이 같았다. 이 개 다섯 마리가 하나같이 예뻤고 몸뚱이도 더럽지 않고 털도 매우 보기 좋았다. 배불리 먹지 못해 야윈 모습 같아 보이지도 않았다. 하지만 개의 주인 얼굴은 누렇게 뜨고 비쩍 말랐다. 그와 녀석들의 앞쪽에 접시 한 개가 놓여 있고, 안에 동전 몇 닢이 있었다. 그와 녀석들의 앞쪽을 지나가는 사람이 있을 때마다 노인 부랑자가 몇 마디 말을 하는데 목소리가 아주 나지막하였다. 노인이 말을 다 하고 나면 그 개 다섯 마리도 주인을 따라서 몇 번 짖었고, 소리도 아주 나지막하였다. 그와 녀석들이 특별히 점잖고 별나게 겸손한 태도를 드러냈다.

내가 우리의 통역에게 물었다.

"저들이 뭐래요?"

통역이 말하였다.

"노인은 돌아갈 집이 없는 이 개 다섯 마리를 불쌍히 여겨달라고 말하는 거예요."

내가 물었다.

"개는요, 개들은 뭐래요?"

통역이 웃으면서 말하였다.

"저는 개 말을 몰라요."

내가 말하였다.

"당신은 모르지만 난 알겠어요. 개들이 틀림없이 이렇게 말하였을걸요. 돌아갈 집이 없는 이 사람을 불쌍히 여겨주소서!"

이것이 진정 서로 의지하며 살아가는 것이고, 진정한 서로 간의 관심이자 사랑이며 보살핌이다. 우리가 가난하기는 하지만 그래도 동전 몇 닢 꺼내 그와 녀석들의 앞에 있는 접시에 던졌다. 그가 우리에게 한마디 무엇이라 말하였고, 개도 우리에게 일제히 멍멍멍 하였다. 나는 그가 매우 감사하다고 말하고, 개들도 감사의 뜻을 표현한 것이 틀림없다고 생각하였다. 나는 퍼뜩 의문 한 가지가 생겼다.

'중국의 개는 독일 개가 짖는 소리를 알아들을 수 있을까?'

독일에서 그렇게 괴상망측하게 생긴 많은 개를 보았고, 그래서 고향의 개와 고향 사람들이 말하는 개에 관한 이야기를 떠올렸다. 나에게 아주 좋지 못한 습관이 있다면, 그것은 바로 바깥에서 무슨 일을 보았든 간에 언제나 고향의 비슷한 일과 비교하기를 좋아하는 점이다. 비교하게 되면 해서는 안 되는 말들을 하지 않을 수 없고, 그 때문에 많은 사람에게 미움을 사기도 하였다. 앞으로 가능한 한 고쳐야겠지. 우리 고향의 개는 목에 쇠사슬을 단 녀석은 아주 드물다. 그래서 우리 고향의 개가 먹을 우유를 건질 수 없고 먹을 소시지를 얻을 수 없다고 하여도, 녀석들은 독일의 개보다 훨씬 자유롭다. 소시지는 맛이 있지만, 자유의 값이 훨씬 비싸다. 녀석들은 낮에 들판을 돌아다니고, 밤이면 짚 더미 옆에 엎드려 잔다. 주인을 위하여 집을 지키고 싶으면 몇 번 짖고, 집을 지키기 싫으면 나가서 멋대로 산다. 사실상 독일의 개보다도 훨씬 즐겁다.

1970년대 중기에 내가 생산대대의 양돈장에서 경비를 맡았다. 날마다 밤이면 돼지 먹이를 훔치러 오는 개와 전쟁하였다. 나는 재래식 엽총 한 자루를 안고 흙담 뒤쪽에 매복하고 있었다. 은색의 달빛 아래서 살금살금 다가오는 녀석들이 보였다. 개의 눈이 파랗게 빛나서 도깨비불 같았다. 가까이 다가온 것을 보면서 나는 방아쇠를 당겼다. 하늘과 땅을 뒤흔드는 소리가 나면 개가 비명을 지르며 달아났다. 나의 사격술이 좋지 못해서가 아니라 나는 감히 녀석들을 죽이지 못하였다. 모두 마을 사람의 개였고, 죽이면 처리하기가 더 어려워졌다. 요컨대 개를 때려도 주인을 봐가면서 때려야 한다는 말이다.

마을에는 오락거리가 아주 적었고, '짝짓는 개'를 보게 되면 설을 쇠는 것처럼 떠나갈 듯이 법석을 떨었다. 개 두 마리가 함께 맴맴 돌면서 오는 것을 보면 우리는 흥분하기 시작하였다. 일단 녀석들의 짝짓기가 성공하면 우리는 손에 몽둥이나 벽돌 조각을 들고 우르르 몰려들었다. 당시에 모래사장에 가서 낙하산을 타고 탈출하는 적의 첩자를 붙잡은 것 같았다. '귀때기 네 개가 하늘을 향하고 다리 여덟 개가 땅에 붙어있고 가운데에 회전축 한 개가 있고 두 개가 숨을 헐떡거리면?'이라는 수수께끼도 있다. '짝짓는 개'를 두고 말하는 것이었다. 녀석들이 함께 붙어있고 서로 뒤엉켜서 행동이 불편하면 우리가 난리를 치면서 고함을 지르고 마구 때렸다. 우리같이 개를 싫어하는 아이가 때릴 뿐 아니라 어른도 이 죄악의 활동에 참여하였다. 하지만 당시에 우리는 결코 이렇게 하는 것이 개를 괴롭히는 일이라고 여기지도 않았다. 시골에는 '짝짓는 개'를 때리지 않고 떼어놓지 않으면 하루 안 떼어놓으면 암캐가 죽고 이틀 안 떼어놓으면 수캐가 죽는다는 말이 돌았기 때문이었다. 이러한 속설의 밑받침이 있어서 우리가 '짝짓는 개'를 때리면 덕을 쌓고 선을 베푸는 일이었다. 뒷날 내가 도시에 들어간 뒤에야 시골의 속설이 허무맹랑한 소리인 것을 알았다.

지금 돌이켜 생각하니, 독일의 개는 모두 짖기를 좋아하지 않고 짖는다고 하여도 낮은 소리로 짖었고 다른 사람을 놀라게 할까 봐 걱정하는 것 같았다. 우리가 독일에 가면 외국인이 되는 것이지만,

그런 독일의 개들까지도 우리를 거들떠보지 않았다. 나는 우리 일행 열몇 사람이 함부르크 교외의 어떤 독일 아가씨의 집에 손님으로 갔었던 일을 기억한다. 그 집의 그 커다란 늑대개 한 마리는 다른 사람에 대해 전혀 무관심하고 시큰둥하니 대가리조차도 들지 않았는데, 유독 나에게만 미친 듯이 짖어댔다. 어떤 사람이 나에게 말하였다.

"개까지도 당신이 좋은 사람이 아니라는 것을 아네요."

나는 이 때문에 한참 동안 우쭐하였었다. 내가 우쭐한 이유는 나를 제외하고 그날 같이 간 다른 사람은 개까지도 그들을 상대하기 귀찮아하였던 것에 있었다. 몇 년 전에 어떤 독일 작가가 우리 마을로 왔는데, 마을 안의 개 한 마리가 열 마리에게 전하고, 열 마리가 백 마리에게 전하여 전부 다 몰려왔고, 우리 집 바깥의 타작마당에 모여서 큰소리로 일제히 짖어댔다. 그 독일 작가가 깜짝 놀라서 얼굴이 노래졌다. 내가 그에게 말하였다.

"무서워하지 마시오. 쟤들이 당신을 환영하는 것이오!"

팔이 안으로 굽는다고 하지만, 나는 역시 우리 고향의 개가 좋다고 생각한다. 독일의 개는 지나치게 거드름을 피우지만, 우리 고향의 개는 얼마나 열정적인가. 독일의 개는 독일 사람의 노리개지만 우리 고향의 개는 우리의 친구이다. 우리 고향의 개는 잘 달리고 잘 뛰고 미친 듯이 짖어대고 뭘 숨기는 게 없다. 독일 개처럼 좋은 교양은 없지만, 독일 개처럼 어둡지 않다. 물론 우리 고향의 개도 주인에게 꼬리를 흔들면서 알랑거릴 수 있지만, 개가 사람에게 알랑거리는 것이 늘 사람이 개에게 알랑거리는 것보단 훨씬 낫다. 물론 우리 고향의 개도 진정한 개는 아니다. 진정한 개란 사실은 바로 늑대이다.

독일 개의 절반은 꼬리가 없다. 물어보았더니 수술하여 잘라버렸다고 하였다. 내가 동행한 사람에게 물었다.

"왜 개의 꼬리를 자르는 줄 아십니까?"

그들 가운데 어떤 사람은 모른다고 하였고, 어떤 사람은 아름답고 볼품 있게 하기 위해서라고 하였다. 내가 말하였다.

"모두 틀렸습니다. 우리 고향에 사람들이 잘 쓰는 말이 있는데, 꼬리 없는 개가 담을 재빨리 넘는다고 합니다. 개의 꼬리를 자르는 것은 녀석들에게 담을 넘게 하기 위해서입니다."

독일에 라인강이 있다. 내가 마르크스 저작을 배울 때, 독일에 이런 강이 있다는 것을 알았다. 이 강의 물이 우리 눈으로 보기에는 아주 맑지만, 어떤 독일 사람들은 정부가 강물을 오염시켰다고 항의하기도 하였다. 세상의 모든 큰 강과 마찬가지로 라인강 양쪽 기슭에도 많은 도시가 있다. 본이라는 도시는 당시에 서독의 수도였다. 도시에 많은 사람이 있고 또 많은 새가 있었다. 게다가 새는 사람을 무서워하지도 않았다.

내가 강가에 앉아서 강물을 바라보는데, 살찐 들오리 한 마리가 뒤뚱뒤뚱 걸어왔다. 녀석이 새까만 작은 눈으로 나를 쳐다보며 나한테 꽥꽥거렸다. 바짝 뒤따라서 또 들오리 몇 마리가 다가와서 모두 호기심 어린 눈으로 나를 쳐다보았다. 내가 손을 내밀어 녀석들의 깃털을 만졌다. 당시 나는 정말 몇 마리 붙잡아 들고 가서 구워 먹고 싶었지만, 남에게 붙잡혀서 중국 사람의 체면을 손상당할까 봐 무서웠다. 나는 예전에 어떤 가난한 사내가 들오리 잡는 이야기를 소재로 소설 한 편을 쓴 적이 있다. 그는 수수 짚 더미 속에 매복한 채로 저무는 해가 서쪽으로 떨어져 내려가는 것을 보고 들오리 떼가 줄줄이 눈앞에 있는 물웅덩이로 들어가는 광경을 보았다. 그는 들오리 몇 마리를 잡을 생각에 끊임없이 총에 총알을 재어 넣었다. 최후의 결과는 당연히 아주 좋지 못하였다. 그의 욕심이 너무 컸고, 총알을 너무 많이 재어 넣었고, 결과적으로 탄창 부분이 폭발한 나머지 들오리를 못 잡고 반대로 자기 자신을 폭사시켜 버렸다.

최근 몇 년 동안에 중국 사람의 환경보호 의식도 강화되고 있고, 나라도 동물보호에 관한 법률을 반포하였다. 하지만 희귀 동물을 몰래 사냥하는 일이 여전히 끊이지 않고 일어난다. 백조를 사살하는 사람이 있는가 하면, 자이언트 판다를 죽여서 만두를 빚은 사람도 있다. 오직 법률만 가지고는 안 되는 것으로 보인다. 백성의 배속에 만약 기름기가 없으면 어떠한 법률로도 그런 간 큰 걸귀를 막을 수 없다. 배불리 먹어야 문명을 말할 수 있고, 배불리 먹어야 문화를 배울 수 있다. 나는 독일 사람이 밥조차도 배불리 먹을 수 없이 가난할 때도 그들이 여전히 동물을 보호할 마음의 여유가 있을 것이라고는 믿지 않는다. 백조를 보호할 수 있다고 하여도, 들오리 보호에는 신경 쓸 수도 없을 것이다.

물론 모든 문제를 모두 배불리 먹느냐, 못 먹느냐 하는 것으로 돌릴 수도 없다. 내가 랑야산狼牙山 자락에서 근무할 때 군대 생활은 아주 훌륭하였고, 끼니마다 기름기로 배를 채웠다. 하지만 기관 안의 어떤 간사는 날마다 공기총 한 자루를 들고 새를 잡으러 다녔다. 꾀꼬리, 두견새, 까치, 까마귀, 딱따구리 등, 그는 보이는 대로 잡았다. 이 사람은 사격술이 아주 정확하여 거의 불발탄이 없었다. 날마다 새 몇십 마리가 그의 손에서 죽어갔다. 나는 딱따구리에 그렇게 많은 종류가 있다는 사실을 그때 처음 알았다. 딱따구리는 죽은 뒤에 혀를 내밀어서 마치 목매달아 죽은 귀신같았다. 딱따구리의 혀는 살로 이루어진 송곳 같고 끝에 또 갈고리 한 개가 달렸다. 그는 그렇게 많은 새를 사살하고, 아무렇게나 창틀에 내던져 놓았다. 그는 자신이 먹지 않고 개미에게 먹게 하였다. 이 때문에 내가 그에게 충고도 하였지만, 그는 아랑곳하지 않았다. 몰래 내가 그를 고발하였고, 결과적으로 그는 법적인 처벌을 받았다.

사람이 사실 가장 복잡한 동물이다. 사람이 가장 착하면서도 가장 잔인하다. 사람이 가장 무능하면서도 가장 난폭하다. 어쩌면 어느 날엔가 사람이 지구상에서 패자의 자리에서 물러날지 모른다. 그렇게 될 때 나의 육체는 다른 물질로 바뀔 가능성이 있다. 나는 어쩌면 꽃 한 다발로 바뀔지 모르고, 개똥 덩어리로 바뀔지도 모른다. 하지만 나는 역시 새가 되길 바란다. 라인강 강변을 느긋하게 걸어 다니는 들오리가 되어도 좋다.

도시 본에도 참새가 있을 줄은 몰랐다. 녀석들의 모습은 중국 참새와 무슨 차이가 없다. 어떤 커피숍의 간판 위에 화려하고 훌륭한 참새 둥지가 있었는데, 매우 낮게 있어서 손을 들면 닿을 수 있었다. 간판에 적힌 자모를 읽으면 베토벤인데, 참새가 베토벤의 머리 위에서 아들 낳고 딸을 키우고 똥을 싸고 오줌을 갈겼다.

참새는 그러나 중국에서 큰 재난을 만났었다. 명령을 내려 총으로 잡고 그물을 놓고 야단법석을 떨며 쫓아대서 녀석들은 하마터면 씨가 마를 뻔하였다. 커다란 나라에서 몇억 인구가 연합하여 조그만 새를 상대하다니. 이런 행위가 어이없기도 하고 재미있기도 하다. 인류 역사상 전무후무하겠지. 내가 어떤 자료에서 몇몇 과학자가 연합하여 마오쩌둥에게 참새를 구할 일에 대해 편지를 쓴 것을 보고 나서야 이 참새를 멸종시키는 일이 간단하지 않다는 걸 알았다. 1950년대의 '쥐, 참새, 파리와 모기 등 네 가지 해충 박멸'에서 참새 없애기가 없었다면, 아마 1960년대의 '낡은 사상, 낡은 문화, 낡은 풍속, 낡은 습관 등 네 가지 낡은 것 타파'를 하는 문화대혁명도 없었을 것이고, '가루로 만들어'야 하는 '왕훙원王洪文, 장춘차오張春橋, 장칭江青, 야오원위안姚文元 등 사인방'도 없었을 가능성이 크다. 네 사람을 '가루로 만들려면', 아무리 나쁜 사람이라고 해도 생각만 해도 끔찍하다. 나는 또 아주 이름난 작가가 쓴 동화소설 한 편을 보았는데, 어떤 참새 집안의 몰락 이야기를 쓴 것이다. 두 마리 어린 참새 가운데 한 마리는 새총에 사살되었고, 한 마리는 날 수 없어서 떨어지다가 산 채로 잡혔다. 어른 수컷 참새는 고압선에 부딪혀서 죽었고, 남은 어른 암컷 참새는 간신히 자기 둥지로 도망쳤다. 밤에 어른 암컷 참새가 둥지에 숨어서 울고 있을 때, 난데없이 강한 빛 한 줄기가 들어왔다. 어른 암컷 참새는 어떤 어린아이에게 산 채로 목이 졸려 죽었다. 그 작가는 해충 없애기 운동에 발맞추어 이 소설을 썼겠지만, 그는 결코 이 운동의 진정한 의미를 이해하지 못하였다.

독일에서 말은 개와 마찬가지로 일찍이 생산재에서 노리개가 되었다. 빛나는 말의 시대는 독일에서 이미 끝났다. 사실 중국에서도 곧 끝나려고 한다. 이는 어쩔 수 없는 일이다. 인류의 문명사에 많은 말똥과 개똥이 뒤섞였다. 말은 예전에 인류에게 중요한 조수였지만 지금은 조금도 중요하지 않게 되었다. 나는 『고요한 돈강』을 떠올릴 때마다 말에 대하여 숄로호프가 멋지게 묘사한 대목을 떠올렸다. 그는 악시냐가 죽기 전에 탄 말에게 나쁜 버릇이 한 가지 있다고 썼다.

고개를 숙여 말 탄 사람의 무릎을 핥기를 좋아한다.

얼마나 기질이 있는 말인가. 지금 나는 또 니콜라스 에반스가 지은 『호스 위스퍼러』라는 인기 소설을 떠올렸는데, 그 책을 보자마자 말에 대하여 잘 모르는 사람이 쓴 것임을 알았다. 나는 예전에 이 책의 편집 책임자의 요청에 응해 홍보용 글을 한 편 쓴 적이 있는데, 그 작품 속의 "사실 인류는 이제껏 말의 짙푸른 눈을 감히 똑바로 바라보지 못하였다."라는 말 한마디는 만족스러웠다.

나는 독일에서 말을 한 번 보았을 뿐이다. 그것은 슈투트가르트 교외의 어떤 목장에서였다. 말의 주인은 붉은 얼굴의 사나이로, 온몸에서 나에게 친밀감을 느끼게 하는 말똥 냄새를 풍겼다. 그는 말을 부리는 솜씨가 아주 뛰어나서 이전에 대형 승마대회에서 금메달을 딴 적도 있었다. 사나이에게 귀엽고 작은 아내가 있었는데, 청바지를 입고 있는 아주 노련하고 다부진, 말 위의 여장부임은 말할 필요도 없었다. 그에게 또 시내에서 유치원에 다니는 아들과 인형만 한 깜찍한 딸이 있었다. 쉴 틈 없이 바쁜 늙으신 어머니도 있었다. 그야말로 행복한 가정이었다.

우리는 주인의 마구간에 들어가서 엉덩이에 반지르르 윤기가 흐르는 살찐 커다란 말 몇 마리를 보았다. 나를 깜짝 놀라게 만든 조그만 말 한 마리가 있었다. 녀석은 면양보다 얼마 크지 않았지만, 망아지가 아니었다. 우리의 통역이 녀석은 소형 말이고, 더는 크게 자라지 않는다고 말하였다. 이것이 말이란 말입니까? 나는 정말 슬펐다. 이것은 도대체 어떤 사람이 길러낸 말의 품종일까!

주인이 사람을 내보내 시내에 들어가 그의 아들을 데려오게 하였다. 우리에게 아이의 말 부리는 솜씨를 보여주기 위해서였다. 어린 사내아이가 승마복으로 갈아입고 마구간에서 그 소형 말을 끌고 나와 노련하게 녀석에게 안장과 말다래를 채웠다. 금방 걸음마를 배운 어린 여자아이가 가서 소형 말의 꼬리를 붙잡아서 나를 깜짝 놀라게 하였다. 하지만 아이의 부모는 아예 몰라라 하였다. 사내아이가 말을 승마장으로 끌고 가자 여자아이가 말을 쫓아가며 울었다. 그 아이의 어머니가 아이를 말 등에 태워주자 아이가 그제야 방긋이 웃었다.

이 여자아이로 말하면, 끈이 달린 붉은색 가죽 반바지를 입고, 붉은색의 작은 가죽구두를 신었으며 붉은 체크무늬의 반 팔 블라우스를 입고, 금발을 두 갈래로 묶었다. 여자아이의 피부는 우유처럼 곱고 눈은 호수처럼 파랗고 입술은 앵두처럼 붉었다. 여자아이는 정말 사람 같지 않게 깜찍하였다.

사내아이가 조그만 말을 타고 승마장을 달렸다. 처음에는 빨리 달리지 않았는데, 달릴수록 빨라졌다. 소형 말의 조그만 발굽이 날 듯이 바뀔 때마다 나는 커다란 은행 안에서 빨리 지폐를 세는 여직원의 손가락을 연상하였다. 달리고 또 달리고 그 조그만 말이 그 조그만 아이가 모는 대로 장애물로 달려들어 '훽' 날 듯이 넘어갔다. 조그만 말의 배가 난간을 스치고 지나갔다. 우리가 손뼉을 쳤다. 또 넘어갔다. 우리는 또 손뼉을 쳤다.

독일에서 나는 이런 느낌이 들었다. 진짜가 가짜 같고, 가짜가 반대로 진짜 같다. 예를 들면 시장에 나온 과일은 빛깔의 아름다움과 표면의 매끈함이 모두 도를 넘어서 플라스틱 아니면 초로 만든 것이 아닐지 의심하게 하였다. 가짜물건들이 있는데, 예를 들면 탁자 위에 놓인 조화는 그 냄새를 맡아보지 않으면 안 될 정도이다. 독일의 말도 너무 깨끗하고 너무 매끈하여 가짜 말 같은데, 말의 야성이라고는 조금도 없었다.

나는 또 고향의 말을 떠올렸다. 녀석들은 얼음이 땅을 덮은 뒤에 벌판에 가서 보리싹을 뜯어먹는다. 커다란 붉은 해가 처음 떠오를 때, 들판은 알록달록해지고 보리싹 위에 분홍색 서리꽃이 매달린다. 우리 집의 그 붉은 말은 온 몸뚱이에서 땀으로 빛나고 큰 주둥이로 보리싹을 뜯어 먹고 느릿느릿 꼬리를 흔든다. 말의 눈은 쪽빛의 수정처럼 맑다. 내가 두 귀가 새빨개지도록 언 채로 커다란 강둑 위에 서서 큰소리로 우리 집의 말을 불렀다.

"말아, 돌아와—."

"히잉히잉히잉……."

아득히 먼 곳에서 우리 집 말이 고개를 쳐들고 붉은빛 갈기를 휘날리며 날 듯이 달려온다. 녀석이 바꾸는 발굽에 따라 말 몇십 마리가 함께 미친 듯이 달리면, 모였다 흩어지는 비단 몇십 필 같기도 하고 파도가 출렁이는 천연색 강물 한 줄기 같기도 하였다.

그대는 물고기

도쿄에 있을 때, 어느 날 밤에 베이징동향회의 잔거戰戈 선생이 동향 사람 몇십 명을 소집해 어떤 중국음식점에서 나를 위하여 저녁식사 모임을 열었다. 서양식으로 표현하자면, 파티라고 부를 수 있겠다. 이 파티에서 고향 사람들이 나에게 몇 마디를 하였는데, 나는 원래 말을 잘하지 못하는 사람이자 매우 말하기를 꺼리는 사람이 아니지만, 남의 밥을 얻어먹거나, 또 그런 것이 아니라고 해도 확실히 두터운 정을 잊기 어려워서, 그래서 한바탕 '물고기와 새우'의 삐딱한 이론을 펼쳤다.

나의 물고기와 새우의 삐딱한 이론의 중점은 주로 이렇다. 일본에서 사는 수많은 중국 사람의 대부분은 비교적 막힘없이 일어를 할 수 있고 모두 걱정 없이 편안하게 살 직업도 갖게 되었다. 그들은 일본차를 몰고, 일본길을 달리며, 일본밥을 먹고, 일본집에서 산다. 그러니 기본적으로 이미 일본 사람과 혼동된다. 하지만 그들과 접촉하자마자 그들의 내심 깊은 곳에 어떤 정서가 있음을 느끼게 되었다. 혹자는 푸념이라고 말하는데, 일본 사람에 대한 불만 정서이다. 이 정서나 이런 푸념이나 이러한 불만이 적극적인 방면에서 말하면 애국이지만, 그다지 모두 그런 것 같지는 않다. 왜냐하면 그들은 중국에 대해서도 같은 정서나 똑같은 푸념이나 마찬가지의 불만을 지니고 있기 때문이다. 만약 일본 사람이 물고기 떼라면 이런 우리 형제자매는 물고기 떼 속의 새우들 같다. 새우도 물속에서 헤엄치고 먹이를 찾을 수 있으나 물고기와는 아무래도 잘 맞지 않는다. 내가 기왕에 모두 남의 땅에 왔고 게다가 아예 조국으로 돌아가 봉사할 계획이 없다면, 그러면 반드시 일본 사람을 형제자매처럼 여기고 대해야 한다고 말하였다. 이러한 말이 사람에게 많은 일을 연상시킬 수 있고, 잘못하면 또 남에게 '반역자'라 칭해질지도 모른다. 하지만 나는 이런 태도에 큰 잘못이 없다고 생각한다. 전쟁이란 이제껏 정치가가 발동한 것이고 백성과의 관계도 크지 않다. 전쟁의 책임도 물론 정치가가 져야 하고, 백성과의 관계도 크지 않다. 물론 만약 백성이 자기 자신이 전쟁 속에서 한 모든 행위를 반성하면, 그러면 각오가 높은 표현이니 장려해야 한다. 나는 일본 사람 가운데 교활하고 간사한 무리가 있다고 인정한다. 중국 사람들 가운데서도 교활하고 간사한 무리가 적지 않은 것과 같다. 당신이 어떤 좋지 못한 일본 사람을 만났다고 해서 일본 민족을 전반적으로 부정하여서는 안 되며, 당신은 더더욱 어린애처럼 친구에게 태도를 바꾸어 묵은 빚을 후벼 파내서는 안 된다. 당신의 할아버지가 또 나의 할아버지에게 옛날 은화 한 무더기를 빚졌다고 해도 말이다. 어떤 일본 사람이 당신을 한 번 곤경에 빠뜨렸다고 해도 당신은 이것을 당신 두 사람 사이의 일로 봐야지, 나라와 나라 사이의 갈등으로 확대할 필요가 없다. 마찬가지로 어떤 일본 사람이 당신에게 매우 잘한다고 해도 당신은 이것을 당신들 사이의 개인적인 일로 삼아야지, 마찬가지로 그것을 중국과 일본 두 나라 사이에서 우호의 상징으로 간주할 필요 없다. 나는 밥을 먹는 문제가 해결된 뒤에, 우리 동포들이 이국 타향에서 마음 편히 살 수 있는지 없는지 하는 문제에서 관건은 자기 자신의 태도를 비교적 적합한 위치로 조정해야 하는 데 달려 있다고 여긴다. 누군가 당신을 중국에서 일본으로 쫓아낸 것이 아니고, 일본 사람이 당신에게 일본에 오게 한 것도 아니며, 자기 자신이 직접 가고 싶어서 갔고, 자기 자신이 오고 싶어서 온 것이다. 기왕 이렇게 된 이상, 그러면 가능한 한 빨리 새우에서 물고기가 되어서 물고기와 함께 헤엄쳐야 한다. 나는 모두 가능한 한 빨리 물고기가 되고 고래가 되고 참치가 되고 황조기가 되어야 하지만, 가장 좋기는 상어는 되지 말고 더더욱 가자미나 오징어는 되지 말기를 희망한다고 말하였다.

그날 밤의 화제가 그리하여 물고기와 새우를 둘러싸고 전개되었다. 어떤 사람이 겸손하게 자신은 여전히 새우 한 마리라고 말하였고, 어떤 사람은 자신이 반은 물고기이고 반은 새우라고 말하였다. 나는 여러분이 물고기인지, 새우인지는 모르지만, 나를 데리고 일본에서 이미 아주 마음대로 십여 일 동안 이리저리 옮겨 다닌 마오단칭毛丹青 군을 아는데, 그는 이미 물고기가 되어서 아주 매끄럽고 반들반들하고 막힘이 없으나 미끄라지는 아니고, 많은 일본 물고기가 뚫고 들어가지 못하는 곳까지도 나를 데리고 뚫고 들어갔다고 말하였다.

몇 년 동안 마오단칭이 꽃무늬 셔츠에 빨간 바지를 입고 그의 노트북과 디지털카메라를 짊어지고 중국과 일본 사이를 쉴 새 없이 드나들면서, 때로는 좀 사업을 하였지만, 그의 흥미는 사업에 있는 것이 아닌 것 같았다. 그의 흥미는 문화교류에 있었다. 그는 일본 학생을 한 무리 한 무리 데리고 중국에 와서 작가의 소설 이야기를 듣고 록 가수의 공연을 보여주었다. 그는 나의 『풍만한 가슴, 살찐 엉덩이』의 일본에서의 번역 출판을 위하여 다리를 놓아주고 연줄을 달아주는 데 많은 힘을 내주었다. 또 『풍만한 가슴, 살찐 엉덩이』의 일어 옮긴이 요시다 도미오 교수와 함께 나의 고향 가오미까지도 한 차례 갔다. 그는 디지털카메라로 우리 고향의 이곳저곳을 많이 찍었고, 게다가 즉시 그의 컴퓨터 속에 입력하여서 나의 고향 사람들에게 전시해 보여주었다. 그래서 나의 고향 사람들이 선진적인 기술에 대해 자자하게 칭찬하였다. 그의 입에서는 늘 베이징 젊은이의 입에서 유행하는 어휘들이 튀어나오곤 하였다. 예를 들면 '다러', '멍자'[2] 따위이다. 이때 나는 아직 그가 물고기 같다는 느

2 '다러大了(dàle)'는 '용량을 초과한 것過量'을 형용한다. 예를 들면, 술을 많이 마셨을 때 '허다러喝大了'라고 말한다. '멍자猛扎(měngzhā)'는 베이징 사투리北京話로 표준말普通話로는 '자멍쯔扎猛子'이다. '힘껏 안으로 들어간다使勁往裏鉆'라는 뜻이고, 예를 들면 '물고기가 물로 뛰어들다魚往水裏猛扎', 혹은 술을 너무 많이 마셔서 토할 때 '머리통을 변기통에 처박는다腦袋往馬桶裏猛扎' 하고 말한다.

낌이 없었고 이리저리 날아다니는 호랑나비 같다고 느꼈다. 그렇게 좀 나풀나풀하고 수선스레 잘난 티를 가졌다.

작년 10월에 『풍만한 가슴, 살찐 엉덩이』의 일어판 출판을 위하여 그가 나를 데리고 일본으로 날아갔고, 관련 행사에 모두 참석한 뒤에, 그가 그의 혼다 스포츠카에 나를 태우고 신비한 낭만적인 여행을 시작하였다. 강줄기 같은 고속도로 위에서 물고기 떼 같은 차량의 물결 속에서 그의 검은색 혼다가 정말 교활하고 똘똘한 검은 물고기처럼 슬슬슬 미끄러져 나갔다. 일본 소녀 우타다 히카루宇多田의 감미롭고 서정적인 노랫소리 속에서 나는 가물가물 꿈인 듯 생시인 듯한 상태로 들어갔고, 나 자신도 물고기가 되어 검은색이지만 투명한 바닷물 속에서 우호적인 물고기 떼 속에 뒤섞여서 느긋하게 마음대로 헤엄치고 있다고 느꼈다. 물론 차를 운전하는 마오단칭은 시종 말짱하였다.

우리는 쓰津라고 부르는 도시로 달려갔다. 이런 거리 저런 골목을 지나 중국 국적을 아직 갖고 있지만 이미 중국어를 할 줄 모르게 된 화교 후손인 차이蔡 선생의 집을 찾아 들어갔다. 차이 선생은 전당포 한 곳을 열고, 또 컴퓨터회사 한 군데를 운영하고 있는데, 사업이 매우 성공하였다. 그는 성격이 걸걸하고 행동에 구애됨이 없고 재치 있는 입담이 줄줄이 나왔다. 그의 가장 근사한 말은 바로 이렇다.

"무엇이 문학이냐? 문학은 바로 성性이다!"

그의 부인은 입이 무겁고 말이 적고 쉬지 않고 일하는 현모양처였다. 하지만 차이 부인이 새벽에 받은 업무 전화가 나를 깜짝 놀라게 하였다. 나는 원래 그녀가 집안일을 하는 것 말고는 바깥일에 대해서는 전혀 모른다고 여겼다. 그녀가 전화를 받았을 때, 마오단칭이 옆에서 나에게 듣도록 통역을 해주었는데, 알고 보니 부인은 어떤 모델의 컴퓨터를 판매할 때 고객에게 첨부해 보내는 자기디스크 몇 장까지도 훤히 알고 있었다. 우리와 차이 부부가 깊은 밤에 술집에서 걸어 나올 때, 쓰시의 큰 거리가 쥐 죽은 듯이 조용하였고, 길가의 나무가 조금도 움직이지 않고, 먼 곳에서 바다의 잠꼬대가 들려왔다. 차이 선생이 그의 감각에 근거해 내일 바다에서 센 바람과 파도가 일 것이라고 말하였다. 우리가 카미시마로 가서 미시마 유키오三島由紀夫의 발자취를 찾아보려던 계획이 물거품이 될 수 있었다. 우리는 차이 선생의 감각을 믿고 계획을 바꾸었다. 이튿날 비바람 속에서 우리는 더욱더 차이 선생이 대단하다고 느꼈다. 땅위의 일에 대해 그는 정통하였는데, 뜻밖에 하늘의 일까지도 꿰뚫고 있었다. 사람이 지혜가 많으면 요괴에 가깝다. 차이 선생의 지혜는 좀 요괴 티를 갖게 되었다. 차이 선생의 몸에는 요괴 티가 있을 뿐 아니라 또 원숭이 티도 있다. 요괴 티에다 원숭이 티를 더하면 바로 제천대성 손오공이 된다. 물론 나는 차이 선생이 저런 수준에 이르도록 단련하느라 얼마나 쉽지 않았을까 하고 깊이 느꼈다.

스포츠카가 비바람 속에서 행진하니 물고기라는 느낌이 더욱더 강해졌다. 우리는 지류시의 쇼넨지稱念寺로 놀러 갔다. 큰스님 이세토쿠가 문 앞에 서서 우리를 마중하였다. 차에서 내리니 우리가 사람의 상태로 되돌아갔다. 내가 접촉한 스님이 많지 않음에도 불구하고, 나는 감히 큰스님 이세 토쿠는 지구상에서 가장 독특한 스님이라고 말할 수 있다. 그가 스님에 대한 나의 인상을 깨끗이 바꾸어 놓았다. 나는 원래 마오단칭이 컴퓨터에 정통한 전문가라고 여겼다. 하지만 큰스님 앞에서 마오단칭은 아직 학생이었다. 큰스님은 키가 크지 않지만 길을 가면 날 듯이 빨랐다. 보기에는 결코 빨리 가는 것 같지 않지만, 실제로는 아주 빨랐다. 스님의 얼굴에 사마귀가 많이 있었고, 온 하늘에 별이 가득한 것 같았다. 스님은 불법의 이치에 정통할 뿐 아니라 뜻밖에 문학에 대한 견해도 아주 치밀하였다. 『풍만한 가슴, 살찐 엉덩이』에 대한 그의 견해는 많은 평론가의 견해보다도 훨씬 독특하고 깊었다고 나는 생각한다. 물론 불교와 속세에 대한 스님의 이해가 더욱 나에게 지혜를 불어넣어 불도를 깨닫게 하고 일시에 생각이 확 트이게 하는 느낌을 들게 하였다. 스님이 나에게, 작가는 생활과 밀착해야만 문학이 독자를 감동하게 할 수 있고, 스님은 몸이 속세에 있어야만 불교가 깊이 사람의 마음속으로 파고들 수 있다는 점을 깨닫게 하였다. 앞으로 나는 전적으로 스님에 관한 글을 한 편 쓸 것이다. 지금은 역시 마오단칭이란 물고기를 써야 한다.

작년의 일본 여행은 만약 마오단칭이 앞장서지 않았다면, 나는 절대 차이 선생처럼 재미있는 사람을 알지 못하였고, 더욱이 큰스님 이세 토쿠 같은 인격자를 알지 못하였을 것이다. 차이 선생이 세상 속으로 뛰어든 사람이라면, 스님은 세상 속으로 뛰어들기도 하고 세상 밖으로 나가기도 한 사람이다. 차이 선생이 경제학이라면 스님은 철학이다. 이러한 인격자와 재미있는 사람과 사귀는 것은 정말 즐거운 일이다. 문학에 대한 그들의 이해는 문학에 대한 서생들의 이해와 비교하면 더욱 활기찬 생기와 자연스러운 세속적인 정취를 드러냈다.

일본에서 십여 일 동안 머무는 동안에 또 많은 재미있는 일이 있었다. 어쩌면 내가 금방 이런 일들을 써낼지 모르겠고, 어쩌면 영원히 써낼 수 없을지 모르겠다. 하지만 일본에서의 여행의 아름답고 신비한 많은 인상이 늘 나의 꿈속에 나타날 것이다. 일본에 관한 나의 꿈속에는 틀림없이 마오단칭이란 물고기가 헤엄치고 있을 것이다. 그가 꽃무늬 셔츠에 빨간 바지를 입고 화려한 열대어 한 마리처럼 일본이란 바다에서 헤엄치고 있다. 그가 헤엄치는 모습은 심지어 많은 일본 물고기보다 더욱 화사하다. 내가 오래 생각할 필요 없이 그의 수중발레가 시선을 끌 것이다. 비유의 경계에서 물고기의 시선을, 현실 세계에서 사람의 시선을 끌 것이다. 헤엄쳐, 헤엄치자, 헤엄쳐라, 물고기 마오단칭, 마오단칭 물고기.

홋카이도의 사람들

2004년 12월 26일, 재일작가 마오단칭毛丹青과 홋카이도 도청소재지 삿포로시의 베이징 주재 경제교류실 실장 타카다 히데키 선생의 세심한 기획과 배려 덕분에 나는 '중국작가·기자민요수집단' 일행을 따라 오래도록 동경하였던 홋카이도 땅을 밟았다. 열이틀 동안의 3천 리 길 여정을 떠났다. 그 기간에 수많은 기이한 경치를 보았고 맛 좋은 음식을 숱하게 먹었다. 노천 목욕 같은 독특한 체험을 하였고, 클리오네 같은 신기한 생물도 알게 되었다. 이런 것들은 동행한 기자들의 아름다운 글과 사진으로 『모옌, 홋카이도에서 쓰다莫言—北海道走筆』라는 책에 수집되고 기록되었으니 나의 졸렬한 글로 중복하지 않겠다. 하지만 이 책을 편집하고 구성하는데 나의 글이 한 편은 들어가야 하겠기에, 할 수 없이 여러 신사 숙녀분이 쓰지 않은 것으로 글을 지어 그럭저럭 숫자만 채웠다.

세간에서 관광명소를 여행하면서 여행객을 끌어들이는 것 가운데 아름다운 경치와 맛 좋은 음식 이외에 미인도 있다고 남몰래 생각하였다. 내가 생각하는 이 고장의 미인은 결코 사람의 아름다운 외모를 가리키는 것이 아니다. 오히려 여행자의 마음을 오래도록 위로해줄 수 있는 사람, 순박하며 선량하고 책임감을 갖는 등 여러 가지 미덕을 지닌 사람을 의미한다.

생각을 정리하면 디지털카메라에 저장하여 둔 사진을 펼쳐보는 것과 같다. 가장 먼저 떠오르는 사람은 삿포로시 오도리공원의 이시카와 다쿠보쿠石川啄木이다. 이 사람은 사망한 시인이고 나와 함께 사진을 찍은 것은 그의 청동 조각상이다. 그의 하이쿠 "가을날 밤에 길거리에 옥수수 굽는 냄새가 흘러넘치네"라는 한 구절 때문에 나는 그가 나와 마음이 통하는 사람이라고 느꼈다. 그 고요하고 어둑어둑한 가을밤, 저 길모퉁이에 옥수수를 굽는 난로, 그곳 모락모락 피어오르는 연기, 그토록 구수한 냄새, 그러한 외로운 밤길을 가는 이와 쓸쓸히 옥수수를 굽는 사람이 모두 간결한 시구 속에 응축되어 있다. 상상 속에서 금방 환원될 수 있고, 그러한 신기한 녹조식물처럼 설령 1백 년을 건조하였다고 하여도 물에 담그기만 하면 다시 살아날 수 있을 듯하다. 시 때문에 그는 사실상 영원한 생명을 얻었다.

그다음은 커다란 아오야마 스키장에서 본 이름이 쇼우센 호시코小淺星子라는 여대생이다. 붉은 스키복, 마스카라를 칠한 긴 눈썹 위에 맺힌 하얀 눈꽃, 새빨간 얼굴에 마치 눈 속의 붉은 매화처럼 건전하고 진취적인 정신이 넘쳐흘렀다. 나와 그녀가 대화할 때, 촬영기가 뒤쪽에서 촬영하면서 기자들이 빙 둘러싸고 사진을 찍었다.

그녀는 좀 수줍어하였는데, 정말 참한 아가씨였다. 그녀가 자신은 홋카이도대학의 2학년 학생으로 물리를 전공하며 이곳에 스키를 타러 온 것이지 이름나기 위해서가 아니며, 흥미 때문이고 모험을 희망하며 자신의 용기를 단련하기 위해서라고 말하였다. 우리는 산 아래서든 위에서든 그녀가 높이 솟아오르며 날듯이 내려오는 씩씩하고 힘찬 모습을 보았다. 내가 그녀에게 높이 솟아오르는 도약의 순간에 매처럼 날개를 펴고 비상하고 싶은 느낌이 있는지 물었다. 그녀가 웃으며 대답하지 않았는데, 웃는 모습이 순진하면서도 꾸밈이 없고 어린아이 같았다.

이어서 생각나는 사람은 얼굴 가득 웃음을 머금은 녹조식물찻집의 안주인 타카다 이쿠코高田郁子로 가냘픈 중년 여성이다. 그녀의 찻집은 장소가 비좁고 탁자가 빙 둘러싸고 작업대를 포위하고 있다. 천장은 오랫동안 연기에 그을렸기 때문에 유약을 바른 것처럼 새까맣고 반들거렸다. 이런 조그만 장소에 우리 열여덟 명의 손님이 빽빽이 들어찼다. 그녀를 에워싸고 그녀가 일하는 것을 쳐다보면서 그녀가 맛있는 음식을 우리에게 먹으라고 나누어주기를 기다렸다. 그녀는 안주인일 뿐 아니라 주방장이자 서빙 하는 사람이다. 당시의 광경이 나에게 어머니와 그녀의 식탁을 빙 둘러싸고 앉아 있는 아이들을 떠올리게 하였다. 새의 둥지도 떠올렸다. 둥지 안에 목을 길게 뽑고 있는 새끼들이 어미 새가 와서 먹이를 먹여주기를 기다리고 있다. 이러한 연상이 우리의 신분과 나이와는 전부 어울리지 않고 좀 억지 같기도 하지만 지금까지도 여전히 나를 감동하게 한다. 일본 여성의 부지런함과 공손함, 손님에 대한 일본의 장사하는 사람의 마음 깊은 곳에서 우러난 뜨거운 정과 감사하는 마음이 모두 나로서는 잊기 어렵게 하였다. 그날 저녁에 우리는 식탁을 치며 훌륭하다고 소리칠 만한 맛있는 음식을 많이 맛보았고, 그 맛을 평생 잊을 수 없지만, 자욱한 연기에 피로를 묻은 안주인의 웃는 얼굴이야말로 우리의 가슴에 평생토록 깊이 새겨질 것이다.

히다카 지역 켄터키목장의 말을 사육하는 이시다 이사무石田勇 선생이 이때, 마치 내 앞에 서 있는 것 같다. 그는 우람하고 훤칠한 몸집에 사나운 말을 길들일 수 있는 사람 특유의 늠름한 기개를 지녔다. 찬바람이 살을 에듯 춥고 눈 덮인 벌판이 끝없이 펼쳐진 곳에서 순종 영국 말이 내달리고 있다. 이 사람은 말의 말을 알아듣는 사람이자 야심만만한 기업가이다. 그는 베이징 퉁저우구에도 말 목장 한 곳을 갖고 있다. 게다가 중국의 시베이 지역에 말 목장 몇 곳을 더 세울 계획이다. 그는 머지않은 장래에 중국 땅에서도 많은 장소에서 백조같이 우아한 준마가 필요하게 될 것이라고 믿는다. 그의 봄처럼 따뜻한 바닷가 별장에서 우리는 따끈따끈한 커피를 마시면서 그와 말에 관한 이야기를 나누었다. 그는 온 세상의 각종 준마에 대해 손금 보듯 환히 꿰뚫고 있고 중국 각지의 말 목장에 대해서도 손바닥을 가리키듯이 잘 알고 있었다. 이 사람은 진정으로 말을 알고 말을 사랑하는 사람이다. 그의 많은 표정조차도 말과 비슷하였다. 그가 우리에게 말의 식단을 소개하였는데, 귀리, 거여목, 해바라기 씨, 벌꿀, 마늘, 된장 등을 먹였다. 정말 잘 먹네, 행복한 말들이구나. 그의 집에서 나와서 우리는 목장의 전망대로 올라가서 몇몇 기수가 마침 조금 전에 운동한 말 몇 마리를 목욕시키는 광경을 보았다. 그의 집 뒤쪽에서 태평양의 회색 파도가 암초를 치며 내키지 않는 듯이 철썩철썩 소리를 냈다.

말을 키우는 사람의 다음 사람은 아칸초 풀피리목장의 소를 키우는 사람 사쿠마 간이치佐久間貫一이다. 그는 목이 긴 미끄럼 방지용 고무신을 신고 엷은 작업복을 입었다. 구릿빛 얼굴과 목, 커다란 손가락, 터진 피부에다가 온몸에서 꼴과 쇠똥이 뒤섞인 냄새를 풍기고 있었다. 우리는 두툼한 옷을 입고도 부들부들 떨고 있었지만, 아무렇지 않은 그의 표정은 거의 추위를 느끼지 않는 듯이 보였다. 그가 우리를 데리고 가서 젖소, 사료 마당, 젖을 짜는 작업장과 우유 보관 탱크 등을 보여주었다. 이 사람은 꾸밈이 없는 사람이어서 나에게 고향의 아저씨와 형들을 연상시켰다. 그는 사람들에게 우유를 제공해주니까 사회에 쓸모 있는 사람이다. 정부가 어린아이들에게 우유 먹이기를 제창하였기 때문에, 지난 30년 동안 일본 어린아이의 평균 키가 2cm 커졌다고 하였다. 사실 이 사람의 나이가 나보다 많다고는 할 수 없다. 사실 내가 고향을 떠나 군대에 가지 않고 문학창작이란 이 길을 걷지 않았다면, 나야말로 고향에서 소를 키우는 특종 경영 농가가 되었을지 모른다. 우리 중국 사람은 그들에게 우유를 제공해줄 수 있는 사람을 더욱더 필요로 할 것이다. 소설가로 말하면 한 사람이 많든 적든 간에 별 차이가 없다. 소를 키우는 사람 사쿠마 간이치와 그의 소가 고향과 소에 대한 나의 깊은 정을 불러일으켰다. 사실 내 뼛속은 끝까지 농민이다.

뽀글뽀글 소리를 내고 짙은 냄새를 풍기며 이글거리는 기체를 내뿜는 유황 산자락에서 유황 달걀을 파는 노인 부부가 있었다. 바람구멍 안에 모닥불이 타고 있고 조그마한 천막을 세워놓았다. 남루하고 더러운 옷을 입고 온 얼굴과 손에 흙먼지를 묻힌 채로 그곳에서 가만히 여행객을 기다렸다. 그들이 유황 증기 구멍 쪽에 놓고 구워서 익힌 달걀을 사러 오는 손님들 말이다. 고달픈 환경, 힘들고 쓸쓸한 일, 보잘것없는 이윤임에도 그들은 몇십 년 동안 이 일을 하였다. 서로 의지하며 이렇게 하루하루를 살아온 노인 부부는 이미 유황 산 풍경의 일부분을 구성하였다. 많은 사람이 그들의 달걀을 사는 것은 정말 먹고 싶어서라고 할 수는 없고 오히려 의식을 실행하는 것 같다. 이러한 사람이 진정한 하층민이다. 생활은 고달프지만 그들의 얼굴에는 쓸쓸하고 애달픈 빛이 별로 없고 오히려 하늘의 뜻에 순응하여 자기 자신의 처지를 만족해하는 편안함을 띤다. 이러한 편안함이 나를 깊이 감동하게 하였다. 사람마다 모두 두각을 나타내고 떠들썩하기를 바라고 평범한 일을 하기 싫어한다면, 그러면 이 세상도 안녕하지는 못할 것이다.

유황 달걀을 파는 노인 부부보다 더욱더 늙은 사람은 도베쓰초의 노련한 사냥꾼으로 여든여덟 살의 시토이타 세이지倭田清治 선생이다. 그는 여러 날 병석에 있었는데 내가 만나러 온다는 말을 듣고 일부러 일어나 앉아서 기다리고 있었다. 사실 그는 내가 온다고 하여서 일어나 앉은 것이 아니라 홋카이도에서 13년 동안 야인생활을 한 대단한 내 고향 사람인 류롄런劉連仁 때문에 일어나 앉아 있었다. 그의 가족의 말에 의하면 그의 기억력이 아주 심각하게 나빠졌지만, 그러나 40여 년 전에 류롄런을 발견하고 구조에 참여한 일을 거론하면 그의 꺼져가는 눈에서 난데없이 빛발을 내뿜으면서 기억이 되살아나고 정확하지 못한 발음까지도 또렷해진다고 하였다. 아주 평범하게 생기고 키도 작은 남자가 만약 우연히 류롄런이 사는 산속 동굴을 발견하지 못하였다면 중국 사람은 아마 그의 이름을 알기 어려웠을 것이다. 그러나 지금 그의 이름은 류롄런이라는 이름과 긴밀하게 함께 묶여 있게 되었다. 나의 고향에서 그는 거의 누구나 다 아는 인물이다. 전쟁이 마치 커다란 파도가 모래 두 알갱이를 헤집어놓은 듯이 서로 전혀 상관없는 이 두 사람을 함께 만나게 하였고 전설이 되게 하였다. 도베쓰초가 류롄런을 위해 기념비와 조각상을 세우고, 아울러 류롄런의 사적을 알리는 위원회를 구성했으며, 많은 적극적인 사람들이 의무감을 가지고 이 일에 동참하고 있었다. 기념비와 조각상은 모두 검은 바위로 만든 것으로 그렇게 크지는 않지만 새하얀 눈과 어우러져 장엄하면서도 묵중함을 드러냈다. 차가 떠나려고 할 때, 노인이 얼굴을 창문 유리에 붙이고 우리를 쳐다보고 있었다. 내가 차에서 내려 다가가 유리에 대고 크게 "안녕히 계십시오, 안녕히 계십시오……." 하고 외쳤다. 말은 이렇게 하였지만 나도 더는 이 노인을 볼 수 없으리라는 것을 알았다.

차에 올라타기만 하면, 삿포로시 관광문화국의 직원 히키치 시호引地志保 양이 우리에게 귀찮아하지 않고 일정, 식사와 숙소, 고장의 발자취 등을 이야기해주었다. 너무 피곤하였기 때문에 우리는 그녀의 설명에 대해 싫증을 느끼기도 하였다. 나는 심지어 그녀에게 '수다쟁이'라고 말하였지만 금방 후회하였다. 히키치 시호 양은 우리와 열이틀 동안 전 일정을 동행하면서 세심하게 마음을 쓰고 날마다 아침에 일어나서부터 저녁에 잠들 때까지 정말 수고하였다. 우리가 스키장에 간 날에는 그녀가 미리 산에 올라가서 우리를 위해 사전점검을 하였다. 젊은 여성이 이처럼 직업적 책임감이 강하고 힘든 일도 잘 견디어낼 수 있다니 정말 존경스럽고 감동적이었다. 환송 만찬이 열리자 히키치 시호 양의 임무가 바야흐로 완성될 참이었고 마침내 홀가분해져서 맥주 한 잔을 더 마시고 작은 얼굴이 새빨개졌다. 즐겁게 외치는 소리와 웃음소리에서 여자애 티를 드러냈다.

멋지게 된추위를 물리쳐준 삿포로시 관광문화국 과장 아라이 이사오 선생, 계장 마사무라 신히코 선생, 우리를 위해 운전해준 기사 두 분, 미사 양, 표정은 아주 살쾡이를 닮았고 노래를 잘하고 춤을 잘 추는 쇼지 사오리 양, 또 당시에 류롄런을 구조한 키야로 키이치로 선생, 류롄런을 위해 기념비에 비문을 써준 센테이 토시히코 초초町長와 도베쓰초의 마을 사람들, 그리고 우리에게 봉사해준 많고 많은 홋카이도 사람들, 그들의 웃는 얼굴, 그들의 뜨거운 정이 홋카이도의 자연풍광과 한데 어우러져서 우리의 머릿속에 자리 잡았다. 우리는 그들 대다수 사람과 모두 부평초처럼 서로 만났고 이승에서 대부분은 다시 만나기 어려울 것이지만, 그들이 우리에게 남긴 인상과 그들에 대한 우리의 감격은 우리가 사는 동안 함께할 것이다.

러시아 스케치

초원

1993년 7월, 나는 변방의 도시 만저우리滿洲里에서 인터뷰할 때 이름을 왕자바오王家寶로 바꾸고 어떤 관광단을 따라 러시아 경내에 들어가 24시간 동안 머문 적이 있다.

러시아의 도시에 대해 나는 흥미를 느끼지 못했고 더욱이 뭘 사러 들어가고 싶지는 않았다. 관광단을 따라 러시아 경내에 들어간 주요 목적은 바로 러시아의 초원을 좀 보고 싶어서였다. 우리 쪽에도 초원이 있긴 하지만 이쪽의 초원과 내 상상 속의 초원은 크게 달랐다. 내 상상 속의 초원은 끝없이 드넓은 것이어야 하고 풀의 물결이 출렁이고 소와 양이 그 가운데 숨어있어야 하며 수많은 꽃들이 푸른 풀 더미 속에서 돋보여야 하고 위에서는 온갖 새들이 지저귀고 아래에는 맑은 강물이 구불구불 흘러가야 한다. 그러나 내가 본 초원은 색깔이 누르스름하고 풀줄기가 낮고 또 군데군데 원형 탈

모증이 있어서 독창 걸린 머리통 같았다. 바람이 불어도 풀은 눕지 않았고 소와 양은 오히려 아주 많아서 한 무리 또 한 무리 이어져 있었다. 메마른 초원의 여윈 풀을 그것들이 어떻게 배불리 먹을 수 있겠나? 내 상상 속의 큰 것은 큰 주먹보다 더 크고, 작은 것은 쌀알보다 더욱 작으며, 푸른 풀 사이에 솟아 하늘가로 내뻗은 여러 색깔의 꽃송이도 없었다. 강이 있기는 하지만 대부분은 물이 없었고, 물이 좀 있다 해도 흙탕물처럼 흐렸다. 새가 있기는 하지만 아주 적었다. 녀석들은 분명히 아주 쓸쓸하였으니, 어떤 녀석은 길가에서 홀로 걸어가고 어떤 녀석은 하늘에서 슬피 울었다. 특히 엉망인 것은 넓은 아스팔트 도로가 원래 그다지 넓지 않은 초원을 반쪽 갈라놓은 것이었다. 길가에는 의외로 술집 깃발을 꽂아 놓은 점포들도 있었고, 어떤 점포 앞에는 피투성이 양 대가리 네댓 개가 어지러이 내팽개쳐 있었는데 파리들이 모여 윙윙 날아다니고 있었다. 어디로 가서 내 꿈속의 초원을 찾을 것인가? 만저우리의 친구가 말하였다.

"저쪽으로 가봐. 저쪽 초원은 어쩜 자네가 만족할지 몰라."

국경선을 넘어 차가 울퉁불퉁한 흙길을 따라서 곧장 러시아로 끼어 들어갔다. 나는 흙길 양쪽 가장자리에 목초가 무릎을 덮고 들꽃이 만발한 걸 보았지만, 끝없이 드넓은 초원에서는 가축 한 마리, 사람 한 명도 볼 수 없었다. 밤사이에 비가 내렸던 듯 길바닥 위의 웅덩이마다 옅은 노란빛의 빗물이 고여 있었다. 길가의 개울은 물이 깊고 색이 없고 투명하였다. 우리 쪽에는 밤사이에 비가 내리지 않아서 바짝 마른 초원 위에 흙먼지가 거의 날릴 것 같았다. 국경선 한 줄을 사이에 두었을 뿐인데, 하늘이건 땅이건 간에 이렇게 큰 차이가 있다는 것이 나를 놀라게 하였다. 나는 함께 차를 탄 만저우리의 친구에게 물었다.

"이거 왜 이렇지?"

친구가 말하였다.

"저쪽의 우리 초원은 방목 부담량이 너무 많아 '한계'를 훨씬 초과하였다네. 우리의 초원은 지친 초원이야. 하지만 이쪽의 초원은 방목 부담량이 아주 적어서 풀도 미친 것처럼 자란 거야."

내가 물었다.

"우리는 왜 방목 부담량을 좀 줄이지 않는 거지?"

친구가 말하였다.

"그 질문에도 내가 대답해야 한단 말이야? 맞아, 이 문제는 확실히 대답할 필요가 없지."

차가 안쪽으로 깊이 들어갈수록 사람의 그림자도 드물어졌다. 들풀이 길가에서 제멋대로 자라서 길의 윤곽이 갈수록 희미해졌다. 초원은 가없고 끝을 볼 수 없었다. 하늘 아래 우리 차가 굼뜨게 기어가고 있을 뿐이었다. 때 없이 살찐 산토끼와 쥐가 길을 횡단하였고, 녀석들의 태도는 아주 느긋하였으며 조금도 놀라고 두려워하는 모습이 아니었다. 우리 머리 위에 있는 새들이 반짝이는 햇빛 속에서 어떤 녀석은 빙빙 돌고 어떤 녀석은 위로 솟구치고 어떤 녀석은 떨어지며 모두 금방 수업이 끝난 초등학생처럼 열심히 지저귀고 있었다. 먼 곳에 둥근 윤곽선의 산봉우리가 있었는데 초원과 같은 색이었다. 이는 산봉우리 위에서도 푸른 풀이 무성하게 자라고 있음을 말해준다. 가로누운 산맥은 풍만한 여인 같았고 봉긋 솟은 산은 위대한 사과 같았다. 러시아 초원의 무겁고 느린 호흡을 나는 진작 느꼈다. 톨스토이, 투르게네프, 체호프, 고골, 숄로호프 등 러시아의 위대한 작가의 모습도 어렴풋이 분간할 수 있었다. 내가 그들의 책을 읽고 그들이 책 속에 묘사한 초원에서 감동하였기 때문에 내 마음속에서는 이미 특수한 느낌이 있었다. 그들이 묘사한 초원이 꼭 내 발아래의 초원은 아니지만 나는 기꺼이 이 초원이 그 초원이길 바란다. 맞다. 이 초원이 바로 그들의 초원이어야 하고 그들의 초원이 바로 온 인류의 초원이어야 한다.

시간이 정오가 되어서 차가 멈추었다. 우리는 허리를 굽혀 차에서 내려 남녀로 나뉘어 길 양쪽으로 걸어갔다. 러시아의 초원에 비료를 주기 위해서였다. 그런 다음에 기지개를 켜고 얼근히 취하고 싶게 만드는 공기를 마시니 기분이 상쾌하고 만감이 교차하였다. 눈으로는 탐욕스럽게 가까운 곳을 쳐다보기도 하고 먼 곳을 쳐다보기도 하며 고개를 숙여 풀을 보기도 하고 고개를 들어 하늘을 바라보기도 하였다.

'정말 좋다, 대자연. 정말 안타깝다, 이곳이 조국이 아니라니, 이곳이 고향이 아니라니. 멀리 삭막한 달, 화성, 금성, 목성 등을 상상하면, 한없이 펼쳐진 우주 속에 이렇게 조그마한 지구가 보석처럼 파랗게 있고 그 위에는 이렇게 아름다운 자연이 있다. 사람으로서 나는 원래 금, 은, 구리, 쇠, 주석 등 서로 전혀 상관없는 원소들이 지극히 우연히 결합하여 호흡하고 생각할 수 있는 생명으로 조합되었다. 정말 행운이다. 사람들이 감탄하는 것도 당연하다. 살아있는 것은 정말 좋은 것이니 생명은 귀중한 것이다. 풀이 기적이고 나무가 기적이며 꽃이 기적이고 새도 기적이다. 나는 기적 속의 기적이다.'

이렇게 생각하자 못마땅한 것도 별것 아니고 감탄도 별것 아니게 된다. 만약 모두 다 나처럼 생각한다면 나라는 나라가 아닐 것이고 백성은 백성이 아닐 것이며 임금은 임금이 아닐 것이고 신하는 신하가 아닐 것이다. 그러한 날이 되면 마르크스가 상상한 공산주의와는 차이가 그렇게 크지 않을 것이다. 관광단의 인솔자가 "여러분, 차를 타세요!" 하고 외쳤다.

하지만 기사가 차에 시동을 걸지 못하였다. 그는 납작모자를 운전석에 내동댕이치고 투덜거리면서 차에서 뛰어내리며 말하였다.

"이놈아, 달려서 너무 지쳤냐? 가기 싫냐? 그래도 여기서 쉴 수는 없잖아!"

기사가 보닛을 열고 머리를 들이밀고 뭘 뚝딱거렸다. 모두 다 몇 분을 기다렸고 모두 안달하지 않았다. 또 몇 분을 더 기다리자 어떤 사람이 안달하며 뭐라고 불평하기 시작하였다. 인솔자가 내려가서 기사 옆에서 몸을 기울이고 잘 모르는 말로 물으며 배려하였다. 기사는 그다지 대꾸도 하지 않았다. 30분이 흘러가자 사람들이 초조해져서 웅성웅성 왈가왈부하였고, 매우 듣기 거북한 말도 섞였다.

기사는 온 얼굴이 땀투성이가 되었고, 볼에 두 줄기 기름얼룩을 묻힌 채 큰 눈을 부릅뜨고 불같이 화를 냈다.

"그게 무슨 말이오? 누가 저놈을 망가뜨리고 싶겠소? 이 차는 진작 퇴차시켜야 하는데, 늙은 간부같이 억지로 퇴직시키지 않은 거요. 저놈이 퇴직하고 싶지 않은 게 아니라 우리 국장이 저놈을 퇴직하지 못하도록 하는 거요. 우리 국장은 쌀겨에서 기름을 짜내요. 여러분이 능력 있으면 돌아가서 그를 후려갈기쇼. 나한테 말해 봐야 소용없소."

또 어떤 사람이 듣기 거북한 말을 하자, 기사가 말하였다.

"기다리고 싶으면 기다리고, 기다리기 싫으면 직접 가시오!"

말을 마치고 또 주먹으로 '쾅!' 하고 보닛을 세게 내리쳐서 사람들을 겁먹게 하였다. 사방을 둘러보니 끝없이 펼쳐진 초원이고, 앞에는 러시아 사람이 보이지 않고 뒤에는 동포가 보이지 않았다. 이곳은 진정으로 앞에는 마을도 없고 뒤에는 가게도 없는데, 더군다나 또 다른 나라 사람의 땅에 있는 것이다. 사람들은 이 현실을 고려해서 모두 순순히 입을 다물었다. 마음은 불타는 듯 애가 탔지만 느긋한 척하고 기다렸다. 어떤 사람은 시시한 휘파람을 불었고, 어떤 사람은 고개를 뒤로 젖히고 눈을 감았고, 어떤 사람은 기사에게 담배 한 개비를 권하고 알랑거리며 말하였다.

"선생, 천천히 고치시오. 우리가 기다리겠소. 서둘지 마시오."

어떤 사람이 차에서 내렸다. 나는 차에서 내린 무리 속에 끼어 있었다.

처음에는 뱃속에 불만이 가득한 기사에게 버려질까 봐서 우리도 감히 멀리 가진 못하였다. 하지만 오후 3시가 되어도 차를 고치지 못하자 인솔자가 기사와 대판 싸웠다. 작은 얼굴이 새하얗게 되도록 화가 난 것 같았다. 기사도 온 얼굴에 화난 빛으로 가득해서 보닛을 닫고 타이어를 한 발로 걷어차고 욕설 한마디를 퍼붓고 풀밭에 앉아서 담배를 피웠다. 내가 용기를 내서 다가가서 물었다.

"선생, 언제 갈 수 있소?"

그가 눈을 부릅뜨고 말하였다.

"당신이 나한테 물으면 나는 누구한테 물어봐야 하겠소?"

그리하여 나는 겁내지 않고 대담하게 초원 깊은 곳으로 천천히 걸어갔다.

나의 바지가 부드러운 풀잎에 스치면서 사각사각 소리를 냈고, 나의 손가락은 때 없이 보랏빛의 주먹만 한 꽃송이를 잡아보았다. 그것들이 나의 손에 전달하는 감촉은 보드랍고 여리고 촉촉하였다. 그것은 나같이 생각이 건전하지 못한 사람에게 상상의 나래를 펼치게 하였다. 나는 나타샤를 떠올렸고, 악시냐를 떠올렸다. 잊지 못할 풀 베던 날 밤, 그레고리 멜레호프와 악시냐가 풀을 베던 날 밤을 떠올렸다. 나는 어렴풋이 오늘밤에 이 초원에서 밤을 보내야 할지 모른다고 느꼈다. 하늘이 높고 공기가 상쾌하였고 햇빛은 별나게 눈이 부셨다. 땅 위의 물기가 모락모락 올라왔다. 물기 속에 푸른 풀의 냄새, 꽃송이의 향기, 흙의 냄새, 그리고 문학의 냄새를 담고 있었다. 오후의 초원은 그야말로 커다란 시루 같았지만, 다행히 맑은 바람이 저쪽에서 산들산들 불어와 사람을 그렇게 못 견디게 하지는 않았다. 바람이 스치고 지나간 곳에 풀 이파리 끄트머리가 더할 수 없이 미묘하게 출렁거렸고, 꽃송이는 갖가지 풍취를 머금은 듯이 하늘거려 사람의 마음을 종잡을 수 없게 하였는데 달콤한 슬픔, 담담한 근심이 행복인지 불행인지 아리송하였다. 이렇게 선 채로 오랫동안 꼼짝하지 않고 눈으로 먼 곳을 바라보았지만 사실 아무것도 보이지 않았고, 마음으로 러시아라는 위대한 민족의 애달프지만 비통스럽지 않고 제멋대로이지만 지나치지는 않은 성격을 보고 있었다.

저녁 무렵에 커다랗고 붉은 해가 부드러운 풀 이파리 끄트머리 아래로 떨어졌다. 초원의 풍경은 인상파의 유화처럼 색채가 뭉친 채로 녹지 않을 것 같았다. 작은 새들이 잇달아 풀줄기 사이로 내려앉았고, 참매의 그림자가 검은 번개처럼 풀 끄트머리를 훑고 지나갔다. 이 시각의 초원은 따뜻함 속에 약간 찬 기운을 띠었다. 이는 원래 사람의 몸과 마음을 편안하게 해줄 수 있는 좋은 분위기였지만, 차가 고장이 나서 멈추었기 때문에 사람들을 이 인적 없는 쓸쓸한 초원에 묶어두고, 앞길이 막막하고 길흉을 점치기 어렵게 만들었으니 아무리 좋은 분위기일지라도 주의를 끌기 어려웠다. 몇 사람이 관광단의 인솔자를 에워싸고 그에게 어떤 방법을 짜내도록 하였다. 인솔자가 고개를 저으며 쓴웃음을 지은 채로 기사를 쳐다보았다. 기사가 말하였다.

"나를 보지 마시오. 나를 보아도 소용없소. 저 낡은 차가 심근경

색을 일으켰으니 내가 고칠 수 없는 것은 말할 것도 없고 하느님도 고칠 수 없소. 여러분이 모두 나를 노려보면 뭐 할 거요? 떼거리로 나를 잡아먹고 싶소? 설마 내가 빨리 크라스노카멘스크까지 가기 싫겠소? 맥주 한 병을 쏟아붓고 새하얀 시트를 깐 침대에 올라가서 누우면 무슨 재미겠소?"

나의 친구가 그의 말을 끊었다.

"여보게, 쓸데없는 소리 그만 좀 하게. 방법을 좀 생각해야지."

기사가 말하였다.

"내가 말하였죠? 가장 좋은 방법은 바로 참고 기다리는 거요. 지나가는 차가 우리를 돌려보내 줄 때까지 기다리쇼."

친구가 말하였다.

"어쨌든 우리를 초원에서 밤을 지내게 할 수는 없지 않소?"

기사가 말하였다.

"초원에서 밤을 지내는 게 어때서요? 얼마나 낭만적인데요!"

어떤 노처녀 같은 모습의 여자가 물었다.

"기사님, 늑대가 있어요?"

기사가 말하였다.

"안심하쇼. 늑대가 있어도 문제없소. 초원에 산토끼가 떼지어 있어서 늑대도 설사할 지경이고, 당신이 스스로 녀석들 입가에 들이밀어도 녀석들은 입을 벌리지 않을 것이오."

사람들이 투덜거렸지만 울 수도 웃을 수도 없었다. 그 노처녀가 가버리자 기사가 낮은 소리로 말하였다.

"당신 살을 늑대가 물어뜯을 수 있겠어?"

내 친구가 나에게 말하였다.

"여보게, 미안하게 되었네."

내가 말하였다.

"너무 좋아, 확실히 아주 좋네. 러시아의 초원에서 밤을 지낼 수 있으니. 천재일우의 기회네."

친구가 말하였다.

"자네 말이 참말이길 비네."

해가 떨어졌고, 달이 즉시 빛발을 내뿜었다. 처음에 이 빛발은 좀 흐릿하였지만, 재빨리 깨끗해졌다. 은빛이 반짝이는데 수은을 땅에 쏟는 것 같았다. 풀 끄트머리는 숙연히 꼼짝도 하지 않고 한순간 잠잠해졌다가 사방에서 풀벌레 우는 소리가 울려 퍼졌다. 밤의 초원은 결코 휴식이 없고 더욱 왕성하게 생명의 운동을 드러냈다. 어떤 낭만적인 감상을 품은 사람이 마른 풀을 주워서 모닥불을 피웠다. 밝은 달이 내려 보는 가운데 불꽃은 연약해 보였고, 열기 없는 빛바랜 비단 같았다. 떼를 지은 날벌레가 불로 달려들었고 날개가 타는 소리가 지지직 났다. 하지만 모닥불은 금방 꺼졌고, 검붉은 재만 남았다. 초원은 물기가 짙어 마른 풀을 구하기 어려웠고 사람들은 사실 그럴 마음이 없어서 낭만적인 정경은 오래가지 못하였다. 초원은 끝없이 넓고, 차가 와야만 몇십 리 밖으로 갈 수 있었다. 사방을 둘러보니 달이 흘러가는 것만 보이고 어렴풋한 풀색만 있을 뿐, 차는 그림자도 보이지 않았다. 이때는 차가 올 가능성이 더 없었다. 사람들이 절망하여 투덜거리면서 차로 들어가 잠을 청하고 아니면 비몽사몽간에 이 길고 긴 밤을 지새웠다.

나는 친구를 잡아끌고 초원 깊은 곳으로 걸어갔다. 우리가 무성한 풀을 헤치는데 그야말로 달빛을 베는 것이었다. 나는 몸이 달빛의 물 속에서 헤엄친다고 느꼈다. 내가 손을 내밀어 한 움큼 붙잡았다가 한 번 뿌리면 분명히 달빛의 저항력을 느꼈다. 난데없이 달빛의 물이 출렁이는 소리를 들었다. 이렇게 걷고 또 걸었다. 처음에는 또렷하지만 계속되면 아물아물 행복의 마비 상태 속에 잠긴다. 하지만 나의 친구는 참을 수 없게 되었다. 그가 "여보게들, 그만 가게. 더 가면 모스크바라네." 하고 말하였다. 나는 그를 아랑곳하지 않고 계속 전진하였다. 나는 그가 이런 달 아래의 초원에서 느릿느릿 걷노라면 다리가 물기에 젖고 얼굴은 모기와 벌레에 물리는 걸 싫어하는 줄을 안다. 동료는 거친 사내이고 다정다감한 소녀가 아니니, 그가 지겨워하는 게 당연하다. 모든 것이 다 되풀이되는 것이다. 같은 풀이 우리를 스치고 같은 벌레가 울어서 우리를 법석 떨게 하고, 같은 달빛이 우리를 비추고 있지만, 나의 흥미는 이 되풀이 과정에 있고 나의 행복도 이 되풀이 과정에 있었다.

우리는 마침내 어떤 불쑥 솟구친 작은 산언덕 위에서 멈추었다. 원을 그리며 사방을 빙 둘러보았다. 아주 먼 곳에서 깜빡이는 등불들이 보였다. 친구가 말하였다.

"저기가 바로 크라스노카멘스크네. 보이긴 하지만 갈 수는 없어."

내가 말하였다.

"여보게, 여보게, 나는 아주 만족해. 저 기사한테, 저 고장 난 차한테 감사한다네."

친구가 말하였다.

"나는 어떤 작가를 아는데, 자신과 보통 사람의 차이를 증명하기 위해, 남이 구리다고 말하면 그는 틀림없이 구수하다고 말하고, 남이 구수하다고 말하면 그는 틀림없이 구리다고 말하지."

나는 "그건 나인데" 하고 말하였다. 그가 하하 크게 웃었다. 산언덕 위는 비교적 건조해서 우리는 앉아서 담배 한 대를 피우고 그런 다음에 그 자리에 드러누웠다. 작은 벌레가 내 바짓가랑이로 파고들었지만 나는 녀석들을 아랑곳하지 않았다. 나는 별이 반짝이는 하늘을 올려다보았다. 이제껏 이렇게 반짝이는 별들을 본 적이 없었다. 온 들판에 가득한 벌레 우는 소리가 만들어낸 특수한 고요함 속에서 나는 별의 말을 경청하였다. 별이 반짝이며 흔들흔들 떨어질 것 같았다. 별똥별이 불처럼 하늘을 가르고 지나갔다. 중국의 노인들이 자기 후손에게 "땅에서 한 사람이 죽으면 하늘에서 별 한 개가 떨어지는 거야." 하고 말하였다. 러시아의 노인들도 자기 후손에게 "하늘에서 별 한 개가 떨어지면 땅에서 한 사람이 죽는 거야." 하고 말하였다. 우리는 똑같은 하늘을 머리에 이고 있다. 우리가 별을 우러러볼 때, 국경선은 알쏭달쏭해진다. 하지만 우리는 아무튼 영원히 머리를 쳐들고 살 수 없으니, 더욱 많은 시간 속에서 우리는 반드시 머리를 숙여야 한다. 우리가 머리를 숙일 때면 냉혹

한 현실과 마주해야 한다. 중국이란 나라의 땅 위에는 사람이 너무 많아서 탈이지만, 러시아라는 나라의 땅 위에는 인적이 드물다. 우리의 초원에는 방목 부담량이 지나치게 많고 초원이 이미 견딜 수 없을 만큼 지쳤다. 우리의 삼림은 해마다 줄어들고 우리의 경작 면적은 해마다 감소하고 있다. 그렇다고 해도 우리는 여전히 시장이 발전하고 물가가 안정되어 있다. 러시아는? 당신에게 이처럼 끝없이 펼쳐진 초원이 있고, 흘러넘치는 바다 같은 삼림이 있고 드넓은 토지가 있는데, 그런데 당신은 어쩌면 이토록 가난한지? 러시아 사람이 먹고 입을 걱정 없는 생활 수준을 이루려고 마음먹으면 실제로 결코 어려운 일이 아니다. 사회주의 구소련의 실험은 비교적 철저하게 실패하였다. 러시아의 경제는 현재 아직 쇼크 뒤의 일시적인 혼수상태 속에 처해있다. 하지만 러시아의 자연조건은 실로 매우 우월하다. 국토가 끝없이 넓고 자원이 풍부하며 인구가 적어서 러시아 사람이 부자가 되고 싶으면 우리 중국 사람보다 틀림없이 아주 많이 수월할 것이다. 그때 나는 '그들은 영원히 가난할 수 없을 것이다'라고 생각하였다. 우리가 러시아의 잠시의 빈곤을 통해서 자본주의가 사회주의만 못하다는 것을 증명하려는 것은 아주 유치한 짓이다. 같은 이치로 몇 년 뒤에 러시아 사람이 부유해졌다고 해서 우리도 이것을 자본주의가 사회주의보다 우수한 증거로 삼을 수는 없는 것이다. 어떤 사회제도에서 사는 국민이건 간에 모두 부지런하고 용감하며 창조력을 풍부하게 가진 군체이다. 그들의 목을 조른 손을 살짝 느슨하게 해서 그들에게 숨을 쉬게 하고, 그들의 수갑과 차꼬 사이의 쇠사슬을 살짝 넓혀서 그들에게 노동할 수 있게만 하면, 그들은 눈부신 문화와 커다란 부를 축적할 수 있다. 그렇지 않으면 과거의 세계를 말로 이해시킬 수 없고, 현재의 세계도 해석할 수 없다.

이튿날 오전에 만저우리시의 관광차가 우리 차 뒤쪽에서 멈추었다. 사람들이 밀치락달치락하며 그 차에 올라탔다. 오랜만에 다시 가족을 만나는 것 같았다. 이 차의 기사와 우리 차의 기사가 잘 아는 사이였고, 그가 우리 차 기사에게 물었다.

"여보게, 왜 그래?"

우리 차 기사가 대답하였다.

"여보게, 말도 마. 한마디로 다 말하기 어려워! 밧줄 있어? 우리를 끌어봐."

그가 말하였다.

"어떻게 끌 수 있어? 어디가 고장인가 내가 좀 보지."

그가 우리 차에 올라가서 이리저리 당기고 쳤더니 빵 소리가 나면서 엔진이 부르릉부르릉 돌아갔다. "이거 된 거 아냐? 제기랄, 뭔 큰 문제 난 줄 알았네." 하고 그가 말하였다. 우리 기사가 궁금히 혼잣말로 말하였다.

"귀신 짓이네, 귀신 짓일세. 정말 귀신이 곡할 노릇이야!"

우리 차의 여행객이 순식간에 머리가 돌아서 듣기 거북한 말을 빗방울처럼 기사의 머리 위로 퍼부었다. 그가 입을 삐쭉이면서 온 얼굴이 새빨개져서 마침내 그의 뻣뻣한 머리를 숙였다.

우리가 받은 것은 '2일 관광' 단체 비자였기 때문에 할 수 없이 머리를 돌려 조국으로 귀환하였다.

변방의 도시

이듬해 여름에 나는 두 번째로 만저우리에 가서 여전히 왕자바오라는 이름으로 어떤 관광단을 따라 러시아 경내로 들어갔다. 여전히 2일 관광이었고, 여전히 중국에서 가장 가까운 크라스노카멘스크로 가는 것이었다. 이번에 차를 운전한 사람은 행동이 재고 길을 가는 것이 춤을 추는 것 같았으며, 말하는 것이 노래를 부르는 것 같은 라오룽老龍이라는 이름의 여기사였다. 그녀는 스물이 좀 넘은 나이로 보였는데, 피부가 하얗고 눈썹이 아주 까맣고 입술이 빨간데다 눈이 아주 크고 살짝 올라간 입 위에 짙은 잔털이 나서 좀 미안하지만, 수염이라고 해도 될 듯했다. 여전히 지난번의 그 친구가 나를 데리고 갔다. 그는 그 라오룽과 아주 잘 알아서 차에 탄 많은 사람들 앞에서 내놓고 잡담을 하였다. 라오룽은 입이 날카롭고 재치 있는 말을 줄줄 쏟아내서 우리가 탄 차를 환성과 우스갯소리로 가득 차게 만들었다. 우리는 오전 7시에 출발해 낮 1시에 크라스노카멘스크에 도착하였다.

차가 작은 호텔 앞에 멈추었고, 관광단의 인솔자가 위층으로 올라가 숙박 절차를 밟았다. 우리는 건물 앞에 놓인 돌 위에 앉아서 기다렸다. 호텔 앞쪽의 풀밭에 러시아 아가씨 두 명이 앉아 있었다.

한 사람은 길고 긴 금발이고 또 다른 한 사람은 상고머리였는데, 머리카락의 색깔은 아마같이 옅은 색이었다. 그들은 우리를 쳐다보면서 얼굴에 다정한 웃음을 띠었는데 말을 하지 않고 가만히 담배를 피웠다. 나도 담배를 꺼내서 친구에게 한 개비를 건네주고 한 대를 피웠다. 여기사가 나를 곁눈질로 힐끗 보는데, 감각으로 나는 그녀도 담배를 피울 줄 안다는 것을 알고 급히 그녀에게도 건네주었다. 그녀가 고개를 내저으며 말하였다.

"새사람이 되기로 하였어요."

친구가 말하였다.

"뭘 빼, 피워. 왕자바오 선생은 남도 아닌데."

그녀가 말하였다.

"왕자바오 선생님의 문제가 아니라 제 남편의 문제에요. 그가 제 입에서 담배 냄새가 나는 것을 싫어해서 요즘 한동안 저하고 뽀뽀하는 것을 거부해요."

친구가 말하였다.

"라오룽, 큰일 났네!"

그녀가 말하였다.

"왜요?"

친구가 말하였다.

"나의 경험에 의하면 남자는 절대 여자의 입 안에 담배 냄새 때문에 그녀와 키스를 안 하지는 않아. 이건 그가 딴짓을 곧 할 징조야!"

라오룽이 말하였다.

"딴짓할 테면 하라죠. 나도 바라는 바이네요!"

내가 말하였다.

"남편이 딴짓해도 겁나지 않는데, 무슨 담배 한 개비를 겁내요?"

그녀가 말하였다.

"왕자바오의 말이 맞네요. 우리 왕자바오의 말대로 해요!"

그녀가 담배를 받았고 나의 친구가 그녀에게 불을 붙여주었다. 그녀는 노련하게 한 모금을 빨고 잠시 머금었다가 새하얀 연기 두 줄기를 콧구멍에서 내뿜었다.

인솔자가 입국 절차를 다 마쳤고, 우리를 불러 들어가게 하였다. 객실의 크기가 제각각이었고 아주 불규칙하였지만 같은 점이 있었다. 그것은 이용할 수 있는 공간을 충분히 이용한 것이고, 침대가 놓일 곳에는 전부 침대가 놓여 있다는 점이다. 방 안이 비좁기는 하였지만 나는 역시 아주 만족하였다. 침대 시트가 눈처럼 새하얗고, 이불도 눈처럼 새하얬으며, 베개는 큼직하고 푹신하였다. 그것들이 전부 좋은 비누 냄새를 내뿜고 있었다. 특히 그 베개가 즉시 나에게 나타샤와 안나 카레니나 같은 사람을 연상시켰다. 그들의 침대 위에도 틀림없이 이런 베개가 놓여 있고 베갯속은 거위 털로 채워졌을 것이다. 우리가 입실해서 얼굴을 씻고 침대에 누워 좀 쉬려고 하는데, 인솔자가 우리를 집합시켜 밥을 먹으러 갔다. 우리의 배는 이때가 되어서 좀 고프다고 느꼈고, 인솔자를 따라 우르르 아래층으로 내려갔다.

대략 3리쯤 걸어가서 어떤 음식점에 도착하였다. 어떤 사람이 좀 멀다고 투덜거리기 시작하였다. 인솔자가 말하였다.

"도시 전체에 음식점이 열몇 곳이 있는데, 이곳이 가장 가까운 곳입니다. 떠날 때 제가 여러분에게 알려드렸습니다. 여러분이 비상식량을 갖고 가는 것이 가장 좋다고요. 여러분이 믿지 않아도 책임은 저한테 있지 않습니다."

그 음식점에 들어가자 커다란 가게 안에 의외로 손님이 우리 일행만 있었다. 어떤 붉은 얼굴의 남자가 시큰둥하니 걸어 나와서 아주 불친절하게 우리를 쓱 훑어본 다음 인솔자와 무엇인가 말을 나누었다. 여기사가 러시아말을 조금 알아듣고 우리에게, 그가 사람이 너무 많이 와서 손님을 받기 싫어한다고 말하였다. 나는 아주 답답하였다.

'어디 음식점을 하는 사람이 손님이 많아서 싫다는 경우가 있나? 여긴 어쩌면 국영 음식점이겠지?'

여기사가 말하였다.

"그는 게으름뱅이예요. 러시아 사람은 모두 게을러요."

나는 여기사의 설명에 대해 그렇다고는 생각하지 않았다. 그 붉은 얼굴의 남자가 인솔자에게 차림표를 던져주었다. 인솔자가 우리에게 말하였다.

"뭐 맛있는 것은 없습니다. 보르쉬, 싸시스키, 쵸르느이 흘레브만 있습니다."

모두가 "그러면 그에게 얼른 주문하자."라고 말하였다. 인솔자가 웃으면서 말하였다.

"사람마다 1인분씩, 1천 루블입니다. 빨리 먹고 싶어도 그다지 가능성이 없으니 모두 참고 기다려주길 바랍니다."

그리하여 우리는 앉아서 기다렸다. 족히 한 시간을 기다려도 주방에서는 동정이 조금도 없었고, 그 붉은 얼굴의 사나이는 얼굴조차도 내밀지 않았다. 우리는 창밖을 바라보았다. 넓은 길거리에 차량은 아주 적고 젊은이들이 오토바이를 타고 쌩쌩 지나가는 것만 보였다. 어떤 여행객이 기다리다 지쳐서 인솔자에게 들어가서 재촉 좀 하라고 하였다. 인솔자가 쓴웃음을 지으며 "재촉해도 소용없습니다." 하고 말하였다. 그래도 그가 또 몸을 일으켜서 주방으로 갔다. 눈 깜짝할 사이에 인솔자가 다시 나와서 우리에게 "귀신 그림자 한 개도 없습니다." 하고 말하였다. 그래서 많은 사람이 모두 불만스럽게 주방으로 걸어 들어갔다. 과연 사람이 없었다. 파리가 춤추듯 날아다니는 도마 위에 토마토 몇 개가 놓여 있고 벽 모퉁이에 양파 한 꾸러미가 있었다. 여기사가 부엌칼을 뽑아서 도마를 치며 탕탕 소리를 냈다. 그녀가 큰소리로 외쳤다.

"바실리, 바실리, 어디 갔어요?"

그 붉은 얼굴의 사나이가 작은 문짝 안에서 대답하며 나왔다. 뒤쪽에 뚱뚱한 여인 하나가 따라 나왔다. 여기사가 부엌칼을 휘두르며 서툰 러시아말로 포효하였다. 그 남자의 눈이 라오룽 동지의 칼날을 따라 움직이며 입으로 우물거리는데 변명을 하는 모양이었다. 우리가 인솔자에게 그가 뭐라고 말하느냐고 물었다. 인솔자가 쓴웃음을 지으며 말하였다.

"그가 우리에게 밥 지어주는 일을 잊어버렸다고 합니다."

우리는 할 수 없이 다시 나와 앉아서 기다렸다. 내가 라오룽에게 그 남자 이름이 바실리인 줄 어떻게 알았느냐 물었다. 그녀가 말하였다.

"제가 그를 바실리라고 불렀어요?"

대략 30분쯤 지나자 보르쉬가 나왔다. 사람마다 사발 한 개씩이었고, 색깔이 붉지도 검지도 않고 온도가 차지도 뜨뜻하지도 않았으며 맛이 짜지도 싱거운 것도 아니어서 두 숟갈에 후루룩 마시고 한쪽으로 밀어놓았다. 또 30분쯤 기다리자 마침내 주식이 나왔다. 사람마다 뽀얀 소시지 한 개, 회색의 빵 두 조각이었다. 소시지는 비린 것이고 빵은 찰진 것이었다. 먹는 둥 마는 둥 하면서 나는 매우 실망하였다. 나는 원래 러시아에서 손을 델 정도로 익힌 감자, 구워진 바삭바삭한 빵, 흐물흐물 삶은 송아지고기 같은 맛있는 요리를 먹을 것이라고 여겼지, 의외로 이런 것들을 먹을 줄을 생각지 못하였다. 그렇게 많은 소련과 러시아 소설을 읽고 책 속에서 수없이 묘사한 그런 맛있는 요리가 침을 질질 흘릴 정도로 끌렸기 때문에, 기대가 너무 크면 실망이 더욱 깊은 법이다. 한 나라나 지역에 대한 나의 인상의 좋음과 나쁨은 대부분 그 지역의 음식물의 좋음과 나쁨에 따라 결정된다. 러시아에서 너무 형편없이 먹어서 그에 대한 나의 인상도 형편없게 되었다.

끼니를 때우고 길거리로 나가니 이미 오후 시간이었다. 인솔자가 자유 활동을 해도 된다고 말하였다. 우리는 삼삼오오 짝을 지어 흩어졌다. 나는 친구와 그 여기사와 함께 움직였다. 여기사는 원래 돌아가서 잠을 자고 싶었다. 그녀가 자기는 진작 이 작은 도시의 곳곳을 모두 돌아다녔다고 말하였다. 친구가 말하였다.

"라오룽, 왕자바오 선생은 먼 곳에서 온 손님이라서 당신이 모시니 안 모시니 그런 건 말할 게 못 돼. 그야말로 의리 없는 거야."

여기사가 나를 쳐다보며 말하였다.

"왕 선생님은 순박한 분으로 보이니 그를 모시고 다녀보죠. 만약 당신 혼자라면 나는 절대 위험을 무릅쓸 수 없죠."

친구가 말하였다.

"당신은 자신이 아직 스무 살 처녀인 줄 알아? 당신 눈 감고도 온 길거리에 모두 어여쁜 러시아 소녀인 거 안 보여? 나도 집적거리고 싶으면 그 애들한테 가서 집적거리지."

여기사가 말하였다.

"당신 그 폐병쟁이 귀신 같은 몸에 감히 러시아 부인네들하고 상대라도 되겠어요? 그러면 서서 들어갔다가 기어서 나오겠죠!"

길거리에 확실히 적지 않은 러시아 아가씨들이 있었고, 그들은 유행하는 옷을 입고 태도가 우아하고 아름답고 둘러보는 눈빛이 반짝거렸으며 입을 열어 웃으면 모두 눈처럼 새하얀 치아를 드러냈다. 내가 여기사에게 물었다.

"라오룽, 저런 아가씨들은 집에서 무엇을 먹을까요? 우리가 조금 전에 음식점에서 먹은 것과 같은 것이 아닐까요?"

여기사가 말하였다.

"왕 선생님, 그 문제는 제가 말문이 막히네요. 저도 그녀들이 집에서 뭘 먹는지 모르겠어요. 물어보러 가야 하나요?"

내가 말하였다.

"그러면 좋지 않겠네요. 우리 중국 사람은 문명과 예의를 전혀 모른다고 말할지도 모르니까."

우리는 어슬렁어슬렁 시내 중심 광장까지 왔다. 이 작은 도시로 말하면 이 광장은 정말 큰 것이었다. 광장 위에 반쪽은 팔각 시멘트 조각을 깔아놓았고, 또 다른 쪽에는 오히려 들풀이 무성하게 자라고 있어서 마치 아직 정리를 다 마치지 못한 것 같았다. 광장 한복판에 탱크 한 대가 놓여 있었다. 탱크 뒤쪽에 기념비 한 개가 세워져 있다. 여기사가 러시아의 도시마다 모두 광장에 탱크 한 대씩 놓여 있는데 전통 교육을 하는 것일 거라고 말하였다. 광장에서 몇몇 사내아이가 축구를 하고 있었고, 또 어떤 여자아이가 노래를 부르고 있었다. 아주 아름답게 생긴 한 젊은 부인은 매우 호화로운 유모차를 밀면서 한가로이 거닐고 있었다. 젊은 부인의 치맛자락이 펄럭이는데, 고급 옷감으로 보였다. 아이는 유아차 안에 누워서 입에 공갈 젖꼭지를 물고 있었다. 내가 저 젊은 부인은 이 시의 권세가의 며느리가 아니라면 갑부의 정부일 것이라고 말하였다. 친구가 말하였다.

"저런, 자네는 모르지만, 러시아 여자는 아기를 금방 낳으면 모두 저런 모습이네."

여기사가 말하였다.

"두 분이 내기하세요."

친구가 말하였다.

"뭘 걸지?"

내가 말하였다.

"자네가 말하는 걸 걸지!"

친구가 말하였다.

"그러면 홍중화紅中華 담배 한 보루 걸지. 돌아가서 사는 거네."

내가 좋다고 말하였다. 여기사가 정말 다가가서 떠듬거리는 러시아말로 그 젊은 부인과 이야기를 주고받았다. 그들이 무슨 말을 하는지 우리는 조금도 알지 못하였다. 여기사가 말하였다.

"왕자바오 선생님이 이기셨어요. 저 여자는 이름이 탈리아이고 크라스노카멘스크 시장의 딸이래요."

광장 맞은편은 아주 기품 있는 빌딩이고, 건물의 색깔은 잿빛이었다. 이 도시의 모든 건축이 모두 잿빛이었다. 여기사가 말하였다.

"저것은 그들의 시청이에요."

우리는 빌딩 앞으로 걸어갔고, 대문 앞쪽에 늘어선 기둥 위에 붙어있는 포스터를 보았다. 여기사가 좀 보더니 말하였다.

"저녁에 공연이 있는 것 같네요."

내가 무슨 공연이냐고 묻자 여기사가 말하였다.

"오페라 같아요."

내가 말하였다.

"우리 표를 삽시다. 이곳에서 오페라를 보면 아주 기념하는 의미가 있어요. 러시아에 온 보람이 있잖아요."

여기사가 말하였다.

"저는 오페라인지 아닌지도 확실히 몰라요."

내가 그것이 뭐든 상관 말고 먼저 표를 산 다음에 다시 말하자고 말하였다. 그리하여 여기사가 앞으로 가서 표 세 장을 샀다. 그런 다음에 우리는 계속 어슬렁어슬렁 돌아다녔고, 시간이 될 때까지 돌아다니다가 극장에 들어갔다. 조잡한 무대 위에 크지 않은 스크린을 걸어놓은 것을 보고 나서 공연하는 것은 오페라가 전혀 아니고 영화인 것을 알았다. 나는 영화라도 좋고 러시아에서 영화를 보면 귀국해서도 좀 떠벌릴 수 있다고 말하였다. 관중이 그렇게 많을 줄을 생각지 못하였다. 젊은이가 가장 많았는데, 모두 목을 감싸고 허리를 껴안고 있었다. 등불이 꺼지자 영화가 상영되기 시작하였다. 영화 제목이 나오자마자 우리는 웃음을 금치 못하였다. 알고 보니 상영하는 것이 중국 영화 〈땅굴전地道戰〉이었다. 나는 아무리 생각해도 러시아의 조그만 도시에서 왜 이런 영화를 상영하는 건지 모르겠다. 나의 친구가 올해는 제2차 세계대전, 세계 반파시스트전쟁 승리 50주년이 되는 해이고, 중국의 8년 항일전쟁도 세계 반파시스트전쟁의 일부분이라고 말하였다.

원래는 이날 밤에 편안한 침대에 누워서 잠을 푹 자고 싶었다. 어렴풋이 잠이 들었는데 창밖에서 노랫소리가 들렸다. 눈을 뜨니 아름다운 달빛 한 줄기가 리넨 커튼 틈새로 들어왔다. 귀 기울여 들어보니 노래를 부르는 것은 몇몇 남자이고 가사는 알아들을 수 없지만, 곡조는 귀에 익은 〈모스크바 교외의 밤〉이니 〈카추샤〉 따위였다. 한 곡을 부르면 또 한 곡이 이어졌다. 나는 창문으로 다가가서 커튼을 열어젖히고 창밖의 휘영청 밝은 달빛이 은빛으로 사방을 비추고 나무의 그림자가 흔들리는 것을 보았다. 몇몇 젊은이가 나무줄기에 등을 기대고 어떤 창문을 향해 큰 소리로 노래하고 있었다. 그 창문은 물론 우리의 창문이 아니라 여기사 등 여성들이 묵는 방의 창문이었다. 내가 친구에게 물었다.

"아니 우리 관광단 안에 러시아 젊은이와 연애하는 여자가 있었단 말이야?"

친구가 말하였다.

"이 세상에서는 무슨 일이든 일어날 수 있네."

내가 물었다.

"자네는 어떤 아가씨가 러시아 젊은이를 매료시켜서 소야곡을 부르게 할 것 같나? 라오룽일까?"

친구가 말하였다.

"아마 라오룽일 걸. 라오룽이 이 노선의 관광차를 운전한 지 몇 년 되었으니 러시아 젊은이 몇몇 엮는 것쯤이야 식은 죽 먹기지."

내가 말하였다.

"라오룽은 결혼하지 않았나?"

친구가 말하였다.

"자네는 대도시에서 온 사람 아니야? 결혼이 뭔데? 결혼도 연애를 방해하진 않네."

우리가 이런 말을 나누고 있을 때, 그 창문이 후다닥 밀어젖혀지는 것을 보았다. 어떤 여자가 몸을 반쯤 내밀고 난데없이 구성지게 노래를 불렀다. 나는 놀람과 기쁨에 말하였다.

"라오룽, 정말로 라오룽이네!"

라오룽의 목청이 우렁차면서도 부드러워 고급 모직 같았다. 여자의 노랫소리와 남자의 노랫소리가 함께 어우러지면서 혼연일체가 되었고 조금도 나무랄 데 없이 훌륭하여 나는 깊이 감동하였다. 한 곡이 끝나자 라오룽이 창문을 닫고 다시는 얼굴도 내밀지 않았다. 그 몇몇 젊은이가 몇 곡을 더 부르다가 비실비실 가버렸다. 난데없이 고요가 밀려왔다. 마치 조금 전에 일어난 모든 일이 꿈인 것 같았다. 달빛이 환하고 밤빛이 아름다웠다. 바로 잠자기 좋은 시간이지만 나는 조금도 잠이 오지 않았다.

이튿날 오전에 우리는 사람들을 따라 시청 빌딩을 관람하였다. 우리가 갔을 때, 사람이 미처 출근하지 않았다. 우리는 바깥에서 빙빙 돌면서 빌딩의 벽이 비뚤비뚤 쌓였는데 많은 벽돌이 또 직선으로 틈이 생기게 쌓여 있는 것을 보았다. 이는 중국에서는 절대 허가하지 않는 것이고 농촌의 건축대대도 이렇게 어수룩하게 일하지는 않는다. 그러나 이것이 바로 시청 빌딩이었다. 빌딩의 문은 더욱 어수룩해서 나무에 페인트를 칠하지 않았고 쇠붙이에는 붉은 녹이 슬어 있었다. 널빤지 사이의 틈새에는 손가락을 집어넣을 수 있었다. 나는 속으로 '러시아가 우주선은 어떻게 만들어냈으며 또 어떻게 하늘로 날려 보냈지?' 하고 생각하였다.

시청 빌딩을 관람한 다음에 우리는 상점으로 쇼핑하러 갔다. 상점 안에 묵중한 작업 도구들 말고는 별다르게 볼 만한 것이 없었다. 우리는 또 자유시장으로 가서 돌아다녔다. 자유시장에 나온 물건은 대부분 중국산이었다. 살 만한 것도 없었다. 그래서 우리는 벽모퉁이에 쭈그리고 앉아서 담배를 피웠다. 이때 허름하게 입은 어떤 노인이 다가와서 온통 괴상스러운 말투였지만 아주 유창한 중국어로 우리에게 흥정을 걸었다. 친구가 그에게 무슨 물건이 있냐고 묻자 그가 말하였다.

"무엇이든 다 있수. 뭐가 필요하시우?"

친구가 말하였다.

"말씀해보세요. 무슨 물건이 있습니까?"

그가 우리에게 물건의 이름을 댔다.

"철재 필요하슈?"

"아니요."

"목재 필요하슈?"

"아니요."

"화학비료 필요하슈?"

"아니요."

"우라늄235 필요하슈?"

내가 깜짝 놀라 물었다.

"뭐라고요?"

그가 말하였다.

"우라늄235이우!"

"설마 그 원자탄을 만들 수 있는 우라늄235 말씀이세요?"

"맞수, 원자탄을 만드는 우라늄235, 핵 원료."

친구가 물었다.

"얼마나 있습니까?"

그가 말하였다.

"많지는 않아도 1톤."

친구가 말하였다.

"우리는 사고 싶어도 운반해갈 수 없습니다."

그가 말하였다.

"당신들이 정말 필요하면 운수 문제는 내가 책임지우."

내가 말하였다.

"우린 우라늄235는 필요 없습니다. 그렇지만 어르신께 원자탄이 있으면 우리가 한 개 사고 싶습니다."

그가 신이 나서 말하였다.

"정말이우? 내가 당신들을 도와줄 수 있수. 그렇지만 당신들이 먼저 30퍼센트의 계약금을 내야 하우."

내내 입을 열지 않았던 여기사가 말하였다.

"가세요. 여기서 사람 속이지 말고요!"

그가 고개를 내저으며 말하였다.

"당신들은 성의가 없수, 성의가 없어……."

그가 몹시 실망하여 가버렸다.

우리는 점심밥을 먹지 않고 차에 올라 조국의 방향으로 달렸다. 길을 따라 펼쳐지는 러시아 초원이 여전히 작년과 마찬가지로 울창하였다. 젖을 짜는 통을 든 러시아 소녀가 젖소에게 다가가고 있었다. 나의 마음은 담담하였고 만족도 실망도 없었다. 모든 것이 나의 상상과는 달랐고, 모든 것이 내가 상상하던 것과 같기도 했다.

우주의 노랫소리에 귀를 기울여 듣자

아주 아쉽게도 지금까지 나는 김유정金裕貞의 소설을 한 편도 읽어보질 못하였다. 이는 기본적으로 나를 원망할 일이 아니다. 김유정의 작품이 아직 중국어로 번역되지 못하였기 때문이다. 물론 나를 원망해도 된다. 내가 한국어를 배우지 못한 것을 탓하시라.

하지만 작년에 한·중·일 세 나라 문학포럼의 대체적인 일정이 확정된 뒤에, 우리가 김유정호 문학 열차를 타고 춘천에 가서 이 성대한 문학모임에 참가할 것이라는 소식을 안 뒤에, 나는 이 문학 선배를 상상하기 시작하였다.

올해는 그의 탄신 100주년이 되는 해이지만, 그가 사망하였을 때는 겨우 스물아홉 살이었다. 그래서 그는 나의 상상 속에서 언제나 몸이 야위고 낯빛이 해쓱한 젊은이이다. 한창 젊을 때 요절하고 재능이 흘러넘치는 많은 젊은 예술가가 모두 이러한 모습이듯이.

나는 일본의 이즈반도에서 가지이 모토지로梶井基次郎의 묘지를 참배하였었다. 가지이 모토지로도 소년 천재였고 「레몬」이라 불리는 소설 한 편을 썼다. 「레몬」을 다 쓴 다음에 얼마 되지 않아서 피를 토하며 죽었다. 그와 김유정은 같은 시대의 사람이다. 뒷날 홋카이도의 삿포로시에서 스물몇 살에 폐결핵 때문에 사망한 젊은 시인의 조각상을 보았다. 조각상의 받침대에 그의 시구가 새겨져 있었다.

가을날 밤
맑고 서늘한 골목길
옥수수 굽는 냄새가 흩날리고 있다

그도 김유정과 같은 시대 사람이다.

그들은 모두 재능이 넘쳐흘렀고 모두 가난한 가정 출신이었으며 모두 늘 애수에 잠겨 감상적이었고, 모두 폐결핵에 걸렸지만 치료할 돈이 없어서 마지막에 피를 토하며 죽었다.

인터넷상에서 검색한 자료 가운데서 김유정이 어린 시절에 어머니를 여의었고 누나의 보살핌을 받아 어른이 된 사실을 알게 되었다. 그는 어려서부터 굶주림과 추위에 시달리며 살았다. 그래서 하층 사람들의 생활 상황에 대해 손금 보듯이 훤히 알았다. 그는 가난한 신세였지만 마음이 하늘보다 높았고 뜻이 심오하였다. 그는 어떤 이름난 여배우를 사랑하게 되었는데, 그 광적으로 사로잡힌 정도는 오늘날의 '팬'에 못지않았다고 한다. 뒷날 그는 어떤 술집 여성과 사귀었다. 김유정의 문학이 이렇게 커다란 영향을 끼치고, 70

여 년 뒤에도 여전히 읽히고 연구될 수 있는 까닭은, 나는 그의 작품에 진정한 문학적 가치를 담고 있기 때문이라고 생각한다. 문학적 가치의 획득은 그의 작품이 그가 처한 시대에서 비롯되기 때문이다. 그가 직접 겪은 생활도 물론 춘천이라는 그를 낳고 그를 키운 땅에서 비롯되었다.

나는 김유정의 창작과 그의 고향 사이의 관계를 미처 진지하게 정리해보지 못하였지만, 그의 작품의 성취가 문학창작 속의 보편적인 규율을 증명하였다고 추측한다. 그것은 바로 아일랜드 시인 예이츠가 말한 바와 같다.

“우리가 만들고 말하고 노래한 모든 것이 모두 다 대지와의 접촉에서 나왔다.”

미국의 남부 작가 포크너가 예전에 이렇게 말하였다.

“나의 우표만 한 크기의 고향땅이 훌륭하게 묘사할 만한 가치가 있는 곳이고 게다가 한평생을 쓴다 해도 그곳의 사람과 일을 다 쓸 수 없다.”

물론 모두 다 미국문학사 내지는 세계문학사에서의 포크너의 위상을 잘 알 것이다. 몇십 년 동안 괴팍한 성격에 별난 행동을 하는 작가가 수많은 외국 작가의 스승이 되었다. 많은 작가가 솔직하게 자신에 대한 이 미국 노인의 영향을 말하고 있다. 예컨대 컬럼비아의 마르케스와 중국의 모옌 등이 그러하다. 많은 작가가 분명히 그의 깊은 영향을 받았지만 자기 자신은 이제껏 그의 책을 읽어본 적이 없다고 말하기도 한다. 사실 입에서 나오는 대로 거짓말을 하는 잔재주 자체가 바로 포크너의 커다란 특징의 하나이다. 한국의 작가 가운데서 포크너의 영향을 받은 사람도 적지 않겠지만, 김유정은 틀림없이 포크너의 영향을 받지 않았을까 하고 생각한다. 나는 김유정의 소설을 아직 읽지 못하였지만 그가 소설 속에 건달, 거지, 좀도둑, 기생 등 갖가지 하층 인물을 묘사하고, 많은 '숙맥', '맹꽁이' 등 인구에 회자되는 전형 인물을 빚어내는 그 창작의 길과 스타일의 특징이 포크너와 제법 비슷한 구석이 많다고 느꼈다. 그렇기는 하지만 이는 비교문학의 연구 과제이다.

포크너는 폭넓은 영향을 끼친 세계적인 작가이다. 이 점은 의심할 여지가 없다. 그의 문학은 우리 중국에서 '현대파'에게 접수되었다고 여겨진다. 하지만 사실상 그는 순수한 향토작가이다. 그는 한평생 거의 그의 그 작은 고장을 벗어난 적이 없다. 그는 그 진실한 작은 고장과 그가 허구한 '요크나파토파 카운티'에서 살았고, 그곳 사람들과 서로 밀접하게 관련되고 혼연일체 되었다. 나는 현지 사람이 결코 지저분한 옷차림에 괴상망측한 행동을 하는 자를 무슨 대단한 사람으로 여기지 않았을 것이고, 더욱이 여러 해 뒤에 이 사람이 그들의 고향에 커다란 명예를 갖다주고 심지어 여행객을 끌어모으는 간판이 되리라고는 생각지 못하였을 것이라고 여긴다. 그들은 이 사람을 자기 자신들 가운데 일원으로 여겼을 뿐이고, 심지어 그의 집에 잡초가 가득 자란 정원을 비웃고 다 쓰러져가는 마구간을 조롱했을 것이다. 포크너는 스스로 그의 고향 사람들보다 훨씬 고명하다고 여기지 않았으며, 시종 자신이 그저 농민일 뿐이라고 생각하였다. 하지만 바로 그가 이러한 내심에서 우러나온 겸손한 태도를 지녔기 때문에, 그의 창작에 독특한 향토성을 갖게 하고 또렷한 개성을 지닌 특징도 드러내게 하였다. 이와 동시에 또 그의 창작에 지방을 뛰어넘고 지역을 뛰어넘어 세계로 향해 나아가는 격조를 갖추게 하였다.

바로 미국 남부의 유명한 시인 앨런 테이트가 말한 바와 같다.

"사람이 대륙 전체를 개괄하고 두루 갖추려고 하면, 그는 아무것도 가질 수 없다. 결국 우주가 노래하는 것을 들을 수 있는 것은 당신이 시간, 장소, 가정, 역사 등 방면에서 모두 이미 뿌리를 내렸거나 뿌리를 내리려고 결정한 어떤 거리나 어떤 생활 구역이다. 공간, 운동, 넓이가 천 리가 된다 해도 독특한 격조를 갖춘 작품을 만들어 내기란 불가능하다."

향토문학을 말하면 모두 다 향촌, 대지, 식물, 동물 같은 개념들을 떠올릴 것이다. 이것도 물론 비교적 정확한 개괄이다. 하지만 지금에 와서 만약 작가와 문학을 이러한 기계적인 방식으로 자리매김하고 그를 분류한다면 필연코 향토문학을 날로 움츠러들게 할 것이다. 경제적 발전과 사회의 발전에 따라서 농촌의 토대가 축소되어 가는 중이지만, 도시의 토대는 갈수록 확대되고 있기 때문이다. 원시적인 향토 생활이 마침 아득히 먼 꿈으로 바뀌었다. 그래서 향토문학이란 개념을 확장하도록 해야 한다. 사실 어떠한 작가이든, 그의 창작 초기에는 결코 이른바 '향토문학' 아니면 '도시문학'을 창조하겠다고 생각하지 못한다. 대다수 작가가 붓을 들어 창작할 때는 늘 자기에게 낯익은 생활에서 쓰기 시작하며, 언제나 자기 자신의 주변 인물을, 심지어 자신의 가족을 소설 속의 인물로 삼아 묘사하기 마련이다. 나는 확장된 향토란 편벽하고 뒤떨어진 향촌일 뿐 아니라 화려한 도시도 포함된다고 생각한다. 내가 예전에 말하였다.

"나의 가오미 둥베이향은 나의 향토이고, 왕안이王安憶의 상하이 골목은 그의 향토이기도 하다."

쑨후이펀孫惠芬의 "말에서 내려 쉬는 산골"이란 그의 향토이고, 톄닝鐵凝의 번화진과 바오딩부도 그의 향토이다. 김유정의 춘천도 그의 향토이고, 황석영, 신경숙, 은희경 등의 소설에 등장한 농촌과 도시도 그들의 향토이다. 결론적으로 작가마다 모두 자기 자신이 가장 낯익은 장소에서부터 출발하지 않을 수 없고, 모두 자기 자신과 가장 가까운 사람을 포장을 바꾸어서 아니면 원래 모양 그대로 자신의 소설 속에 써넣지 않을 수 없다. 이는 바로 미국 작가 토머스 울프가 말한 바와 같다.

"진지한 소설은 모두 자서전적이다……."

그의 말에 당연히 절대적인 점이 있다. 예를 들면 역사소설이나 인물 전기가 반드시 작가 개인의 생활 경력과 딱 일치하는 것은 아니지만, 설령 이러한 작품이라고 해도 필연적으로 작가의 개인 생활과 경험의 제약을 받기 마련이다. 작가는 물론 조사, 탐방, 독서 등 기술적인 수단을 빌려서 개인적 경험의 부족을 메울 수 있지만, 이러한 작업이 향토의 전통과 인정으로 인해 작가가 제약받는 도덕적 가치표준과 미적 경향을 바꿀 수는 없다.

향토문학과 지역문학의 관계에 대하여 나는 이것이 작가의 창작과 직접적인 관계가 없는 문제라고 생각한다. 혹자는 작가가 글쓰기를 할 때 이것들의 관계에 대하여 고려할 필요란 아예 없다고 말한다. 작가는 창작할 때 사실 모든 문학 개념을 전부 잊어버려야 한다. 물론 문학 평론가를 더욱더 잊어버려야 한다. 나는 창작할 때 독자까지도 깨끗이 잊어버려야 한다고 주장하지만, 이에 대하여 다른 의견을 가진 사람도 있을 것이라고 추측한다.

중국에 어떤 시인이 예전에 이러한 시구를 썼다.

"누에가 실을 토해낼 때는 실크로드를 토해낼 것이라고는 생각하지 못한다."

우리는 누에에게 배워야 한다. 마음대로 뽕잎을 먹고 마음대로 실을 토해내자. 다른 일은 고려할 필요가 없다.

하지만 이 문제를 부인하는 것은 결코 이 문제가 존재하지 않는다는 말이 아니다. 오에 겐자부로 선생이 여러 해 전에 세계문학의 일환인 아시아문학을 세우자는 구상을 제기하였다. 그가 제기한 견해에 대하여 나도 적극적으로 호응한 사람이다. 어떠한 의미에서 말하면 이것도 우리 한·중·일 세 나라의 문학포럼이 궁극적으로 도달하려고 하는 목표의 하나이다. 그것은 바로 우리 아시아 작가들이 공동으로 노력하여서 우리 아시아의 문학을 라틴아메리카의 문학처럼 독특한 기상을 형성하게 하여서 세계에서 폭넓은 영향을 만들어내자는 것이다. 문학 예술계에 영향을 끼칠 뿐 아니라 사회

전체에도 영향을 끼쳐야 한다.

오에 겐자부로 선생의 구상이 궁극적으로 실현되려면 물론 역시 우리 아시아 각 나라 작가의 개인적인 노력에 기대야 하고, 물론 우리 각자가 낯익은 향토에 기대서 출발하고 개성을 추구하는 창작에서도 출발해야 하지만, 서로 간의 교류가 참으로 중요하다. 그 교류가 우리의 시야를 넓히고 우리 각자의 사유 방식을 바꾸고 우리에게 향토를 반영하는 새로운 시야를 얻게 할 것이다. 나는 여기에도 우리 세 나라 문학포럼의 근본적인 의미가 담겼다고 생각한다.

우리는 사실 모두 약속이나 한 듯이 같은 길을 걸어가고 있다. 이 길은 바로 김유정과 포크너 등 선배들이 걸어간 길이기도 하다. 우리는 우리에 대한 선현의 영향을 기피할 필요가 없다. 우리는 대담하게 이미 작고한 사람에게서 배우는 것 말고도, 겸허하게 건재한 동행자들에게서도 배워야만 한다. 우리는 우리보다 젊은 동행자들에게서 더욱더 배워야 한다. 이렇게 해야만 비로소 창작의 활력과 새로운 뜻을 지켜나갈 수 있다.

나는 자료 속에서, 김유정이 병이 깊어졌을 때, 그의 벗에게 편지를 써서 100원을 빌려 닭 서른 마리를 사서 몸을 보양하겠다고 말한 것을 보았다. 그는 몸을 보양한 뒤에 계속 소설을 쓰기를 희망하였다. 이 일이 나에게 많은 생각에 잠기도록 하였다. 첫째는 당시 한국 돈의 귀중한 가치 때문에 사무쳤다. 100원으로 의외로 닭 서른 마리를 살 수 있다니! 둘째는 김유정이 처한 생활의 고달픔 때문에 사무쳤다. 셋째는 문학창작에 대한 김유정의 진실성 때문이었다. 그가 돈을 빌려서 병을 치료하려는 목적은 다른 것을 위해서가 아니라 소설을 위한 것이었다. 그의 친구는 아마 그에게 돈을 빌려주지 않았을 것이다. 그렇지 않았으면 닭 서른 마리가 정말 그의 병을 낫게 하였을 것이다. 그가 죽자 많은 훌륭한 소설도 그를 따라가버렸다. 하지만 대지에 뿌리를 내린 사람은 길이길이 후세에 남는다. 김유정은 대지에 뿌리를 내린 사람이다. 그래서 그는 길이 남을 작품을 써냈다. 그의 생명은 그의 작품이 끊임없이 읽히어지기 때문에도 이어진 것이다.

이것이 대체로 작가라는 직업이 가장 긍지를 가질 만한 점이기도 하다.

군더더기 머리말

나는 일찍이 번역가 쉬진룽 선생과 출판사의 편집장에게 오에 겐자부로大江健三郎 선생의 지난 50년 동안 문학 생애를 이야기한 책의 머리말 한 편을 쓸 것을 응답한 바 있지만, 꾸물꾸물 붓을 대지 못하였다. 그야말로 '바쁘기' 때문도 아니고 게으름 때문도 아니다. 『오에 겐자부로, 작가 자신을 말하다』를 대하면 마치 높은 산을 대하는 것 같고 무엇을 말해야 할지 생각이 안 나고, 실로 더 무슨 말을 할 필요도 없었기 때문이었다.

나는 오에 겐자부로의 문학을 사랑하고 그의 위대한 인격을 숭배하는 사람이다. 그는 예전에 내가 그의 친구라고 말한 적이 있지만, 나는 내내 그를 나의 스승이자 선배로 삼아왔다. 좀 분수에 넘치는 표현을 한다면 스승인 동시에 벗인 그런 관계였다. 이는 결코 내가 일부러 겸손의 말을 하는 것이 아니고 속마음의 느낌을 참되게 말하는 것이다. 오에 겐자부로 선생도 공개적인 장소에서 나를 칭찬하는 말을 한 적이 있다. 나는 그것이 후배 작가에 대한 선배 작가의 격려요 추천이자 배려이지, 내게도 정말 그렇게 우수함을 지녔거나 이에 대해 나에게 분명한 인식이 있음을 의미하지 않는다고 생각하였다.

오에 겐자부로 선생의 이 새 책은 기자가 질문하고 작가가 응답하는 인터뷰 방식을 채용하였다고 하지만 기본적으로 선생이 직접 말한 자서전이라고 볼 수 있다. 나는 그가 자서전을 쓰기를 원하지 않고 자신의 문학기념관을 세우는 것도 반대하는 줄을 안다. 그가 자신을 아직 젊다고 보기 때문이다. 그가 용감하게 가정적 사회적 책임을 맡은 것은 이상을 위해서 헌신적으로 분투한 것이지만, 이제껏 자신을 무슨 '명사'나 '위인'으로 여긴 적이 없이 일관된 낮은 말씨와 겸손으로 남들과 더불어 지내왔다. 이번에 매체가 그를 움직여 긴 시간 동안 그 자신의 창작과 그가 겪은 50년 동안의 일본문학의 변천을 말하게 한 것은 확실히 그렇게 간단한 일이 아니었다. 그래서 이 길고 긴 대화를 바탕으로 정리해서 나온 이 책도 분명히 의미가 깊다.

이 책에서 그는 자신의 어린 시절, 숲속의 고향과 가족을 이야기하였고, 고향 사람들의 입에서 입으로 전해진 역사와 숲속의 도깨비에 대해 이야기하였으며, 뒷날 그의 문학창작에 끼친 민간문화의 영향을 이야기하였다. 그가 그의 초등학교, 중학교와 대학교, 그의 은사와 벗, 그의 결혼과 가정생활을 이야기하였는데, 이것은 모두 그의 문학과 밀접한 관계를 갖기 때문이다.

이 책을 통해서 우리는 오에 겐자부로 선생이 훌륭한 창작을 하는 사람일 뿐만 아니라 동시에 뛰어난 책을 읽는 사람임을 알 수 있다. 그는 체계적인 교육을 받았고, 몇십 년 동안 손에서 책을 놓지 않고 폭넓게 읽었다. 세계문학에 대해 거의 손금 보듯 환히 꿰뚫고 있다고 말할 수 있다. 그가 대화 중에 언급한 작가와 작품의 수량이 너무 많아서 그의 풍부한 독서 배경을 느낄 수 있었고, 그가 뚜렷한 개성을 지닌 위대한 작가가 된 까닭이 폭넓은 독서와 밀접한 관계가 있음을 알 수 있었다.

이 책은 우리에게 친절하게 그가 세계 문단을 누빈 기본 노선을 드러내 보여주었고 그가 성공할 때의 기쁨과 방황할 때의 망설임도 나누어 누릴 수 있게 해준다. 이는 작가의 창작 여정일 뿐 아니라 한 개인의 마음의 여로이기도 하다. 오에 겐자부로 선생은 솔직한 사람으로서 근본적인 시비선악의 문제에서 애증이 분명하며 절대 두루뭉술하지 않다. 그는 나라와 국민을 걱정하고 세상의 일을 자신의 소임으로 삼고 자신의 창작을 중대한 세계문제와 함께 결합하는 작가이다. 그리하여 그의 문학은 강렬한 시대성과 현실성을 가지며, 그리하여 그의 문학은 '문학'보다 훨씬 큰 것이다.

이번의 거리낌 없는 긴 대담 속에서 선생은 그와 가와바타 야스나리, 미시마 유키오, 아베 고보, 시바 료타로, 다자이 오사무, 오오카 쇼헤이 등 일본 현대문학사의 이름난 작가와의 교류를 언급하였고, 그들의 문학적 성취에 대해서 뚜렷하게 평가하였으며, 또 그들 사이에서 일어났던 일화나 재미있었던 일들도 이야기하였다. 그는 무라카미 하루키와 요시모토 바나나 등 인기 있는 일본 작가의 작품에 대해서도 엄격하게 분석하였다.

오에 겐자부로 선생은 영어와 불어에 정통하고, 서양의 많은 대학에서 교직을 맡은 적이 있으며, 후안 룰포, 마르케스, 귄터 그라스, 밀란 쿤데라, 마리오 바르가스 요사, 에드워드 사이드, 옥타비오 파스, 월레 소잉카, 셰이머스 히니 등 서양 작가와도 긴밀하게 교류하고, 그 가운데 대부분 사람이 모두 그의 친밀한 벗이다. 이 책 속에서 선생은 그들 사이에 주고받은 정치적이고 예술적인 토론에 대해 언급하였고, 그들이 교류하는 과정에서의 재미있는 일들도 이야기하였다.

오에 겐자부로 선생은 빈틈없는 사람이긴 하지만 동시에 유머러스한 사람이다. 그의 유머는 그의 소설 속에 비교적 깊이 감추어져 있어서 독자가 느끼기에 쉽지 않지만, 이 대화체의 저작 속에서는 충분히 드러났다. 나는 문학가이든 일반 독자이든 모두 두고두고 읽어볼 가치가 있는 책이라고 생각한다.

말괄량이 삐삐에 대한 이런저런 생각

말괄량이 삐삐라는, 훗날 전 세계 수많은 어린이가 잘 알게 된 이름은 아스트리드 린드그렌의 병에 걸린 딸의 입에서 가장 먼저 나온 말이라고 한다. 그것이 1941년이었고 스웨덴 스톡홀름의 어떤 병원에서였다. 딸이 이야기 주인공의 이름을 내주자 어머니는 단번에 술술 써 내려갔다. 60여 년이 지나는 동안에 말괄량이 삐삐는 이미 86개 언어로 번역되어 전 세계의 수많은 가정으로 걸어 들어가 숱한 어린이의 친구가 되었고 아울러 그들 마음속에서 영원히 한 자리를 차지하게 되었다.

우리는 모두 다 예전에 말괄량이 삐삐의 친구 가운데 일원이었다. 그 아이의 이웃에 사는 두 아이 토미와 아니카가 되어 뒤죽박죽 별장의 문턱을 넘어 삐삐의 집으로 들어가는 것을 수없이 환상하였다. 우리는 삐삐가 혼자서 커피를 갈고 바닥을 청소하고 파이를 굽는 것을 보고, 말을 집 안으로부터 가볍게 마당으로 들어내는 것을 보며, 또 막돼먹은 경찰과 흉악한 좀도둑을 혼내주는 것을 보고,

마치 바른길을 벗어난 것 같지만 오히려 아이들이 좋아하는 알쏭달쏭한 견해를 발표하는 그 아이의 소리를 듣기를 희망하였다. 우리는 운 좋은 토미와 아니카처럼 삐삐를 따라 짓궂은 놀이를 하고 항해하며 모험하고 더욱 이 넓고 넓은 세상의 끝없는 신비를 탐험하러 갈 수 있기를 희망하였다.

삐삐는 전설적인 경력을 갖고 있다. 써도 써도 줄지 않는 금화를 가졌고, 불가사의하게 큰 힘을 가졌고, 또 어린애티로 가득 찼지만, 오히려 어른을 뛰어넘는 지혜와 용기를 가졌다. 삐삐는 이런 것에 기대서 백전백승하였고 또 이런 것들에 기대야만 제멋대로 살아갈 수 있었다. 이런 것들이 바로 삐삐가 수많은 어린이를 매료시킬 수 있었던 점이었다. 아이마다 영웅이 되기를 갈망하고, 아이마다 모두 어른의 통제를 벗어나 자기 하고 싶은 대로 하면서 살아가기를 희망한다. 삐삐는 어린이들의 몽상을 구체화하였다. 그래서 토미와 아니카가 되기를 환상한 다음에 삐삐가 될 수 있기를 더욱더 갈망하였다.

최초에 『말괄량이 삐삐』를 읽은 독자는 지금은 벌써 노인이 되었다. 하지만 삐삐는 여전히 옹골차게 갈래머리를 하고 코에는 주근깨가 가득했으며, 큰 입을 벌리고 알록달록한 원피스를 입고 색깔이 다른 짝짝이 긴 양말을 신고 자기 발보다 두 배는 더 큰 검은 가죽구두를 신은 여자아이이다. 그녀는 여전히 한 세대 한 세대 어린이들의 친구가 되고 또 불가사의한 갖가지 행동과 이상야릇한 방법으로 그들의 생활에 계속 영향을 끼치고 있다.

이미 늙은 우리라고 해도 다시 이 책을 읽으면 여전히 감동할 수 있다. 이 책 속에 우리의 어린 시절이 담겨 있기 때문이고, 권력을 두려워하지 않고 용감하게 악에 항쟁하는 말괄량이 삐삐의 품성이 바로 이 세상에서 날로 사라지고 있다면, 그녀의 대담한 상상과 창조를 잘하는 천성이야말로 바로 인류가 끊임없이 발전할 수 있는 담보이기 때문이다.

루쉰의 잡문을 읽고

나는 대략 일고여덟 살 때부터 루쉰을 읽기 시작하였다. 이는 결코 어려서부터 똘똘하였다고 감히 자랑하려는 것이 절대로 아니고, 이를 빌려 감히 '덕성 높고 명망 두터운' 혁명적 작가를 빌려 내 얼굴 위에 칠해져 있는 반혁명 색채를 희석하려는 것도 절대 아니다. 당시에 루쉰을 읽은 것은 사실은 발에 독창이 생겨 걸어 다닐 수 없어 구들장을 지고 있었고, 구들장 위에 때마침 중학교에 다니고 있는 큰형이 그곳에 내팽개친 『루쉰작품선집』 한 권이 있었기 때문이다. 나의 흥미는 연환화를 읽는 것이었는데, 이 선집은 표지 위에 저자의 딱딱한 옆얼굴만 있고 다른 그림은 아예 없었고, 테두리에 무늬 장식조차도 없었다. 벽에 그림이 실린 신문지들을 붙여 놓았지만 벌써 훤히 꿸 정도로 보고 또 본 뒤였다. 그리하여 도저히 어찌할 도리가 없어서 구들장에 앉아서 뒤창을 통해 강에서 파도치는 가을 물살을 바라보고 쓸쓸한 파도 소리와 더욱 쓸쓸한 가을바람이 나뭇잎 떨어뜨리는 사각사각 소리를 들으면서 나는 평생

처음으로 루쉰을 펼쳤다.

모르는 글자가 아주 많았지만, 이야기의 대강을 이해하는 데 결코 지장을 주지는 않았던 것 같고, 진정으로 모르는 것은 작품 속에 담긴 뜻이었다. 첫 번째 것이 바로 이름난 「광인일기」였다. 지금 그때의 느낌을 되돌아보면 어렴풋한 공포감이 나에게 소년으로서 가질 필요가 없는 많은 절망을 많이 보태어 주었다는 점이다. 때마침 그 시대가 바로 백성이 가장 배를 주린 시기였고 나무의 껍질조차도 죄다 벗겨졌고 사람이 사람을 먹는 것과 관련한 소문도 돌았던 시절이었다. 처음에 들으면 좀 끔찍하긴 하였지만, 자꾸 들으니 둔감해졌다.

인상이 가장 깊고 지금까지 잊을 수 없는 소문은 서쪽 마을의 언어장애인 좡莊씨가 손에 손가락이 더 났고, 얼굴이 둔하고 사납게 생겼는데, 사람고기를 개고기 속에 섞어서 팔았다고 한 점이다. 그는 개를 잡아 고기를 팔아서 사는 사람이었는데, 언어장애인이라서 이 '자본주의'적인 자유를 누렸다. 몇몇 사람이 그의 개장국을 먹을 때, 난데없이 온전한 발톱 한 개를 먹었는데, 커다란 비늘처럼 하얗고 반들반들한 것이었다고 하였다. 그 고기를 먹은 사람이 토해서 게워냈고, 즉시 관련 기관에 보고하였다. 언어장애인이 즉시 붙잡혀서 밧줄에 꽁꽁 묶였고, 너무 바짝 묶여서 밧줄이 살을 파고 들어갔다고 하였다.

이런 것들이 마침 내가 루쉰을 읽기 얼마 전에 퍼진 소문이었고, 인상이 여전히 머릿속에 깊이 새겨졌었다. 그래서 「광인일기」를 읽으니 그런 소문이 즉시 생생하게 떠올랐고 게다가 절로 연환화가 되어 머릿속에서 한 컷 한 컷 착착 넘어갔다. 사실 그 고기를 먹은 사람은 발톱을 발견하기 전에는 결코 무슨 특이한 맛을 느끼지 못하였고, 심지어 모두 개고기의 맛이 좋다고 칭찬하였는데, 발톱을 먹은 뒤에 비로소 토해서 게워낸 것이다. 언어장애인은 사용하는 원료가 풍부하였는데, 개를 내걸고 사람고기를 팔았다고 하였다. 개는 대부분 집을 나온 것들이다. 집에는 사람조차 먹을 것이 없었다. 개는 사람을 따라 풀뿌리를 먹고 나무껍질을 삼키기를 원하지 않았다. 집을 나온 뒤에는 주로 사람의 시신을 주식으로 삼았다. 죽은 사람을 먹은 개는 모두 두 눈이 새빨개져 산 사람을 보면 털을 바짝 세우고 하얀 이빨을 드러내며 늑대처럼 으르렁거렸다. 그러므로 단지 개고기만 먹었다고 해도 간접적으로 사람을 먹은 셈이다. 언어장애인이 개고기 속에 가짜를 섞은 까닭은 아주 간단했다. 바로 죽은 사람을 먹어서 눈이 새빨개진 미친개 한 마리를 잡으려면 힘을 많이 들여야 하고 심지어 목숨을 버릴 위험을 감수해야 한다는 데 있다. 개가 일단 집을 나가는 것은 바로 깨달음의 표지이지만, 개의 깨달음이란 바로 야성의 직접적인 회복이고 개 나라의 직접적인 뿌리 찾기 운동인 셈이다. 개 나라의 뿌리는 찾아 나서기만 하면 간단히 늑대 떼거리로 들어간다. 그리하여 사람 죽은 집의 사람고기를 먹어서 눈이 새빨개지고 사나워지고 미쳐버린 개가 실제로는 바로 늑대의 친형제인 셈이고 심지어 늑대보다 더욱더 잔인하기도 하다. 녀석들은 아무튼 사람에게 사육된 것인지라 사람의 약점을 깊이 알고 또 사람에게 우롱당하고 이용당한 뿌리 깊은 원한을 갖고 있기 때문이다. 이런 개는 사람의 습격을 받을 때 사람을 물고 절대로 놓아주지 않는다. 이 모든 것이 어떤 들판에서나 들개를 볼 수 있지만, 언어장애인이 원시적인 몽둥이, 밧줄과 화살에 의존해 미친개 한 마리를 잡는 것이 결코 쉬운 일은 아닌 까닭에 길가에 널브러져 있거나 거친 들판에 널린 굶어 죽은 사람의 몸에서 살코기를 발라내는 것이 훨씬 간편하였을 것임을 설명하는 데 의미가 있는 것이다. 그리하여 전설 속의 불에 걸어놓고 굽는 돼지족발 안에 반드시 개 다리 한 토막쯤 섞여 있는 것이나 마찬가지로 언어장애인이 파는 개장국 속에 상당한 수량의 사람고기가 보태졌을 가능성이 있다. 이런 글을 쓰면 필연코 또 나를 뼈에 사무치게 미워하는 정인군자들은 구역질 난다고 분노하면서, 하늘을 우러러 "오늘날의 중국을 보시라, 도대체 누구의 세상인가?" 하고 긴긴 한숨을 내쉴지도 모르겠다. 또 그들이 연합해 소형신문을 인쇄해 곳곳에 살포하고 나를 손 볼 수 있을 것으로 보이는 기관 부서에 우송해서 그들을 다그치거나 그들에게 태도 표명을 요구할 수도 있다. 그리하여 그들이 이미 나에게 덧씌운 '문화 반역자', '민족 쓰레기', '불량배', '좀 벌레' 같은 글자가 쓰인 커다란 고깔모자 위에다 내가 식별할 수 없는 무슨 글자를 쓴 모자를 덧씌울 것이다. 게다가 나에 대한 묵은 원한 위에 새로운 미움을 덧보탤 수도 있다. 하지만 나는 끝내 못된 버릇을 고치기 어려워서 계속 쓰고, 쓰다가 보면 진실을 쓸 수밖에. 이렇게 계속 쓰다간 독기 품은 신사들이 '문학의 계급성'을 수호하기 위해서 아마 허리를 굽혀 장화 속에서 날카로운 비수를 뽑아내 등 뒤에서 나를 찌를지도 모른다는 데 생각이 미쳤다. 그러거나 말거나 만약 나를 찔러서 정말 문단을 순결하게 하고 진정 그들에게 '오늘날의 세상이 도대체 누구의 세상인지를 모르는' 세상을 광복시켜 자신들의 세상이 되게 할 수 있다면 나는 기꺼이 그들의 희생양이 될 수도 있을 것이다. 바로 그들의 일원인 비장裨將이 말한 바와 같이 '이러한 글을 반우反右 쪽에 놓으면 진작 우파가 되었을 것'이다. 맞다. 정말 그 시대로 다시 돌아가면 오늘날의 문단에는 모르긴 몰라도 우파가 득실득실할 것이다. 만약 좀 더 끝까지 밀어붙여서 문화대혁명이 다시금 오고 그리하여 그들의 혁명 표준에 따라 오늘날의 중국 사람이 태반은 살길이 없어지지 않을까 염려스러울 뿐이다. 마땅찮으면서도 아이러니한 것은 그런 문화대혁명과 반우의 방식으로 나를 다루는 사람들에 의외로 몇몇 자칭 '우파'와 '문화대혁명'의 피해자가 있다는 점이다. 이 문제에 대해 나는 아무리 생각해도 도통 몰랐는데, 루쉰의 「총명한 사람과 바보와 종」을 새로 읽은 뒤에야 퍼뜩 크게 깨달았다.

나는 여전히 말하고 써야 한다. 문단이 어쨌든 어떤 사람의 개인 사당이 아니고, 어떤 성省도 어떤 사람의 뒤뜰도 아니며, 진작 그들이 설령 그 가운데서 괴로움을 당하였다(듣건대) 해도 시대 역시 실제로는 그들이 원하는 '문화대혁명'과 '반우' 시대가 아니기 때문이다. 나의 글로 말하면 그런 신사 양반들이 편하게 느끼든 그렇지 않든 내가 간섭할 게 아니다. 그들이 파벌을 만들고 일당을 끌어들여 작은 집단을 조직해 나를 중상하고 모략해서 나를 아주 불쾌하게 만들 수는 있겠지만, 그들이 내가 불쾌해한다고 해서 나에 대한 박해를 중지할까? 나는 이런 신사분들이 '반우'와 '문화대혁명'을 성토한 글을 보고 그들에 대해 심지어 동정심이 생긴 적이 있다. 하지만 그들이 나를 다루는 방식을 겪고 나는 뱃속 가득 의심이 들었다. 그들이 남을 사지로 몰아넣는 흉악함과 온갖 방법으로 다른 사람에게 죄명을 씌우는 수단은 분명히 낡은 수법을 다시 써먹는 것이다. 이는 마치 불행히도 파묻힌 재능이 마침내 표현될 기회를 찾은 듯하고, 게다가 그것을 유감없이 발휘한 듯하다. 정말 누가 빼앗아 간 것인지 모르는 강산을 되찾기 위해서라면 칼을 뽑아 돌진하라. 그래야 내가 그들을 위해 큰 소리로 손뼉을 칠 수 있을 것이다. 하지만 사실상 아름다운 허울 아래 감춘 것은 종종 언어장애인이 개고기 속에 뒤섞어 넣은 것들이고 심지어 그런 것만도 못한 것들이다.

뒷날 언어장애인이 개를 내걸고 사람고기를 팔았다는 뜬소문은 결국 사실이 아니었음이 증명되었다. 그는 결코 관련 기관에 의해 밧줄로 꽁꽁 묶여서 잡혀가지 않았다. 내 발이 나은 뒤에 강둑에서 그와 마주친 적이 있는데, 그는 여전히 둔하고 흉하게 생긴 모습이었고, 여전히 질그릇 두 개를 들고 개고기를 팔았고 여전히 많은 사람이 그의 개고기를 사서 술안주로 삼았다. 그 개장국에서 나온 발톱을 먹을지라도 무섭지 않다는 듯, 뜬소문도 사라졌다. 하지만 바로 뒤에 언어장애인이 되레 그 자신 손에 추가로 자라난 손가락을 없애버렸다. 언젠가는 병원에 가서 잘라버렸다고 하고, 언젠가는 그 자신이 부엌칼로 잘라버렸다고 하였다. 뜬소문이 다시 생겼는데 그 손가락이 개장국에 떨어져 개고기와 함께 엉겨 붙었다고 하였다. 연상하기만 하면 또 구역질이 나지만, 그의 장사는 망하지 않았으며 개고기를 먹는 사람도 여전히 있었다. 그 손가락을 먹을까 무섭지도 않은 것 같았다.

뒷날 생활이 점차 좋아졌고, 사람이 굶어 죽는 일도 거의 없어졌다. 들개가 날로 줄어들고 집개가 점차 많아졌지만, 개고기를 파는 사람은 여전히 언어장애인 한 사람이었다. '문화대혁명'이 모든 것을 퇴치하였다고 하지만, 언어장애인의 개고기 장사는 망하지도 않았다. 다들 개고기를 판 수입이 두둑하여 실험 경작지인 다자이밭大寨田에서 악전고투하는 것보다 훨씬 많다는 것을 알지만 그저 부러워할 뿐이었다. 언어장애인이 개고기를 파는 것은 역사일 뿐 아니라 또 특권인 것 같다. 그는 정상인이 아닌데다가 극빈자여서 이른바 뿌리가 붉고 싹이 바른 출신이기에, 일하지 않는다고 하여도 생산대대에서 그에게 식량을 나눠 주어야 하였다. 그는 개를 죽여 고기를 팔아 자신의 힘으로 생활함으로써 돈 있는 사람들에게 단백질을 공급하였을 뿐 아니라 생산대대의 부담도 덜어주었다. 바로 삼자에게 모두 합당한 훌륭한 일이다. 사실 '문화대혁명' 때처럼 온 중국 사람이 입을 다물고 근신하며 신중히 행동한 시기에 민간에서든 높은 자리에서든 간에 입을 다물지 않고 행동에 조심하지 않는 사람들도 있었다. 그런 사람들은 바보, 홀아비이든가,

미친 척 바보인 척 홀아비인 척한 사람들이다. 예를 들면 '문화대혁명' 초기에 사람들이 만나서 인사할 때는 과거처럼 "밥 먹었나요?" 하고 물으면 "먹었어요" 하고 대답한 것이 아니라 구호를 두 토막으로 잘라서 묻는 사람이 앞쪽 반 토막을 외치고, 답하는 사람이 뒤쪽 반 토막을 외쳤다. 예를 들면 묻는 사람이 "마오 주석님——" 하고 외치면, 답하는 사람이 "만세!"하고 외쳐야 한다. 어떤 혁명적인 여성 홍위병紅衛兵이 우리 마을의 바보를 만나 큰소리로 "마오 주석님——" 하고 외쳤다. 바보가 성내며 "니에미 X!" 하고 대답하였다. 여성 홍위병이 바보를 붙잡고 놓아주지 않았다. 마을의 혁명위원회 주임이 "그는 바보야!" 하고 말하였다. 그리하여 아무 일도 일어나지 않은 것처럼 되었다. 내가 '문화대혁명' 기간에 큰 눈이 펄펄 날리던 어떤 밤에, 함께 모여서 혁명업무를 하는 사람들 대신에 언어장애인의 집에 가서 개고기를 산 적이 있다. 날이 몹시 추웠고 새하얀 눈이 아주 많이 내려서 걸어가기 매우 어려웠다. 외로운 개 한 마리가 아주 먼 곳에서 슬픈 비명을 질렀다. 내 마음속에 두려움이 일었고 잡아먹힐지 모른다는 공포가 밀려왔다.

바로 나무 한 그루 같다. 목이 삐딱한 나무일지라도 그 뿌리를 파내지 않으면 자랄 수 있다. 설령 구불구불하게 자란다 해도 마찬가지이다. 나같이 형편없는 인간도 점차 소년에서 청년이 되었다. 그 세월이 바로 루쉰이 세상을 여는 문을 두드리는 벽돌처럼 여겨져 곳곳에서 하늘 높은 줄 모르게 인기가 있던 시기였다. 당시의 책은 『마오쩌둥선집』을 제외하고는 하얀 표지의 얇은 루쉰의 소책자가 다량 유통되고 있었고, 가격은 한 권에 1마오 좀 더 되었다. 나는 십몇 권을 샀다. 이 소책자 십몇 권은 내가 루쉰을 읽은 두 번째 단계를 상징한다. 이때 글자를 좀 많이 알게 되었고, 이해 능력도 높아졌으며, 읽어내는 의미도 자연히 좀 많아졌다. 그리하여 선진적인 초등학교 국어 교과서 속의 「소년 룬투」는 「고향」의 일부분에서 가져온 것이었고, 더구나 선진적인 중학교 교과서의 「지신제 연극社戲」에서는 경극에 대한 불경한 비난들이 삭제되었다는 것을 알았다. 단장취의 되는 것은 루쉰조차도 감당해야 하였던 것을 보면, 나의 졸작이 망나니들에게 토막토막 잘려 높이 내걸려서 파리를 모으고 구더기가 낀 것쯤이야 크게 불평불만을 할 게 못 되었다.

이 단계에서 루쉰을 읽은 것은 행복하고 미묘한 운치가 넘치는 것이었다. 「고향」과 「지신제 연극」 등의 은근하고 정취가 있으며 에돌아 함축적인 글이 나를 매료시킨 것 이외에도 더욱 놀라웠던 것은 『새로 쓴 옛날이야기』의 검으면서도 차가운 유머였다. 특히 「칼을 벼린 이야기鑄劍」의 아름답고 기이한 격조와 풍부한 이미지가 나에게 상상의 나래를 펴게 하고 평생토록 도움을 주었다. 오늘날까지 「칼을 벼린 이야기」를 몇 번이나 읽었는지 기억할 수 없지만, 다시 읽을 때마다 새록새록 느낌이 새롭다. 훌륭한 작품의 가장 중요한 표지는 바로 인내심을 갖고 다시 읽을 수 있게 해준다는 점에 있다. 모든 것을 분명히 알고 심지어 줄줄 외울 수 있다고 해도 다시 읽을 때는 즐거움과 깨달음을 얻을 수 있어야 한다. 작가로서 한평생 이러한 작품 한 편을 써낼 수 있으면 사실 그걸로 충분하다.

루쉰을 읽은 세 번째 단계는 내가 중국인민해방군예술대학 문학과를 졸업한 뒤였다. 당시 나는 머리에 이미 '작가'라는 계관을 쓰고 있었다. 「즐거움歡樂」을 발표한 후 신랄한 공격을 받게 되자 속으로 좀 부담이 되고 얼마간의 억울함을 느꼈을 때 마침 양장본 『루쉰전집』 한 세트를 얻게 되었다. 그리하여 몇 개월 동안 시간을 들여서 한 번 통독하였다. 물론 이른바 '통독'이란 여전히 철저하지 못한 것이다. 그가 교정을 본 고적이나 번역한 작품들은 대충 훑어보았을 뿐이다. 원인은 첫째는 봐도 잘 알지 못하고, 둘째는 별로 좋아 보이지 않은 데 있다. 이번에 루쉰을 읽고 작은 열매를 맺었다면 바로 그의 작법을 모방해 「고양이 일을 모아보니猫事薈萃」 한 편을 쓴 것이다. 이 글을 쓸 때는 잡문이라고 생각하였지만, 편집자는 소설로 발표하였다. 지금 돌이켜 다시 읽어보니 글의 말투에 그럴듯한 구석이 있을 뿐이고, 뼛속의 것은 영원히 배울 수 없었던 것 같다. 루쉰은 물론 천재인 것이 사실이지만 시대의 산물이기도 하다. 그가 공산당이 천하를 얻은 뒤까지 살았다면 모르긴 몰라도 말년이 좋지 못하였을 것이다.

작년에 『풍만한 가슴, 살찐 엉덩이豊乳肥臀』로 《대가大家》 잡지에서 수여하는 '10만 위안 대상'을 수상하였지만, 나는 전에 없는 신랄한 공격을 받았다. 내가 담이 작았다면 진작 그런 '사나이 대장부'들 때문에 까무러쳤을 것이다. 나는 그들이 한 것이 전혀 무슨 문학비평이 아니므로 반론을 제기할 방법도 없다는 것을 안다. 그들은 하나하나 기량이 뛰어나다. 더구나 풍부한 '투쟁 경험'을 갖고 한평생 남을 못살게 구는 것을 업으로 삼은 노련한 선배들이 그들을 충동질하고 또 그들의 든든한 배경이 되고 있다는 것도 안다. 나 같은 조무래기 글쟁이가 어디에 그들의 적수가 되랴? 하지만 나는 루쉰을 읽은 뒤에 담이 갑절로 커진 것을 느꼈다. 루쉰이 주장한 '물에 빠진 개는 두들겨 패라' 하는 정신을 나는 배울 자격이 없지만, 물에 빠진 개의 정신을 배울 자격은 있다. 나는 이미 그들에게 맞아서 물에 빠졌지만 아쉽게도 그들이 미쳐 때려죽이지 않아 기어 올라왔다. 나의 털은 전부 물과 흙투성이인데 이 기회를 틈타 몇 번 흔들어 털어내고 이를 빌려 『풍만한 가슴, 살찐 엉덩이』 발표 1주년을 기념하였다.

요컨대 나는 원래 물에 빠진 미친개로서 상처투성이 몸뚱이로 기슭에 올라왔다. 꼬리를 흔들고 털을 마구 세우고 있다. 여러 영웅분들이시여, 어서 와서 나를 물속에 빠뜨리시라. 나를 두들겨 패지 않으면 그들의 앞잡이 되어 보잘것없는 글을 써서 큰돈을 벌 테니.

포크너 노인과 나

올해는 포크너 탄생 100주년이 되는 해이다. 나는 그를 기념하는 몇 마디 말을 써야 한다고 생각한다.

십몇 년 전에 『음향과 분노』 한 권을 사면서 나는 이 담뱃대를 물고 있는 미국 노인을 알게 되었다. 우선 그 책의 옮긴이 리원쥔李文俊 선생이 지은 2만 자에 이르는 머리말을 읽었다. 머리말을 다 읽은 뒤 나는 『음향과 분노』를 읽으나 안 읽으나 매한가지라고 느꼈다. 리 선생이 머리말에서 포크너는 그의 우표만 한 크기의 고향을 줄기차게 써대서 마침내 자신의 세상으로 창조해냈다고 말하였다. 나는 즉시 커다란 격려를 받은 느낌이 들었고 벌떡 일어나 방 안에서 빙빙 돌면서 즉시 나 자신의 새 세계를 창조해내지 못해 안달하였다.

포크너를 존중하기 위하여 나는 다시 그의 책을 펼쳤고, 네 번째 페이지의 가장 마지막 두 줄을 읽었다.

'나는 이미 철문이 조금도 차갑다고 느끼지 못하였다. 그렇지만 나는 눈부시게 차가운 냄새를 맡을 수 있었다.'

여기까지 읽고 나는 책을 덮었다. 마치 포크너 노인이 나의 어깨를 두드리면서 "되었네, 여보게. 더 읽을 필요 없네!" 하고 말하는 것 같았다.

나는 즉시 내가 '가오미高密 둥베이향東北鄕'이란 커다란 깃발을 높이 들어야 하고, 그곳의 토지, 강물, 나무, 농작물, 꽃, 새, 벌레, 물고기, 어리석은 사내와 방탕한 여자, 본바닥 불량배, 간사한 사람과 무지막지한 여자, 영웅과 사내대장부 등을 통째로 나의 소설 속에 써넣어야 하고, 문학의 공화국을 세워야 한다는 것을 깨닫게 되었다. 물론 나는 바로 이 공화국의 개국 황제로서 이곳의 모든 것을 다 내가 주재한다. 이런 문학 공화국을 세우려면 글을 써야 하고 말을 써야 하고 초인적인 지혜를 써야 하고 물론 운도 따라야 한다. 좋은 운이 심지어 천재적인 것보다 훨씬 중요하다.

포크너가 그의 소설 속의 인물에게 "눈부시게 차가운 냄새"를 맡게 하자, 차가움에 냄새가 생겼고 또 눈부심이 생겼다. 세계에 대한 기묘한 감각 방식이 탄생하였다. 그렇지만 좀 자세히 생각하면 세계는 원래 그러하였다는 것을 느끼게 된다. 내가 여러 해 전에 길에서 온통 새하얀 얼음이 언 아침에 눈부신 얼음의 냄새를 맡은 것이 아니었을까? 포크너를 읽기 전에 나는 이미 「투명한 홍당무」를 썼고, 그 가운데 어떤 사내아이의 머리카락이 땅에 떨어지면서 내는 소리를 들을 수 있었다. 내가 이 상식을 깨는 묘사 때문에 불안해할 때, 마치 포크너가 나를 격려하는 말을 들은 것 같았다.

"여보게, 그렇게 해. 낡은 세계를 낙화유수처럼 버리고 새빨간 태양으로 지구를 비추게 하게나!"

그 뒤로 나는 '건국' 업무에 바빠서 포크너를 잠시 내버려두었다. 하지만 이 미국 노인과 상당히 친밀한 개인적인 관계를 유지하였다. 나는 늘 밤 깊고 인적 없을 때면 그를 떠올리곤 하였다. 또 그의 책을 보는 대로 사는 방식으로 그에 대한 나의 경의를 표시하였다.

어느 정도의 시간적 간격을 두고 나는 포크너의 책을 펼쳐보곤 하였다. 그의 책 속에 쓰여 있는 것들은 나에 대해 말하면 이미 중요하지 않게 되었다. 지금까지도 나는 그 노인의 어떤 책이든 처음부터 끝까지 다 읽은 적이 없다. 나는 그의 책을 볼 때, 우리 마을의 어떤 영감님과 수다를 떠는 것처럼 이것도 얘기하고 저것도 얘기하며 이런저런 얘기를 이러쿵저러쿵 끝없이 길게 늘어놓는다. 하지만 나는 늘 그와의 교류 속에서 가르침과 이익을 얻는다.

인기 있는 소설이 한 번씩 내 눈앞에서 어지러이 어른거릴 때면 포크너가 나에게 말하였다.

"여보게, 자네의 능력보다 영원히 더욱 높은 목표를 정하고, 자네의 동시대 사람이나 앞사람을 뛰어넘고 싶어서 안달하지 말고, 힘을 다해 자네 자신을 뛰어넘어야 하네."

내가 다른 사람이 성공해 부자가 된 것을 보고 속으로 시샘할 때면 포크너가 나에게 말하였다.

"여보게, 훌륭한 작가는 이제껏 무슨 창작기금 따위를 신청하지 않았네. 그는 글쓰기에 바빠서 그런 것에 신경 쓸 틈이 없네. 그가 일류 작가가 아니거나 시간이나 경제의 자유가 없다는 말로 자신을 속이고 남을 기만한다면 모를까. 사실 훌륭한 예술은 좀도둑, 밀주업자, 혹은 마부한테서도 나올 수 있네. 그들이 얼마나 고생과 가난을 견디고 있는지 발견할 뿐이라도 정말 두려워하지 않을 수 없네. 내가 자네한테 말하지만, 그 무엇도 훌륭한 작가를 무너뜨릴 수 없다네. 유일하게 훌륭한 작가를 무너뜨릴 수 있는 일은 바로 죽음이네. 훌륭한 작가는 성공하고 부자가 되고자 마음을 쓸 시간이 없네."

포크너 노인과 사귄 지 오래되면서 나도 애교스러운 자잘한 그의 결점들을 발견하였다. 예를 들면 부정확하게 말하고 흰소리를 잘 친다. 분명히 공군이었던 적이 없는데 사방에 대고 자신이 비행기를 몰고 하늘에서 공중전을 하였고, 머릿속에 포탄 조각이 남아 있다고 말하였다. 게다가 그는 또 공개적으로 이제껏 자신이 한 말에 책임지지 않았다고 공언하였다. 예를 들면 그가 예전에 작가라면 창작을 위하여 자신의 어머니 집에 강탈하러 갈 수 있다고 말한 적이 있다. 하지만 그 말대로 실행하지 않았다. 그와 헤밍웨이와의 관계는 두 어린 사내아이들 같아서 붙었다 하면 티격태격하기만 하고 무슨 인격이라곤 아예 내던져버렸다. 그렇다고 해도 나는 갈수록 그를 더 좋아하게 되었다. 어쩌면 그에게 이런 결점들이 있기에 내가 오랜 세월이 지나도록 줄기차게 그를 좋아할 수 있는 건지도 모르겠다.

몇 년 전에, 나는 베이징대학의 '포크너 국제포럼'에 참가하였고, 포크너의 고향에 있는 대학의 두 교수를 알게 되었다. 그들이 귀국한 뒤에 나에게 포크너의 생전 앨범 한 권을 부쳐주었다. 그 가운데서 포크너가 낡은 고무신을 신고 낡은 외투를 걸치고 머리를 헝클어뜨린 채로 손으로 삽을 괴고 외양간 앞에 서 있는 사진 한 장이 있다. 나는 이 사진을 볼 때마다 나 자신이 포크너와 마음과 마음이 서로 통한다고 느낀다.

엄청나게 쏟아지는 눈

2년 전에 『내 이름은 빨강』을 읽은 뒤에 오르한 파묵 선생의 노련한 문학적 기교에 대해 높이 평가하지 않을 수 없었다. 나는 튀르키예대사관에서 개최한 세미나에서 이미 다음과 같이 언급한 바 있다.

"하늘에서 찬 공기와 뜨거운 공기가 만나서 뒤섞이는 곳에서는 반드시 비와 이슬이 내릴 것입니다. 바다의 한류와 난류가 합류하는 곳에서는 반드시 풍부한 많은 어류가 있을 것입니다. 여러 문화가 충돌하고 교류하는 곳에서는 언제나 우수한 작가와 우수한 작품이 탄생될 수 있습니다. 그래서 먼저 이스탄불이란 도시가 생긴 다음에야 비로소 오르한 파묵의 소설이 생겼다고 말할 수 있습니다."

이 말을 많은 신문과 간행물에서 인용하여서 나 자신도 제법 우쭐하였다. 하지만 그의 『눈』을 읽은 뒤에 나는 부끄러웠다. 보기에는 공평 타당한 것 같은 그 말이 실제로 오르한 파묵의 창작 개성과 예술적 기교에 대해서는 놓쳐버렸기 때문이다.

물론 유럽과 아시아 대륙을 연결하고 긴긴 역사를 갖고 다양한 문화가 한데 녹아 어우러졌고 갖가지 모순과 충돌이 한군데 모인 이스탄불이라는 도시가 의심할 바 없이 오르한 파묵의 창작에 깊은 영향을 주었다. 하지만 오르한 파묵같이 우아한 기질을 갖고 독서를 많이 하고, 인류의 운명에 대하여 지극히 관심을 쏟는 문학적 천재라면 이스탄불에 있지 않아도 여전히 걸출한 작품을 창작해낼 수 있고, 여전히 눈부신 빛발을 내뿜을 수 있다. 『눈』이 바로 증거이다. 이제 나는 네 가지 방면에서 이 책의 예술적 특징에 대해 말해보려고 한다.

서사의 미궁

카프카는 그의 카Ka를 성Das Schloß 밖에서 시종 배회하게 하였지만, 오르한 파묵은 도리어 그의 주인공 카를 아주 수월하게 이 도시로 뛰어들게 하였다. 게다가 신속하게 이 도시의 모순과 충돌 속에 뒤섞이게 하고, 모순의 초점이 되게 하였다. 독자는 카를 따라 한 걸음 한 걸음 미궁으로 깊이 들어간다. 처음에는 카처럼 어리둥절하다가 계속하여서 카처럼 겁을 먹고 그런 다음에 그를 따라가며 그가 이 도시에서 도망칠 때까지 행복, 고통, 소망, 초조, 주저, 질투 등의 느낌을 체험한다. 카는 죽음에 이를 때까지도 아마 그의 이번 사랑의 여행이 어째서 죽음의 여행이 되는지를 잘 모를 것이다.

하지만 독자는 오히려 그의 실패가, 그의 티 없이 순수한 것처럼 보이는 사랑이 사실은 탐욕, 이기심과 비겁함을 감춘 것에서 비롯된 것임을 알 수 있다. 독자가 소설 속 인물의 시야를 뛰어넘을 수 있는 까닭은 그의 행위에 대해 높은 곳에서 내려다보며 심사하고 주시하는 데 있기 때문이다. 나는 소설 속 서술자 오르한의 끊임없는 개입 덕분이라고 생각한다. 이러한 오리지널 소설의 기교가 작가에게 서사의 편리를 제공하고 독자의 독서에도 심리적 공간을 만들어주었다.

『눈』 속 구조의 묘미는 저자가 오르한이라는, 소설의 저자와 주인공의 경계에 있는 인물을 장치한 데 있고, 게다가 저자가 '극 속의 극戲中戲'과 '책 속의 책書中書'의 방법을 활용해 이 소설이 여러 켜의 결을 드러내게 한 것에 있다.

수나이 자임이 혼자 감독한, 민족극장에서 공연한 두 차례 연극이 소설을 두 차례 절정으로 끌어올렸다. 참과 거짓을 구별하기 어려운 이 두 차례 연극이 소설의 정교한 구조이면서 또 이 소설에 부조리한 색채를 부여하였고, 그럼으로써 소설의 전체적인 격조에 영향을 끼쳤다. 작가 오르한 파묵이 써낸 이 『눈』과 오르한이 찾고 있는 그 『눈』, 그리고 카가 창작하고 있는 책 『눈』이 운치 넘치는 부제副題를 구성하였고, 이 엄숙한 내용을 표현하는 정치소설에 슬픔과 온정의 베일을 씌웠다.

시끌벅적한 소리

소설에서 저자는 도대체 어떤 역할을 맡아야 하는가? 뛰어나와서 도덕적 설교와 평가를 할 것인가, 아니면 뒤쪽에 몸을 숨기고 소설 속의 인물에게 각자 나름의 견해를 말하고 자유로이 표현하게 할 것인가? 오르한 파묵 선생은 아주 현명하게 후자의 태도를 선택하였다. 이러한 튀르키예 사회의 복잡한 현실과 심층적인 모순을 언급한 소설을 처리하자면 저자는 뒤쪽에 몸을 숨길 수 있을 뿐이다.

『눈』 속에는 다양한 인물이 등장한다. 이슬람 신도, 무신론자, 교활한 정치가, 천진한 젊은이 등이다. 책 속에 많은 분량의 대화와 논쟁이 있고, 그 내용은 종교, 정치, 사랑, 행복, 삶의 의미, 신앙의 참과 거짓 등을 언급하며 많은 소리가 시끌시끌하고 그야말로 다른 사상 사이에서 벌어지는 논전이다. 저자는 높은 곳에서 내려다보며 인물을 강력하게 조종하면서 인물에게 충분히 표현하게 하지만, 또 예술의 규범을 파괴하지 않음으로써 소설의 어떤 근사한 대목을 카니발 같은 효과를 지니도록 하였다.

『눈』이 광범위한 논쟁을 일으킬 수 있었던 까닭과 또 그토록 강한 충격을 만들 수 있었던 이유는 바로 그것이 담은 다성부 요소와 그것이 지닌 도덕관념의 다중성에서 비롯되었다. 나는 원래 위대한 소설의 중요한 특징의 하나란 바로 그것의 다의성에 있고, 저자는 자신의 도덕과 가치 관념을 갖고 소설 속의 인물과 독자의 사상을 제한할 필요가 없다는 데 있다고 생각하였다. 사회 문제에 대하여 작가도 물론 자신의 견해를 가질 수 있고, 작가에게 당연히 자신의 도덕 표준이 있을 수 있지만, 세상의 많은 중대 문제에 직면하여서 작가는 자신의 한계성을 인식해야만 한다. 이른바 정확한 당신의 사상은 사실 역사적인 제한과 자아의 편견을 지녔을 가능성이 크다. 좀 너그럽게 각계각층의 사람들에게 모두 자신의 목소리를 내게 하고 이런 목소리들을 널리 퍼지게 하여서 역사라는 긴긴 강의 흐름 속에서 평가하게 하는 것이야말로 작가로서 비교적 미더운 선택이다.

풍부한 상징

눈, 없는 곳 없는 눈, 변화무쌍한 눈이 이 소설 속 최대의 상징 기호이다. 앞에서 말한 바와 같이 눈은 이 책의 책 속의 책이고 이 책의 구조양식이다. 하지만 독자에게 가장 깊은 인상을 남긴 것도 엄청나게 쏟아져서 온 세상을 뒤덮은 눈이다. 눈은 없는 곳이 없고 인물이 눈 속에서 활동하고 사랑과 음모가 눈 속에서 배태되며 사상이 눈 속에서 작동한다. 눈이 이 작은 도시를 세상과 단절시키고, 눈이 작은 도시 안에 얽히고설켜 예측할 수 없는 분위기를 만들었다. 바로 눈이 있기에 이곳의 모든 것들은 마치 꿈속 같고, 이곳의 사람과 사물, 하다못해 개까지도 모두 신비한 색채로 뒤덮이며 불확정성을 띤다.

오르한 파묵의 빼어난 점은 그가 잔꾀를 부려 눈에 상징성을 부여한 것이 아니라는데 있다. 그는 책 속의 수백 곳에 눈을 썼지만, 눈을 쓴 곳마다 모두 전혀 꾸밈이 없고, 눈을 쓴 곳마다 모두 눈이지만 그의 눈이 모두 카의 심경이고 카의 느낌과 밀접하게 결합하도록 썼기 때문에 그의 눈이 생명을 갖게 되었고, 상징도 그로부터 생겼다.

눈을 쓴 작가야 수도 없이 많지만, 이처럼 풍부하게 눈을 쓸 수 있는 데 으뜸가는 이는 오르한 파묵이다.

생생한 세부와 신기한 비유

『눈』의 매력은 위에서 말한 것들 말고도 생생하면서도 독특한 세부와 풍부한 상상력으로 가득 찬 비유에 있다.

> 촛불을 켜놓은 식탁을 보면서 그는 다가갔다. 식탁 위의 모든 사람과 벽 위의 그림자가 모두 카를 향해 돌았다.

그는 사람을 썼을 뿐 아니라 사람의 그림자도 썼다. 이러한 세부 묘사는 작가의 정확한 관찰력을 바탕으로 세워졌다.

> 주방에 촛불을 켜놓은 곳에서, 이펙과 카디페가 함께 포옹하고 있었다. 카는 그 두 사람이 마치 한 쌍의 연인처럼 팔로 상대

방의 목을 껴안고 서로 포옹하고 있는 모습을 보았다.

자매가 포옹하는 것이 한 쌍의 연인 같다는 것은 신기한 비유이자 아주 정확하게 자매 두 사람의 특수한 관계를 표현하는 비유이다.

수사 내용을 다 기록한 뒤에 카와 무흐타르가 경찰차 뒷줄에 앉아서 마치 잘못을 저지른 두 아이처럼 말이 없었다. 무흐타르가 무릎 위에 크고 흰 손을 올려놓았는데 살찐 늙은 개와 같았다.

이러한 비유로 두 남자와 남자의 손을 독특하고 신기하게 썼다.

눈이 신비하면서도 심지어 신성한 적막 속에서 날리고 있었고, 자신의 들릴 듯 말 듯한 발걸음 소리와 헐떡이는 숨소리 말고 카는 그 어떤 소리도 들을 수 없었다. ……어떤 눈송이는 시나브로 아래로 떨어지는 것이 있는가 하면 어떤 것은 아주 세차게 위쪽으로 날리고 어둠 깊은 곳을 향해 올라갔다. 그렇지만 커다란 홀 안은 온통 쥐 죽은 듯이 고요하였다. ……모두 양초처럼 꼼짝하지 않고 앉아 있었다…….

이런 묘사는 물리적이면서 더욱더 심리적이다. 이러한 비유는 낯익은 것이면서도 낯설다.

> 새하얀 양철 연통이 뚫렸다. 짙은 연기가 물 주전자 안에서 끓는 김이 주전자 주둥이에서 뿜어져 나오는 것처럼 밖으로 내뿜어졌다.

이러한 세부 묘사는 관찰력에 의한 표현일 뿐 아니라 더욱더 작가의 상상력에 의한 표현이다.

비슷한 예는 오르한 파묵의 『눈』 속에 있을 뿐 아니라 그의 다른 여러 작품 속에서도 볼 수 있다. 이는 오르한 파묵의 문학적 매력의 중요한 부분이자 문학적 재능의 중요한 표현이기도 하다. 그의 정확함, 그의 세밀함, 그의 인내심 등이 모두 이런 세부 묘사와 멋진 비유를 통하여서 드러났다. 이런 능력은 훈련의 결과이자 타고난 천재라야 지닌 것이다.

나는 중국 작가들이 오르한 파묵에게 배우라고 호소할 자격이 없다. 하지만 나만이라도 오르한 파묵 선생에게 잘 배워야겠다. 물론 배울 수 없는 것들도 아주 많은 법이다.

요시다 도미오 교수에게 감사하며

지금은 요시다 도미오吉田富夫 교수를 처음 만난 것이 어느 해 몇 월이었는지 잊어버렸고, 지금까지 요시다 도미오 교수와 모두 몇 차례 만났는지도 잊어버렸다. 이는 아주 실례이고 좀 황당하기도 하지만, 나의 기억력이 시간과 숫자를 언급하려고 하기만 하면 곧장 태업에 들어가니 어쩔 수가 없다. 그러면 요시다 도미오 교수에 관해 내가 어떤 것을 기억하고 있는가?

나는 요시다 도미오 교수가 나의 첫 번째 책을 번역한 것을 기억한다. 중국에서 논란과 오해를 불러일으킨 『풍만한 가슴, 살찐 엉덩이豊乳肥臀』이다. 이 책은 길이가 아주 길고 내용이 복잡하고 인물이 많고 말도 점잖지 못하고 좋은 것 나쁜 것이 한데 뒤섞여 있다. 유럽과 미국의 번역가마다 모두 이 책을 비교적 번역하기 어렵다고 말한다. 하지만 요시다 도미오 교수는 여가에, 두 해의 시간을 들여 이 책의 번역을 마쳤다. 일어를 아는 내 친구마다 모두 나에게 이 책의 번역이 아주 뛰어나다고 말하였다. 나는 이전에 요시다 도미오 교수가 번역을 잘할 것이라고 예감하였다. 그는 농민 출신이고 내가 소설 속에 묘사한 생활에 대해 직접 겪은 듯한 느낌과 이해를 갖추고 있기 때문이다. 나는 출세작 「투명한 홍당무」에서 대장장이의 화로 옆에서 풀무질하는 검은 아이黑孩子를 썼다. 이 검은 아이는 말이 없고 환상이 풍부하다. 많은 사람이 내가 바로 그 검은 아이라고 말하는데, 이에 대해 나는 매우 동감한다. 요시다 도미오 교수가 그도 검은 아이이고, 대장간 출신의 검은 아이라고 말하였다. 요시다 도미오 교수는 대대로 대장장이 집안의 자제로서 어려서부터 아버지와 어머니를 도와 쇠를 두드렸단다. 『풍만한 가슴, 살찐 엉덩이』 속의 상관上官씨네 집안이 바로 대대로 대장장이이다. 나는 상관 집안의 여인이 펀치를 들고 쇠를 두드리는 모습을 썼는데, 이는 나의 허구이고, 중국의 현실 생활에서는 가능성이 없다. 나는 온 세계에서 여인이 펀치를 들고 쇠를 두드리는 일은 전혀 있을 수 없다고 여겼다. 하지만 요시다 도미오 교수는 그의 어머니가 펀치를 들고 쇠를 두드렸다고 말하였다. 그는 열몇 살 때부터 쇠를 두드리는 어머니를 도와주는 조수를 하였다. 그리하여 소년 요시다 도미오는 그의 어머니와 함께 쇠를 두드리는 광경을 내 앞에서 생생하게 재현시켰다. 이 기억 속의 광경이 나를 매우 감동하게 하였다. 나는 운이 아주 좋았다는 것을 안다. 『풍만한 가슴, 살찐 엉덩이』를 일어로 번역하는데, 아마 요시다 도미오 교수보다 더욱 적합한 사람이 없을 것이다.

나는 또 내가 소설 속에서 묘사한 성당을 똑똑히 알리고 소설 속에 묘사한 아주 신기한 '가오미 둥베이향'을 위하여, 어느 봄날 요시다 도미오 교수가 일부러 나의 고향 가오미까지 와서 현지 조사하던 광경을 기억한다. 그 며칠 동안은 겨울보다 훨씬 더 추운 날씨였던 것 같다. 요시다 도미오 교수가 카메라를 들고 끊임없이 사진을 찍으며 계속 큰 소리로 웃었다. 그는 내가 소설에서 두고두고 쓰고 또 쓴 수수를 볼 수 없었고, 내가 소설에 묘사한 모래언덕, 갈대와 하염없이 흘러가는 커다란 강도 볼 수 없었다. 진실한 가오미 둥베이향은 말이 마음껏 달릴 수 있는 드넓은 들판에다 강물이 바짝 마른 고장이다. 소설 속의 가오미 둥베이향은 고스란히 내 상상의 산물이다. 요시다 도미오 교수는 당시에 불교대학의 상무 부학장이었다. 이러한 지위는 중국에서 절대적으로 고위직이며, 어디를 가든지 모두 앞에서 소리쳐 길을 열고 뒤에서 수행하기 마련이지만, 우리는 그저 자기 집 친구를 맞이하듯이 있는 그대로 그를 대하였다. 그의 소박함과 겸손함이 나의 몇몇 교육계에 종사하는 친구들을 감탄케 마지않았다.

나는 또 일본에 가서 일어판 『풍만한 가슴, 살찐 엉덩이』 출판기념회에 참가하였던 광경도 기억한다. 요시다 도미오 교수는 나의 이번 행사를 위하여 수고를 아끼지 않았다. 그가 나에게 일본의 퉁소인 사쿠하치尺八 연주를 듣게 하여서 일본의 민간 예술에 대해 깊이 느끼게 해주었다. 아주 비좁은 장소인 시라카바 술집에서, 그 술집을 경영하는 젊은이가 순수한 독자로서 그가 읽은 『풍만한 가슴, 살찐 엉덩이』에 대한 감상을 발표하였다. 이 젊은이의 독해력이 나를 깊이 감동하게 하였다. 이어진 며칠 동안에 요시다 도미오 교수는 나와 함께 자전거를 타고 교토의 거리마다, 골목골목을 누비며 돌아다녔다. 나는 등줄기에 땀을 줄줄 흘리며 숨을 헐떡거렸지만, 요시다 도미오 교수는 오히려 아주 가뿐하여서 그의 기초 체력이 훌륭함을 볼 수 있었다. 이는 그가 건강을 관리해온 것과 관련이 있고, 그가 어려서부터 쇠를 두드린 것과도 관련이 있다.

나는 또 『단향나무 형벌檀香刑』의 일어판을 출간할 때, 내가 일본에 갔던 광경도 기억한다. 일본의 어떠한 재단의 사장과 어느 영화평론가가 나와 함께 식사하면서 『단향나무 형벌』에 대하여 이야기를 나누었다. 영화평론가가 말하였다.

"이 책은 소리가 있는 책입니다. 게다가 이 소리는 귀에서 내는 것입니다."

재단 사장이 그도 소리를 들었고, 끊어질 듯 말 듯 실처럼 이어지는 고양이 울음소리라고 하였다. 그들의 독후감에서 나는 요시다 도미오 교수의 번역이 또 성공적이었다는 것을 알았다. 이 책이 처음 번역되었을 때, 나의 가장 큰 우려는 바로 소설의 희곡적인 요소를 어떻게 바꾸었을까 하는 데 있었다. 요시다 도미오 교수가 그는 자기 고향의 소극小劇을 빌려서 이런 대응 전환을 구체화하였다고 말하였다.

나는 요시다 도미오 교수가 나를 데리고 히로시마의 난다이센 깊은 곳에 있는 고향에 갔던 때를 기억한다. 요시다 도미오 교수의 집은 커다란 산의 품 안에 안겨있고 대문 앞에 물소리가 시원한 강 한 줄기가 있었다. 중국의 풍수설인 감여지학堪輿之學에 의하면 산을 등지고 물과 마주하면 가장 훌륭한 명당이다. 요시다 도미오 교수의 남동생은 고향에서 농사를 짓는 나의 둘째형처럼 검붉은 얼굴의 농민이었고, 두 손이 투박하고 힘이 세고 성격이 시원시원하였다. 그가 물고기를 구워서 우리에게 먹게 하였다. 검은 껍질의 물고기인데 아마 진짜 도미일 것이다. 중국에서는 헤이자지위黑加吉魚라고 부르는데, 어떠한 양념도 치지 않아서 맛이 비할 바 없이 신선하였다. 그것은 내가 먹은 것 가운데서 가장 맛있는 생선이었다.

나는 물론 요시다 도미오 교수가 나의 중단편소설집 두 권을 번역하였다는 것도 기억한다. 한 권은 『행복한 날들幸福的時光』이고 한 권은 『백구와 그네白狗鞦韆架』이다.

나는 물론 요시다 도미오 교수가 나의 『마흔한 발의 포四十一炮』를 번역할 때의 그 일관되고 진지한 책임감을 기억한다. 지금 『마흔한 발의 포』가 이미 출판되었고, 요시다 도미오 교수가 또 나의 새 작품을 번역하기 시작하였다. 49만 자에 이르는 『인생은 고달파生死疲勞』이다.

나는 일본에 두 차례 가서 요시다 도미오 교수의 집에서 묵었을 때, 그의 부인과 어머니의 뜨거운 환대를 더욱더 잊을 수 없다. 아흔몇 살의 어머니가 손수 독특한 맛을 지닌 작은 생선과 미역 요리를 만들어 정성껏 병에 담아주시며 베이징에 가져가 나의 딸에게 먹이라고 하였다.

지금, 요시다 도미오 교수는 강단에서 명예롭게 퇴직하였지만,

그의 번역과 그 자신의 연구 작업을 멈추지 않고 있다. 그는 성실하고 소박한 일꾼이며 깨끗하고 바른 군자이다. 그는 나의 스승이자 선배이며 친구이다. 더욱더 내 배움의 본보기이다.

〈꽃 파는 처녀〉를 보고

지난 50여 년 세월 동안에, 직접 겪고 잊기 어렵고, 게다가 당시의 사회정치 생활과 뉴스와 어느 정도 관련된 사건 한 가지를 골라보라고 한다면, 나는 즉시 떠올리는 것이 〈꽃 파는 처녀賣花姑娘〉를 본 일이다.

때는 1973년의 이른 여름이었다. 바로 밀이 익어갈 무렵이자 아카시아꽃이 흐드러지게 핀 계절이었다. 이 이전부터 조선의 영화 〈꽃 파는 처녀〉에 관한 소문이 우리 마을에서 진작 퍼져있었다. 우리 마을의 어떤 젊은 여자가 있었는데, 남편이 칭다오에서 군인이었고, 그녀가 남편을 만나러 칭다오에 갔을 때 이 영화를 본 것이었다. 교육 수준을 지닌 여자가 우쭐대며 말해주었다. 그녀의 묘사 속에서 우리는 이 영화의 기본 이야기 줄거리를 알았고, 게다가 이것이 사람 눈물을 짜내는 영화인 것도 알았다. 그녀가 만약 이 영화를 보고 울지 않는다면 그러면 사람이 아니라고 말하였다. 그녀는 또 친아버지와 친어머니가 사망하였을 때 눈물 한 방울 흘리지 않은 사병조차도 〈꽃 파는 처녀〉를 볼 때 인사불성이 되도록 울어서 구급차가 병원으로 싣고 갔다고 말하였다. 그녀의 부풀린 묘사에 대해 마을의 많은 사람이 그걸 완전히 다 믿지는 않았다. 이 여자는 칭다오에서 남편을 만나고 돌아올 때마다 아무튼 우리 같은 이제껏 도시에 들어가 본 적이 없는 사람들에게 자신이 보고 들은 것을 한껏 뽐냈다. 그래서 그녀의 말에 대해 우리는 믿는 둥 마는 둥 하는 태도를 보였다. 1950년대의 '대약진', 1960년대의 대기근을 지나서 이어진 것은 문화대혁명이었다. 중국 백성은 거의 사람마다 모든 고생을 맛보았다. 그래 영화 한 편이 우리의 생활보다 더욱더 서러울 수 있다는 말이야? 그래 영화 한 편이 우리같이 고생을 바가지로 한 사람을 울릴 수 있다는 말이야?

얼마 지나지 않아서 마을의 고음 나팔이 〈꽃 파는 처녀〉를 현 소재지에서 상영하기 시작하였다는 소식을 방송하였다. 게다가 이 영화에 관한 평론 몇 편도 방송하였다. 당시에 우리는 텔레비전이 어떤 물건인지 몰랐고, 신문을 볼 수준도 아니었다. 뉴스란 바로 마을 안에 있는 높은 막대기 위에 걸어놓고, 하루에 세 번씩 방송하는 고음 나팔 소리였다. 〈꽃 파는 처녀〉에 대해 평론을 쓴 사람이 우리 마을의 그 군인 아내보다 더욱 부풀린 언어로 이 영화의 내용과 관객의 반응을 생생하게 묘사하였다. 나는 거의 관객의 눈물이 작은 강을 이루어 극장에서 흘러나오는 것을 본 것 같았다. 그해에 나는 열여덟 살이었다. 바로 혈기 팔팔한 한창때이다. 당시에 농촌에서 실시한 것이 준전시체제 관리였다. 이해할 만한 정당한 이유가 없다면 무단결근과 외출을 허락하지 않을 때였다. 우리가 생산대대 대장에게 휴가를 신청하면서 현 소재지로 영화를 보러 가려 한다고 말하면, 대장이 우리를 정신병자로 볼 것이 뻔했다. 하지만 〈꽃 파는 처녀〉에 대한 갈망이 이미 억누를 수 없을 지경이 되었다. 나는 나이가 거의 비슷비슷한 친구 융러永樂와 위안즈元智와 함께 대장에게 막중한 노동 임무 한 가지를 요청하였다. 그것은 생산대대 축사 앞에 커다란 두엄을 파는 일이었다. 이 두엄 안에 소 열다섯 마리와 말 두 필이 봄철 내내 배설한 똥을 쌓아두었고, 몇십여㎡는 족히 되는 양이었다. 평소의 상황이라면 건장한 일꾼 다섯 명이 하루 꼬박 족히 일해야만 간신히 다 팔 수 있었다. 이런 일은 더럽고 힘들어서 하려고 드는 사람이 없었다. 대장은 우리같이 평소에 장난이 심하고 말썽을 피우는 세 녀석이 힘들고 더러운 일을 하겠다고 자진하여 요청하니 해가 서산에서 뜬 것처럼 이상하게 보았다.

우리는 해 뜰 무렵에 일어나 땀을 비 오듯이 뿌리면서 오전 시간만 들여서 그 커다란 두엄 한 곳을 파낸 뒤에 오후의 귀중한 시간을 얻어냈다. 후다닥 점심을 먹고 현 소재지를 향하여 출발하였다. 마을에서 현 소재지까지는 거리가 50여 리 길인데, 버스는 없었다. 버스가 있다고 해도 돈이 없어서 우리는 탈 수 없었다. 마을에는 겨우 자전거 두 대가 있을 뿐이었고, 자전거를 가진 사람은 모두 마을의 간부였다. 그들이 자전거를 우리에게 타라고 준다 해도 우리는 감히 타지도 못하였다. 만일 자전거를 망가뜨렸다가는 짐작하건대 가진 것을 다 털어놓아도 보상하기 어려울 것이다. 우리는 그저 두 다리로 이 여정을 완성할 뿐이었다. 우리는 누구한테도 들키지 않게 살그머니 마을을 빠져나왔다. 마을을 나온 다음에 내내 종종걸음을 쳐서 전진하였다. 오전에 그렇게 큰 힘을 들였음에도 불구하고 〈꽃 파는 처녀〉가 우리를 사로잡았기 때문에 피곤한 느낌도 전혀 없었다. 현 소재지에 도착하였을 때는 이미 저녁 무렵이었다. 우리는 급히 극장 매표소로 달려갔다. 저녁 7시 표를 사고 싶었다. 하지만 매표소에 걸어놓은 작은 칠판에 저녁 7시의 표는 이미 다 팔렸고, 7시의 표가 다 팔렸을 뿐만 아니라 9시의 표도 다 팔렸다고 적혀있었다. 이때 극장 안에서 마침 〈꽃 파는 처녀〉를 상영하고 있었고, 그 한 맺힌 아름다운 음악이 고음 나팔 속에서 흘러나와 우리의 마음을 더할 수 없이 서럽게 만들었다. 우리는 극장 앞쪽의 광장에서 풀이 죽은 채로 어슬렁거렸다. 수시로 우리에게 다가와 여분의 표가 있는지를 물어보는 사람이 있었다. 어떤 반질반질하게 생긴 사람이 살그머니 우리에게 표를 사지 않겠냐고 물었다. 우리는 아주 흥분하였다. 당시의 영화 입장료는 한 장에 2마오 5펀이었다. 하지만 이 사람이 우리에게 한 장에 1위안을 달라고 하였다. 우리 세 사람의 몸에 지닌 돈을 다 모은다고 해도 한 장도 살 수 없었다. 우리는 오전 내내 일을 하였고 오후 내내 바삐 달려왔기 때문에 아주 피곤하고 너무 배가 고팠다. 우리의 원래 계획은 영화표를 산 다음에 음식점에 들어가 사람마다 3마오 4냥 식권을 들여 고기국수 두 그릇을 사서 배를 채워 자신을 좀 위로하고 포상하려고 하였었다. 영화표를 살 수 없게 되자 우리는 고기국수를 먹을 마음까지도 사라졌다.

마침 우리가 오락가락 서성이며 아무런 대책이 없을 때, 융러가 손바닥으로 탁 이마를 치면서 말하였다.

"옳지. 나에게 방법이 있어!"

융러의 양아버지가 현 공급판매합작사의 토산품회사에 근무하고 있었다. 토산품회사가 바로 극장 뒤쪽의 그 골목길에 있었다.

우리는 융러의 양아버지를 찾아갔다. 그가 마침 오동나무 아래서 부들부채를 부치며 물을 마시고 있었다. 이분은 아주 훌륭한 사람이다. 지금까지도 나는 잊기 어렵다. 당시의 사회 환경에서 기관 밥을 먹는 사람과 민간인 사이에는 하늘과 땅만큼 차이가 났다. 요즘 사람은 그걸 상상하기 어렵다. 우리가 찾아온 취지를 들은 다음에 그가 티끌 같은 세속적인 일에 허덕거리며 바삐 뛰어다닌 우리를 위아래로 훑어보고는 감탄하며 말하였다.

"영화를 보기 위해서란 말이지?"

그가 곧바로 말하였다.

"그렇지만 이 영화는 확실히 볼 만한 것이지."

그가 우리를 안정시키고 차를 마시게 한 다음에 우리에게 표를 구해주러 나갔다. 차를 마시는 우리 배 속에서는 꼬르륵꼬르륵 소리가 났지만, 우리는 희망을 가득 품은 채로 기다렸다. 조금 있다가 그가 돌아와서 미안한 듯이 우리에게 말하였다.

"7시 것을 구하지 못하였고 9시 것 세 장을 구하였다. 늦기는 좀 늦었지만, 너희들이 전적으로 이 영화를 보려고 온 것이니 좀 늦더라도 봐야 하지 않겠냐?"

"네, 좀 늦어도 봐야 해요. 9시 것은 말할 것도 없고 한밤중 2시 것이라도 우리는 봐야 해요."

우리가 이구동성으로 말하였다. 이 사람은 정말 아낌없이 베푸는 훌륭한 분이다. 그는 우리에게 표를 구해주었을 뿐만 아니라 구운 빵 여섯 개와 구운 고기 한 봉지를 사 왔다. 그가 말하였다.

"너희들 아쉬운 대로 좀 먹거라. 배를 좀 채워."

극장을 나오는 관객이 울어서 부어오른 눈을 쳐다보면서 우리는 극장으로 들어가 관객이 되었다. 영화가 시작되자마자 그 어여쁜 꽃을 파는 처녀가 꽃을 한 아름 안고 그 중국 대지 전역에 울려 퍼진 〈꽃 사시오賣花謠〉라는 노래를 부르면서 스크린 위에 등장할 때, 나의 눈이 벌써 촉촉이 젖었다. 몇 분 뒤에 꽃을 파는 처녀 여동생의 눈을 지주 마누라가 지져서 멀게 하였을 때, 나의 눈에서 콸콸 눈물이 솟구쳤고 막이 내릴 때까지 내내 나의 눈물이 더 마르지 않았다. 극장 안에서 여기저기서 훌쩍거렸고, 어떤 관객은 큰 소리로 엉엉 울었고 어떤 사람은 의식을 잃고 졸도하였다. 나쁜 사람이 남을 괴롭히는 장면을 상연할 때, 관중은 분노의 함성을 질렀다. 나쁜 사람이 징벌을 당하는 장면이 상연될 때, 극장 안이 박수 소리로 가득 찼다. 영화를 다 본 다음에 불이 환히 켜졌다. 주위의 사람마다 모두 온 얼굴이 눈물 자국이었다. 위안즈는 집안이 지주 출신이다. 이 계급적 정으로 가득 찼을 뿐 아니라 계급적 한이 흘러넘치는 영화가 그에게 무슨 작용을 할 수 없을 것이라 말해야겠지만, 그는 우리보다 더욱더 처참하게 울었다. 그는 가슴 앞쪽의 옷을 눈물로 흠뻑 적셨고 얼굴은 눈물 자국으로 얼룩덜룩해져서 비바람을 맞아 너덜너덜 다 찢어진 종이 등롱 같았다.

영화를 다 본 다음에 우리는 융러의 양아버지에게 다시 가서 귀찮게 하기는 뭣하였다. 그가 우리에게 영화를 다 본 다음에 다시 그에게 와서 뭘 좀 먹으라고 하긴 하였지만. 우리는 어둠을 더듬으며 귀로에 올랐다. 들판은 이상스레 고요하였다. 드넓은 가오미현 땅에서 우리 세 사람만이 밤길을 가는 것 같았다. 길의 양쪽에 있는 밀밭에서 바야흐로 익어가는 밀이 맑은 향기를 내뿜었고, 강물 속의 청개구리가 답답한 울음소리를 냈다. 우리는 아주 힘들고 매우 지쳤지만, 마음속에는 오히려 허전하면서도 어떤 만족감으로 가득 차 있었다.

마을로 돌아온 뒤에 우리 세 사람은 영웅적인 인물이 되었다. 마치 우리가 현 소재지로 영화를 보러 간 것이 아니라 세상을 뒤흔드는 큰일을 하러 간 것 같았다. 초등학교에 신문사 같은 데에 투고하기를 좋아하는 젊은 교사가 있었는데, 일부러 우리를 인터뷰하였다. 그는 우리가 〈꽃 파는 처녀〉를 본 이야기에 기름을 바르고 식초를 쳐서 원고 한 편을 써서 성省 신문사에 보냈다. 성 신문사가 뜻밖에 그에게 발표하게 하였다. 성 신문사에서 그의 원고를 발표하였을 뿐 아니라 현 방송센터에서도 그의 원고를 방송하였다. 우리는 방송에서 우리 자신과 관련된 뉴스를 방송하는 소리를 듣고 흥분하였고 또 무서움도 느꼈다. 긴긴 시간 동안 마을 사람들이 우리를 쳐다보는 눈에 모두 좀 다른 맛이 담겼었다. 게다가 초등학교의 그 젊은 교사는 이 원고 때문에 곧바로 현 위원회 선전부로 이동되어 간사가 되었고 그로부터 벼슬길을 걸어갔고, 곧장 부성장급의 고위 간부까지 올라갔다.

이 글을 쓰기 위하여 내가 비디오가게에 가서 〈꽃 파는 처녀〉의 영화 CD를 사 와서 다시 한번 보았다. 나는 〈꽃 파는 처녀〉를 다시 보았을 뿐 아니라 인터넷에 들어가 이 영화와 관련된 정보를 검색하였다. 이런 정보들 속에서 나는 그제야 이 극본의 창작자가 의외로 조선의 전 지도자 김일성이고, 그 극본을 스크린에 옮긴 구체적인 설계자가 의외로 김일성의 아들이자 지금 조선의 지도자인 김정일이라는 사실을 알았다. 인터넷의 관련 글에 의하면 바로 성공적으로 〈꽃 파는 처녀〉 등 영화 촬영과 오페라 몇 편의 예행 연습을 설계하였기 때문에, 김정일은 김일성과 조선 노혁명가의 신임을 얻어서 그의 후계자 지위를 다졌고, 또 최종적으로 최고 권력을 순조롭고 확고하게 장악했다고 하였다. 그제야 내가 30여 년 전에 중국공산당이 왜 그렇게 큰 힘을 들여 이 영화를 선전하고 보급하려 하였는지를 알게 되었다.

다시 〈꽃 파는 처녀〉를 보면서 나는 이 영화의 공식화, 개념화와 단순화 등을 깊이 느끼게 되었지만, 바로 이런 영화가 의외로 몇억에 이르는 중국 사람을 무지몽매하게 울린 것을 새삼 생각하였다. 어떤 사람이 우스갯소리로 만약 중국 사람이 〈꽃 파는 처녀〉를 보았을 때 흘린 눈물을 모으면 무게 몇 톤이 나갈 것이라고 말하였다.

인터넷에서 말한 것에 의하면, 당시 〈꽃 파는 처녀〉가 중국에서 일으킨 커다란 반향에 대해서 조선노동당 선전 부문도 불가사의하다고 느껴서 일부러 중국의 번역본을 구해 연구하였다고 한다.

오늘날의 눈으로 보면 아주 평범하기 짝이 없는 영화가 어떻게 그토록 거센 최루 효과를 가질 수 있었는지? 설마 그 시대의 중국 사람의 눈물샘이 특히 발달하였단 말인가? 나는 진지하게 이 문제에 대하여 생각해보았고, 일에 역시 그것 나름의 특정한 원인을 갖고 있었다고 느꼈다. 그 시대는 문화대혁명이 발발한 지 이미 7년이 흐른 시점이다. 이 긴긴 시간 동안에 사람들은 사람으로서의 자유를 잃어버린 데다 감정적인 자유마저도 잃어버렸었다. 더욱이 1970년대 벽두에 일어난 린뱌오林彪 사건이 중국 사람을 실망, 절망, 슬픔, 억압의 정서 속에 깊이 잠기게 하였다. 중국의 예술에는 그 속 빈 강정인 설교, 그리고 세속의 불에 익힌 음식을 먹지 않고 감정 색채라곤 전혀 없는 혁명모범극 여덟 편만 있었다. 〈꽃 파는 처녀〉의 한 맺힌 아름다운 음악, 당시 시각에서 말하는 매우 아름다운 화면, 어여쁜 처녀, 처참한 운명, 따뜻한 감정, 해피엔딩 등은 분명히 중국의 혁명모범극 여덟 편보다는 훨씬 빼어났다. 〈꽃 파는 처녀〉는 또 중국 사람의 감정적 공백을 메웠고 정상적인 감정에 대한 그들의 동경을 불러일으켰으며 그들의 감정을 발설할 통로가 되었다. 그래서 나는 우리가 당시에 꽃 파는 처녀의 처참한 운명 때문에 울었던 것은 결코 아니며 우리는 자기 자신 때문에 울었던 것이라고 여긴다. 크게 말하면 우리는 민족과 나라의 운명 때문에 울었다. 이제 온 중국 사람의 집단적인 통곡을 통하여서 중국 사회는 살그머니 전환의 조짐이 생겼다. 중국에서의 〈꽃 파는 처녀〉의 상영은 문화교류 활동의 하나였을 뿐 아니라 중대한 정치적 사건의 하나였다. 그것은 문화대혁명의 철저한 실패라는 표지의 하나였다. 눈물이 중국 사람의 눈을 맑게 씻었고, 고통이 가라앉은 다음에 이전의 고통을 회상하면서 중국 사람은 정상적인 생활을 할 수 있기를 희망하였다. 물론 우리도 당시에 희망한 정상적인 생활이란 문화대혁명 이전의 그런 생활에 불과하였고 결코 오늘날의 이러한 모습일 줄은 결코 생각하지 못하였다.

다시 〈꽃 파는 처녀〉를 보니 이전에 본 시간과는 세월이 벌써 32년이 흘러가 버렸다. 내가 이 영화의 공식화, 단순화와 줄거리의 허위성을 꿰뚫어 보았음에도 불구하고, 눈물을 자아내는 중요한 대목에 이르게 되면 여전히 뜨거운 눈물이 눈에 그렁그렁해진다. 김일성과 김정일은 모두 최루의 예술을 깊이 알고 있었다. 인류의 감정적 반응에 대하여 그들은 주도면밀하게 파악하였고, 그들은 어떠한 줄거리를 사용해야만 관객이 눈물을 흘릴 수 있다는 것을 알았다. 착하고 아리따운 어린 처녀를 필사적으로 괴롭히고 그녀의 눈을 지져 멀게 하고 그녀에게 억울한 일을 실컷 당하게 하고 그녀를 얼음과 눈 덮인 땅으로 내던져 꽁꽁 얼도록 만들었다. 당신들이 안 울고 배기겠어?

쪽빛의 성

오디세우스가 바닷가 모래사장에서 일어나 감각을 거의 잃어버린 몸을 이끌고 어느 조그만 산언덕으로 기어 올라가 울창한 숲속으로 들어갔다. 그는 고개를 돌려 은빛으로 반짝이는 바다를 바라보다가 이파리가 무성한 올리브나무 두 그루 아래로 곤두박질쳤다. 그는 몸이 바윗덩이처럼 단단하였는데 하지만 바닥은 치즈처럼 부드럽고 푹신하다고 느꼈다. 그는 숲속 깊은 곳에서 들려오는 여인의 말과 웃음소리, 치마가 바스락거리는 소리를 들었다. 또 단향나무가 불타는 냄새를 맡은 것 같았다. 설마 칼립소의 함정에 또 빠졌단 말인가? 나의 고향으로 돌아가려는 꿈을 재차 물거품이 되게 하려는? 그는 일어나서 눈앞의 복잡한 국면에 대응하려고 하였지만, 몸이 머리의 통제를 듣지 않았다. 그는 커다란 조각상이 진창에 빠지듯이 몸이 가라앉는 것을 느꼈다. 올리브나무의 뒤엉킨 나무뿌리가 그를 싸매려고 시도하였지만, 그것들은 아무튼지 무게를 견디기 어려워 가엾게도 부러지고 말았다. 그는 후다닥 가라앉았고, 위쪽에 그의 위로 향한 몸과 같은 형상의 통로 한 줄이 생겼다. 그는 그 위쪽에 하늘이 갈수록 작아지고 마지막에 바늘 끄트머리 크기만 한 빛나는 점 한 개가 되는 것을 보았다. 그는 자신이 파묻혔고, 아니면 전설에서처럼 지옥에 떨어진 것을 의식하였다. 그리하여 슬픔이 마음속에 솟구쳤다. 이때 그는 오히려 몸이 굳은 곳에 떨어진 것을 느꼈다.

그가 눈을 뜨자마자 무엇보다 먼저 본 것은 땅거미 진 하늘이었다. 별이 없고 해도 달도 없었다. 대낮이 아니며 밤도 아니었다. 그는 후다닥 일어나 앉아서 자신이 커다란 광장의 한복판에 있는 것을 보았다. 북쪽의 엎어지면 코 닿을 곳에 금빛과 푸른빛이 눈부신 성루가 있고 아치형의 문 위쪽에 커다란 초상화 한 폭이 걸려 있었다. 문 앞에 무지개 모양의 하얀 돌다리 세 개가 있고 올리브색 군복을 입은 사병 두 줄이 발걸음을 맞추어 걸어오고 있었다. 그는 본능적으로 허리춤에 찬 긴 칼을 더듬었지만, 얼음처럼 차가운 배만 만져졌다. 이때 그는 부끄럽게도 자신이 발가벗었고 살갗에 갯벌의 진흙을 묻혔고 머리카락과 털에 바닷속의 녹조를 매달고 있는 것을 발견하였다. 그는 주변에 있는 많은 사람이 그가 꿈에서도 본 적이 없는 이상야릇한 옷을 입고 있으며 몸에서 그가 맡아본 적이 없는 냄새를 풍기고 입에서 그가 이제껏 들어본 적이 없는 말을 내뱉는 것을 보았다. 그들 가운데 어떤 사람의 얼굴에는 놀람과 의아한 기색을 드러냈고, 어떤 사람의 얼굴에는 이상야릇하게 웃는 표정이 떠올랐다. 어떤 사람은 눈알을 굴리지 않고, 어떤 사람은 이리저리 두리번거렸다. 어떤 사람은 손에 반짝반짝 빛나는 네모난 모양의 작은 상자를 들고 있었는데 그를 살펴보고 있다가 그런 다음에 눈에 거슬리는 빛을 내뿜었다. 어떤 사람은 길고 긴 나무막대기로 그의 신분을 식별하듯이 그의 발바닥의 상처를 찌르고 있었다. 그는 몇몇 위풍당당한 사병을 보았고, 조를 나누어 둥그렇게 에워싼 사람들이 자신 쪽으로 걸어오는 것을 보았다. 그는 벌떡 일어나 한 손으로 음부를 가리고 한 손을 휘두르며 돌진하였다.

그는 내달리는 중에 몸을 훌쩍 날려 길가의 어떤 나무 위에서 나뭇가지 한 가지를 분질러내 하체를 가렸다. 그는 우측에 커다란 강물이 흐르는 것 같은 드넓은 길 한 갈래가 있는 것을 보았다. 길 위에 알록달록한 괴물이 바삐 뛰어다니고 있었다. 그것들의 눈이 반짝반짝 빛났고, 모습이 딱정벌레 같았으나 발이 없어서 마치 뱀이 바닥에 붙어서 기어가는 것 같았는데 배 속이 훤히 들여다보였고 그 안에 어떤 사람이 단정하게 앉아 있었다. 이것이 그에게 즉시 자신이 설계해 만든, 트로이 사람을 온 쓴맛을 보게 한 목마를 떠올리게 하였다. 그는 후다닥 남북으로 난 길을 가로질러 달려갔다. 그런 괴물들은 서로 부딪치며 처참하고 날카로운 소리를 질러댔고 코를 찌르는 냄새를 풍겼다. 그가 그런 딱정벌레들의 배를 밟는데 마치 적의 투구와 갑옷을 밟는 것 같았다. 바다에서의 오랫동안의 생활이 그에게 자연스레 방위를 감지하는 능력을 갖추게 하였다. 그는 우람한 돌기둥이 받친 궁전을 따라 서쪽을 향해 내달렸다. 그는 노란색의 해를 보았다. 레몬처럼 노란 해가 어슴푸레한 하늘가를 따라 떨어졌다. 몸 뒤쪽에서 떼를 지은 사람이 쫓아오고 있고 앞쪽에도 가로막는 자세를 취하는 사람이 있었지만, 그가 앞으로 달려들기만 하면 그들이 날카로운 소리를 지르며 달아났다. 몇몇 대담한 사람이 달려와 그의 팔을 잡기도 하였다. 그가 휙 팔을 휘두르자 그들이 어린애처럼 연거푸 뒷걸음질 치는 모습이 보였다. 어떤 사람은 얼굴을 쳐들고 나뒹굴고 어떤 사람은 땅바닥에 주저앉았다.

그는 드문드문 어린나무가 있는 숲속으로 내달리고 있었다. 나무 숲속에 숨어있는 몇 마리 커다란 직사각형 모양의 상자 같은 괴물 속에서 몇십 명의 몸이 우람하고 동작이 잰 남자들이 튀어나왔는데, 목마의 배 속에 숨어있던 그리스 용사들 같았다. 그들이 왼손에 방패를 들고 오른손에 방망이를 들었고, 투구가 날이 저물어가는 어렴풋한 빛 속에서 반짝반짝 빛을 내뿜었다. 그들이 아치형으로 대열을 이루며 그를 감싸듯이 다가왔다. 그는 한눈에 이 자들의 몸과 손이 비범해 아킬레스라고 하여도 그들을 상대하기 어렵다는 것을 알아보았다. 그리하여 그는 몸을 돌려 남쪽으로 달렸다. 그는 정면에 있는 옅은 쪽빛의 성을 보았다. 형상이 타원형이고 커다란 오리알 같았고 아름다운 섬 같기도 하였다. 그는 한걸음에 다섯 계단씩 뛰어넘어 눈 깜짝할 사이에 쪽빛의 성 입구에 이르렀다. 몸에 쪽빛의 옷을 입은 몇몇 문지기가 놀라 그를 쳐다보며 마치 마법에 걸린 듯이 눈을 동그랗게 뜨고 입을 벌렸다.

그는 등불이 빛나는 통로를 따라 앞으로 달려갔다. 통로 중앙에 네모난 모양의 눈부신 등 기둥이 두 줄로 늘어서 있었다. 머리 위쪽에는 엷은 얼음 한 겹이 덮여 있는 것 같았고, 얼음 위에 물결무늬가 이리저리 옮겨 다니는데 분명히 물의 영상이었다. 그가 통로의 끄트머리까지 달려갔을 때, 앞쪽에서 두 사람이 다가오면서 그에게 허리를 굽혀 절을 하였다.

그는 직각에 의존해 이 두 사람에게 악의가 없다는 것을 알고 발걸음을 멈추고 오른손을 가슴에 대고 점잖게 답례하였다. 그가 이 두 사람을 보니, 한 사람은 나이가 칠순이 넘었고 몸이 깡마르고 콧날이 오뚝하며 눈이 깊이 쏙 들어갔고 눈동자가 짙은 쪽빛이며 눈빛에 근심이 서려 있었다. 또 다른 한 사람은 몸이 뚱뚱하고 나이는 약 쉰 살이며 머리가 반쯤은 벗겨졌고 눈이 가늘고 길었다. 그가 잠깐 또 그들의 말을 알아들을 수 없었다고 해도 그러나 그는 역시 그들의 뜻을 알아차렸다. 그리하여 그는 그들을 따라갔고 스스로 회전할 수 있는 검은색 계단을 따라 쪽빛 성의 위층으로 올라갔다. 바닥의 대리석은 색채가 알록달록하게 빛났고 빛이 사람을 비추었다. 우람한 아치 위에 새빨간 나무판자가 박혀있었고, 벽 위에 화려한 그림이 그려져 있었다. 그림 위의 여자가 의외로 자신이 지난 20년 동안 본 적이 없는 아내와 아주 비슷하였고, 탐욕스러운 눈빛의 사내 한 무리가 그녀를 에워싸고 있는데, 줄줄이 그녀에게 사랑을 표시하고 있는 듯하였다. 그는 마음속으로 한바탕 초조함을 느꼈다. 노인이 그에게 고개를 돌려 밖을 보라는 뜻을 표시하였고, 그는 그리하여 그 딱정벌레가 바삐 뛰어다니는 큰길을 쳐다보았다. 길가의 그 가로등 기둥 위에 떼를 이룬 커다란 공 모양의 등잔이 내뿜는 반짝반짝 빛나는 빛발을 보았다. 가장 그를 놀래고 이상하게 한 것은 투명한 벽 바깥쪽의 그 푸른 물이 마침 살랑살랑 물결치고 있고, 성루의 그림자가 그 가운데 거꾸로 비치며 아름답고 신비함을 드러낸 점이었다.

눈빛이 우울한 노인이 그를 데리고 느린 걸음으로 참관하였다. 또 간신히 알아들을 수 있는 말로 그에게 설명하는데, 제법 주인 같이 손님에게 자기 집의 이곳저곳을 자랑하였고, 마치 오귀기아 섬의 여주인이 그녀의 궁전과 진귀한 보물을 자랑하는 것이나 진배없었다. 해설자의 말투에 담긴 잘난 체하는 것이 그에게 약간 반감을 갖게 하였다. 비스듬히 그의 뒤쪽에서 따라오고 있는 뚱뚱한 남자는 한마디도 하지 않았고, 눈빛이 서로 부딪칠 때마다 얼굴에 어색하게 웃는 표정을 드러냈다. 그 반쯤은 벗어진 머리도 미소 속에서 살며시 부르르 떨렸다. 이 사람이 그에게 고향의 겸손한 돼지치기 에우마이오스를 떠올리게 하였다. 당시에 그가 자신의 돼지우리를 시찰하러 갈 때마다 돼지치기가 이렇게 비스듬히 따라오며 얼굴에 웃는 표정을 지으며 연거푸 '네네.' 하고 대답하였었다.

그들은 커다란 홀의 한쪽 모퉁이에 앉아 있었다. 어떤 온몸에 붉은색의 긴 치마를 입고 몸에서 옷에 밴 풀 내음을 내뿜는 아름다운 여자가 그들에게 붉은 포도주를 바쳤다.

"이것은 세상에서 가장 좋은 포도주입니다."

노인이 말하면서 잔을 들어 단숨에 다 마셨다. 그도 따라서 다 마셨다.

"우리는 이 술로 존귀한 손님을 접대하였습니다."

그는 갑자기 자기 자신이 이미 노인의 말을 아주 잘 이해할 수 있게 되었다고 느꼈다. 마치 이 술이 말의 장벽을 없애는 특효약인 것 같았다.

"오디세우스, 우리는 호메로스의 서사시에서 옛날 영웅적인 당신의 사적과 불행한 경험을 알게 되었고, 앞으로의 당신 운명을 알게 되었습니다."

노인이 조용히 말하였다.

"당신은 곧 고향으로 돌아가서 당신의 치즈를 싹 먹어 치우고 당신의 술 저장실의 술을 다 마셔버린 깡패들을 죽이고 당신의 아내 페넬로페와 재회할 것입니다. 당신은 지금 4천 년 뒤의 중국의 서울에 있으며 이곳은 금방 전에 준공된 국가대극장입니다. 환상 같은 건축입니다. 저는 이 건축물을 설계한 폴 앙드류입니다. 이 사람은."

노인이 그 중년의 뚱보를 가리키며 말하였다.

"중국 작가 모옌이고, 저의 친구이며, 우리 두 사람은 호메로스의 숭배자입니다. 그가 당신의 사적을 서사시로 노래하였습니다. 그의 서사시에서 우리는 고상한 예술적 영감을 얻었습니다. 호메로스의 서사시가 모든 예술의 발원지라면 당신은 모든 영웅의 본보기입니다."

폴 앙드류의 말을 경청하는 과정에서 붉은 옷의 여자가 오디세우스에게 연거푸 술을 따라 바쳤고, 그가 연거푸 열몇 잔을 마시자 마음이 홀가분하고 즐거운 것을 느꼈다. 이때 등불이 어두워지고 장막이 열리면서 무대 위에서 마침 오페라를 공연하고 있었다.

숲속에서 오디세우스가 올리브 나뭇가지로 하체를 가리고 큰 소리로 노래를 불렀다. 스케리아 섬나라 왕의 딸 나우시카가 미소를 지으며 그의 앞에 서 있었다.

4부

초원이 존재하지 않는다면 누가 뻔뻔스럽게 계속 살아갈까

베이징의 어느 가을날 오후의 나

베이징의 가을이 가장 가을 같다고 하지만, 가을의 베이징은 나에게 오히려 잡다한 인상이 남아 있을 뿐이다. 내가 외출을 적게 하고 외출한다고 해도 대부분은 집에서 가까운 거리에 있는 우체국, 장터 활동이나 책 부치기, 장보기 같이 목적이 명확하고, 목표를 향해서만 나가기 때문이다. 또 나갔다가 일을 마치면 바로 집으로 돌아오고 도중에 난폭한 차량과 여러 모습의 행인을 피하면서 거의 고개를 들지 않고 철학적인 생각이 가슴에 꽉 찬 굴원이나 유유자적하는 도연명처럼 머리 위 하늘을 한 번도 쳐다본 적이 없기 때문이다.

가을철 베이징의 하늘은 가장 맑은 바다처럼 파랗다. 하늘에 하얀 구름 몇 덩이 떠 있으면 바다에 뜬 하얀 돛단배 같다. 하늘에 하얀 비둘기 떼가 빙빙 돌며 날면서 구구구 소리를 내고, 즐거움 속에 구슬픔 몇 가닥을 띠고 있다면, 하늘도 더욱 전설 속의 베이징의 가을날 하늘 같아질 것이다. 하지만 내가 베이징에서 산 동안에는 지난 20세기의 문인들이 묘사한 베이징 가을의 아름다운 하늘을 거의 느낀 적이 없다. 그러한 가을은 키 작고 낮은 집과 확 트인 시야를 확보해야만 존재하는 것이다. 또 개미 같은 차량과 높은 하늘로 높이 올라가는 마천루와는 적대적이며 쓸쓸함과 한가함과 친한데, 기형적인 번화 내지는 병적인 소란함에 짓눌려서 죽어버렸다. 그러한 하늘이 없는 베이징의 가을은 달력 위에 표현되는 계절일 뿐이어서 에어컨이 만들어낸 엉거주춤한 온도 속에서 살아가면서 매우 드물게 외출하는 사람에게는 이미 망각된 존재이다.

달력을 보니 입추의 절기는 이미 지나갔지만, 말복이 남아 있어서 기온이 여전히 짜증스럽게 높았다. 집집마다 돌아가는 에어컨들은 여전히 요란스레 울고 있다. 점심때 길거리에 나가면 시멘트 바닥은 눈부신 하얀빛을 내뿜고 있다. 도로에는 붉은색의 차량이 꼬리를 물고 느릿느릿 이동하는데 불타는 숯덩이가 이동하는 듯하고, 이글이글 타오르는 용이 꿈틀거리며 죽 이어져 가는 것 같다. 길을 걸어가는데 몸이 땀에 찐득찐득 젖는 것은 유쾌한 일이 아니다. 일이 없는 상황이라 해도 나는 이런 때 외출할 수 없다. 대부분은 침대에서 낮잠을 잔다. 나는 온밤 내내 잠을 안 잘 수 있지만, 낮에 잠을 안 잘 수는 없다. 낮에 잠을 안 자면, 오후에 머리가 아프다. 낮에 꿈속에서 나는 칭화清華대학 캠퍼스 안에 있는 주쯔칭朱自清이 묘사한 연못으로 갈 수도 있다. 연꽃이 만발하는 시기가 여름이라고 해도 나는 텔레비전과 신문을 통해 초가을의 베이징에는 여전히 연꽃이 활짝 피어 있다는 것을 알았다. 연못 속에 가득 찬 늘

씬한 연밥과 누르스름한 연잎이 장관을 이룰 때면 대체로 중추 명절에 이른 것이다.

내 점심 뒤의 휴식 시간은 아주 길다. 12시에 침대에 올라가면 일어나는 것은 가장 빨라야 3시이고, 때로는 4시가 된다. 잠결에 일어나서 찬물로 세수를 할 때면 오후의 햇빛이 유리창을 금빛 찬란하게 비출 시간이다. 침대에서 일어난 뒤에 먼저 진한 차 한 잔을 끓이고, 그런 다음에 책상 앞에 앉는다. 아내가 눈앞에 있지 않으면 급히 담배 한 개비에 불을 붙이고 진한 차를 마시면서 담배를 피운다. 그때의 느낌은 아주 미묘해서 남에게 말로 전할 수 없다.

차를 마시고 담배를 피우면서 나는 책을 뒤적거리기 시작한다. 마구 뒤적거린다. 오후에는 글을 쓰지 않기 때문이다. 나는 이제껏 진지하게 책 읽는 습관을 기르지 못하였다. 책 한 권을 들면 때로는 아예 뒤에서 앞으로 읽는다. 재미있으면 다시 처음부터 뒤로 가면서 본다. 마흔 살이 넘은 뒤로 나는 더는 책 한 권을 인내심을 갖고 처음부터 끝까지 읽지 못하였다. 얼마나 훌륭한 책이건 간에 그렇게 되었다. 이것이 아주 좋지 않은 습관이라는 것을 알지만 고치려고 해도 안 된다. 책을 좀 보다가 나는 벌떡 일어난다. 마음속으로 답답함을 느끼는데, 무료함이라고 부를 수도 있다. 그러면 방 안을 서성거린다. 우리에 갇힌 나약한 야수처럼. 때로 십몇 년 동안 사용한 히타치 텔레비전을 켠다. 21인치이고 당시에 가장 좋은 것이었다. 내가 첫 번째 출국자 수표를 사용해 출국자면세점에서 산 것이다. 일본제품의 질은 최근에 자주 문제를 일으키기는 하여도, 우리 집 텔레비전의 질은 짜증을 나게 할 정도로 좋다. 십몇 년이 되었고 날마다 사용하는데도 화면이 여전히 깨끗하고 소리가 여전히 입체적이라면 그것을 내버릴 이유가 없을 것이다. 텔레비전에서 만약 전통극을 방송하면 나는 온몸을 부들부들 떨 정도로 흥분할 수 있다. 전통극 음악의 박자에 맞추어 온몸을 부들부들 떠는 것이 바로 내가 신체를 단련하는 방법의 하나이다. 한 손으로 배드민턴 라켓을 비틀어 빠르게 돌리면서 음악의 박자에 맞추어 빙빙 돌면 마음에 잡념도 없어지고 모든 것을 잊어버리게 되는데, 그 미묘한 느낌을 남에게 말로 전할 수 없다.

나의 선회를 정지시키는 것은 피곤해서가 아니라 텔레비전 속의 전통극이 끝났기 때문이다. 전통극이 끝나면 내 마음이 우울해진다. 우울함을 해결하는 방법은 냉장고를 열고 먹을 것을 뒤적거려서 먹는 것이다. 냉장고도 도시바 상표이자 일본제품이고 텔레비전과 마찬가지로 독일 마르크로 출국자면세점에서 산 것이다. 얼마 전에 한 차례 고장이 났는데, 나중에 아내가 냅다 치니 도로 멀쩡해졌다. 일반적인 상황에서 나는 언제나 냉장고에서 먹을 것을 찾아 먹을 수 있다. 정말 찾을 수 없게 되면 아내가 나를 집에서 멀지 않는 시장에 가서 사 오게 한다. 나는 그녀가 실은 나를 내보내 좀 움직이게 하려는 것인 줄을 안다.

베이징의 가을날 오후에 나는 어쩌다 장을 보러 시장에 간다. 이전에 베이징의 네 계절은 하늘의 색깔과 식물의 생태를 보면 분별할 수 있었고, 또 시장에 나온 야채와 과일을 보면 분별할 수 있었다. 중추절 전후는 제철 과일이 배, 사과, 포도이고 각종 참외의 계절이기도 하지만, 지금의 베이징은 교통의 편리와 유통 경로의 신속함으로 말미암아 톈진, 난징, 상하이 등지의 과일이 하룻밤이면 산 넘고 강 건너 시장에 나타날 수 있다. 특히 농업 과학기술의 발전이 과일의 생장에 대한 계절의 제약을 사라지게 하였다. 예를 들면 예전에는 중추절에 수박을 보기란 아주 어려웠고 난로를 에워싸고 둘러앉아서 수박을 먹는 것이 몽상이었지만, 지금은 큰 눈이 펑펑 날리는 날씨라고 하여도 시장에서 그냥 수박을 살 수 있다. 한겨울에 하이난섬海南島에서 생산한 수박을 파는 것도 신기하지 않고 한겨울에 베이징 교외의 비닐하우스에서 생산한 수박을 파는 것도 신기하지 않게 되었다. 시장에 나온 과일과 야채는 실로 눈을 어지럽게 하고 어찌할 바를 모르게 할 정도로 풍부해졌다. 물건이 많아졌지만 좋은 물건은 없어졌다.

시장에 갔다 오면, 나는 문 앞 우편함에서 저녁 신문을 갖고 집으로 들어간다. 《베이징석간北京晩報》을 정기 구독하면서부터 베이징 사람이 된 느낌이 생겼다. 《베이징석간》은 백만 부를 발간하는 신문인데, 지면을 늘리고 또 늘려서 광고도 갈수록 많아졌다. 신문의 제1면은 대부분 뭐 볼만한 것이 없다. 텔레비전방송국에서 뉴스를 동시 방송하는 앞쪽 10분과 똑같다. 다른 지면에 좀 재미있는 것들이 있다. 나는 보자마자 잊어버린다. 석간을 다 읽으면 거의 저녁밥을 먹을 때가 된다. 저녁밥을 먹는 일은 이 글의 범위에 속하지 않으니 나는 낮부터 저녁 식사 전의 시간 동안에 한 일을 쓸 뿐이다.

어떤 날은 오후에 기자가 나를 취재하러 집에 오기도 한다. 때로는 오후에 집에서 사람들을 만나기도 하는데, 잘 알지 못하는 방문객도 있다. 매체의 인터뷰는 사람을 번거롭게 하는 일이지만 안 받을 수도 없다. 그래서 천편일률적인 허튼소리를 한다. 친구가 집에 오면 자연히 인터뷰를 받는 것보다 훨씬 즐겁다. 우리는 차를 마시고 담배를 피우고 이런 얘기 저런 말을 나눈다. 때로는 동료에 대해 이러쿵저러쿵하는 말도 면하기 어렵다. 이전에는 내 입을 막는 장치가 없어서 많은 사람에게 무례를 범하였지만, 지금은 나이가 들어서 꾀가 좀 늘고 처세술도 늘었다. 일반적인 상황에서 인물에 대해 좋으니 나쁘니 비판하지 않고 가능하면 좋은 말로 좋게 말할 수 있게 되었다. 좋은 말을 하기 싫으면 침묵하고 아니면 오늘 날씨가 어쩌고저쩌고 말을 한다.

베이징은 네 계절이 분명한 고장이고 가을은 석 달이라고 한다. 중추절은 베이징의 가장 좋은 계절이지만 실은 중추절이 어디에 있든 간에 모두 가장 아름다운 계절이다. 나는 어렸을 때, 산둥 고향에서 중추절을 매우 좋아했다. 중추절에는 하늘에 둥근달 말고도 땅에 월병이 있기 때문이다. 소동파의 유명한 시구 "밝은 달은 언제 나오시려나, 술잔 들어 푸른 하늘에 묻노니明月幾時有, 把酒問青天."가 바로 나의 고향에서 벼슬할 적에 지은 것이고, 당시의 달이 얼마나 밝았는지를 알 수 있다. 당시에는 아직 월병을 먹는 풍습이 없었고, 만약 있었다면 소동파도 이렇게 쓸 수 없었을 것이다. 월병에 소를 넣게 된 이유는 원나라 말기에 한족 사람 주원장이 몽골 사람에게 모반하려 할 때 월병 속에 모반의 쪽지를 집어넣었고, 선물을 보낸다는 구실로 연락을 취한 일에서 비롯되었다. 나는 어렸을 때 가축을 팔러 내몽골에 갔었던 사람이 몽골 사람은 8월 15일 밤에 풀밭에서 하룻밤을 보낸다고 하는 말을 들었다. 이 말이 정말인지 거짓인지를 모르겠다. 세월이 바뀌어 지금은 모두 한 집안 형제가 되었다. 지금은 월병 속에 쪽지 말고는 무엇이든지 다 집어넣는 것 같다. 나는 언제나 중추절이 베이징 사람이 발명한 명절이라고 느낀다. 베이징은 예전에 원나라의 서울 대도였기 때문이다. 원나라 대도 성벽의 유적이 내가 예전에 살았던 샤오시톈小西天 근처에 있고, 그 위쪽에 나무가 많이 자라있다. 가을날 오후에 원나라 대도 성벽 위의 숲속에 서 있으면 아마 베이징의 가을날의 아름다움을 더욱 많이 느낄 수 있으리라. 이 글을 쓰기 위해서라도 한 번 가봐야 하겠다.

지금 중추절이 되려면 아직 한 달이 더 남았다. 이때쯤 주원장의 이른바 월병대전月餠大戰[1]이 막을 열었다. 월병의 모양은 기가 막히게 화려하고 아주 정교하게 보이지만 맛은 그저 그렇다. 나는 내가 루쉰 선생이 묘사한 주진九斤 할머니처럼 지금의 음식물에 대해 공정한 평가를 할 수 없다는 것도 안다. 사실 오늘날의 월병이 사용한 재료가 절대적으로 과거의 재료보다 훨씬 고급이니까 맛도 이전 것보다 좋아야 당연하겠지만, 맛이 없다고 느끼는 것은 월병의 문

1 월병대전이란 '주원장의 월병봉기朱元璋月餠起義'를 말한다. 주원장이 '8월 15일'을 반원反元 거사 날로 정하고 디데이를 적은 쪽지를 월병 속에 넣어 한인 봉기군 수령들에게 전달했다.

제가 아니다. 사실 가장 공들인 것은 역시 월병이 아니라 월병을 포장한 상자이고, 그것은 정말 눈부시게 화려해서 저마다 다 궁전 같다. 왜 이처럼 공들여 만든 상자로 먹는 것을 포장하는 건지를 모르겠다. 나는 해마다 빈 월병 상자를 어떻게 처리할까 하는 문제로 고생한다. 사람은 정말 스스로 고민거리를 찾는 동물이다. 과학이 발전할수록 사람이 직면하는 고민거리가 많아졌다.

베이징의 가을날이 가장 유명한 곳은 샹산香山이다. 샹산의 유명세는 대부분 깊은 가을마다 산비탈을 온통 붉게 물들이는 단풍 때문이다. 붉은 잎이 달린 나무는 대부분 단풍나무이다. 나는 당시에 조설근이 샹산에 올라가 단풍을 감상하였고, 청나라의 이름난 사인詞人 나란싱더納蘭性德도 올라갔고 높은 벼슬아치와 귀한 사람과 사회 명사들도 많이 올라갔다고 추측한다. 저우쭤런도 그 근처의 절에서 오랫동안 살았고, 그가 써낸 글은 가을 기운으로 자욱해서 나뭇잎의 한 줄기 쓰고 떨떠름한 맛을 담고 있다. 나는 베이징에서 거의 20년을 살았는데 여태까지 샹산에 올라가지 못하였다. 그러나 그곳이 전혀 낯설지 않은 것같이 그 온산을 온통 뒤덮은 붉은 잎이 내 머릿속에 들어있다. 정말 간다면 틀림없이 실망할 것이다. 나는 붉은 잎을 감상하는 사람이 붉은 잎보다 훨씬 많다는 것을 안다. 아름다운 경치는 조용히 감상해야 한다. 떠들썩한 곳에는 아름다운 경치가 없다.

지금은 베이징의 가을날의 어느 오후이다. 나는 오후에 글을 쓰지 않는 습관을 깨고 책상 앞에 앉아 이 글을 마무리하려고 가을에 관한 옛사람의 시구를 떠올렸다. 차례로 두보, 두모竇牟, 가지賈至의 싯구이다.

"8월의 높은 가을 하늘에 바람이 성난 듯 울부짖더니, 우리 지붕 위에 세 겹 이엉 말아갔네."[2]

"가을바람에 실려 오는 피리 소리에 서원을 떠올리며 눈물 흘릴 제, 산양山陽의 피리 소리 듣던 이들이 눈에 어리누나."[3]

"단풍잎 우수수 하염없이 떨어지니, 동정호 가을 물은 한밤에도 물결이네."[4]

옛사람의 '슬픈 가을'이란 말은 대체로 가을 풍경 속에 화려함이 곧 사라져버릴 것을 암시하고 가을날 날씨는 또 추운 겨울이 곧 다가올 것을 암시한다. 그래서 시 속의 가을은 언제나 어느 정도 어찌할 수 없는 쓸쓸한 느낌을 담고 있지만, 역으로 노래한 것이다. 이백은 "나는 가을 정취 즐거이 느끼는데, 뉘가 가을 정취 슬프다 하는가"[5] 하고 읊었고, 유우석은 "예로부터 가을이 오면 그 소슬함 슬퍼하나 나는 가을날이 봄날보다 낫다고 말하리. 하늘에 학이 한 마리 구름 위로 높이 날아올라 시적 정취를 푸른 하늘까지 끌어 올리

---

2 두보杜甫의 「초가집이 가을바람에 부서지다茅屋爲秋風所破歌」의 1, 2행이다.

3 두모竇牟의 「봉성원에서 피리소리를 들으며奉誠園聞笛」의 3, 4행이다.

4 가지賈至의 「처음 파릉에 가서 이십이백과 배구와 동정호에 배를 띄우고 3수初至巴陵與李十二白裴九同泛洞庭湖三首」의 두 번째 시의 1, 2절이다. 가지가 이백(이십이백)을 만나, 배구와 함께 동정호에서 배를 띄우고 가을 정취를 감상하며 놀던 때에 시 세 편을 지었다.

5 이백李白의 「가을날 노군 요임금 사당정자에서 연회를 열어 두 보궐과 범 시어와 헤어지며秋日魯郡堯祠亭上宴別杜補闕范侍御」의 1, 2행이다. 두 보궐은 보궐(官名) 두보, 범 시어는 시어사(官名) 범씨이다.

네"[6] 하였다. 두보는 "하염없이 나뭇잎 우수수 떨어지고, 그지없이 창장長江 출렁출렁 흘러가네"[7] 하였고, 황소는 "가을이 되어 9월 8일 기다리니, 내 꽃이 피거든 온갖 꽃이 지리라"[8] 하였다. 마오쩌둥은 "온 나무에 서리 내린 날 붉은 색이 눈부시니, 무적의 병사 노기가 하늘 높이 은하수를 찌른다"[9] 하고 읊었다. 하지만 역으로 말하는 글이라고 해도 슬픔을 기쁨으로 바꾸지 못하였고 서글픔을 비장함으로 바뀌게 하였을 뿐이다.

---

6 유우석劉禹錫의 「가을 이야기 2수秋詞二首」의 첫 번째 시이다.

7 두보의 「높은 곳에 올라登高」의 3, 4행이다.

8 황소黃巢의 「급제하지 못한 뒤에 국화를 읊다不第後賦菊」의 1, 2행이다. 이 시 속의 9월 8일은 압운하기 위해 쓰인 날짜로 '9월 9일, 중양절重陽節'을 가리킨다.

9 마오쩌둥毛澤東의 「어가오·제1차 대 '포위소탕'에 반대하며漁家傲 反第一次大"圍剿"」의 1, 2행이다.

고을 원님과 고향의 일

요사이 명저로 이름난 책이라고 해도 나는 모두 처음부터 끝까지 읽은 적이 없지만, 농촌, 농업과 농민에 관한 『삼농수기三農手記』는 다 읽었다.[10] 게다가 흥미진진하게 이런저런 상상을 하고 하염없이 감동하면서 읽었다.

웨이팡濰坊은 나의 고향이고, 이 책을 쓴 정진란鄭金蘭은 웨이팡시에서 농업을 주관하는 부서기이니 우리 고을의 원님인 셈이다. 『삼농수기』를 읽으면 고을 원님이 고향의 일에 대해 말하는 것을 듣는 것처럼 절로 친밀한 느낌을 받을 것이다.

나는 책 속의 많은 인물을 모두 만나본 적이 있고, 어떤 이는 나의 친구이기도 하다. 그래서 이 책을 읽는 것도 이전부터 잘 알고 있는 사람이나 옛 친구를 만나는 것이나 비슷하다.

나는 해마다 여러 차례 고향에 가고, 스스로 고향에 대해서 비교

10 삼농은 농촌, 농업과 농민을 가리킨다. 삼농 문제가 바로 농업, 농촌, 농민의 문제이다. 삼농 문제를 연구하는 목적은 농민의 증산, 농업의 발전, 농촌의 안정 문제를 해결하려는 데 있다.

적 이해한다고 여기고 있었지만, 이 책을 읽고 많은 부끄러움을 느꼈고, 나의 그러한 농촌 경험이 분명히 이제는 낡은 것이구나 하는 생각이 들었다.

최근 십몇 년 사이에 중국의 농업에 커다란 변화가 생겼고, 이 커다란 변화 속에서 웨이팡 사람들이 위대한 상상력을 발휘하여 전 세계에서 주목하는 업적을 창조해냈고, 전 중국의 농민 형제에게 귀중한 경험을 제공하였다. 웨이팡 사람으로서 나는 비할 바 없는 긍지를 느꼈다. 내가 책에서 다자이마을大寨村 지부서기 궈펑롄郭鳳蓮이 싼위안주마을三元朱村 지부서기 왕러이王樂義의 손에서 전국촌장村長포럼의 대회기를 받아온 대목을 읽을 때, 이는 의미심장한 역사적 장면이라는 것을 깊이 느꼈다.

『삼농수기』는 소설도 아니고 르포도 아니지만, 그것은 많은 소설보다 더욱 많은 감동적인 줄거리가 있고 르포보다 더욱더 많은 현장감을 갖고 있다. 나는 이 책에서 수박이 시렁 위에서 열리고 고구마가 나무 위에서 자라며, 흙이 아니라 수경으로 재배하는 등 과학기술의 기적을 보았을 뿐 아니라 더욱 중요한 것은 개성이 뚜렷한 많은 사람을 보았다는 데 있다. 하우스 채소의 아버지 '채소 달인' 왕러이, 대장 풍채를 지닌 '닭 달인' 왕진파王金發, 전국에서 유명한 '더리쓰得利斯' 저온 소시지를 만들어낸 '돼지 달인' 정허핑鄭和平, 꽃 재배로 유명한 '꽃 달인' 리훙량李洪亮, 묘목 재배로 이름난 '묘목 달인' 류궈톈劉國田, 수박 농사를 짓는 궈훙쩌郭洪澤, 알로에 농사를 짓는 류추이룽劉萃榮, 생강 농사를 짓는 왕더제王德傑 등과 같은 사람들이 정말 저마다 뛰어난 재능과 지혜를 지녔기에 뭇별이 빛나듯 인재들이 쏟아져 나오는 것이다.

정진란 서기는 『삼농수기』를 문학작품으로 삼아 쓴 것이 아니지만, 『삼농수기』에 아주 높은 문학적 가치를 담아냈다. 정진란 서기는 자신을 인물로 삼아 쓴 것은 아니지만, 『삼농수기』를 다 읽으면 설령 그를 모르는 사람이라도 그의 작풍과 사람됨을 느낄 것이다. 그는 사스 시기에 사람들을 인솔하여 천릿길을 차를 몰아 베이징에 채소를 보내는 장거를 이루어냈고 조류독감을 예방할 때의 대중적 결단을 지도하였다. 그녀는 연날리기 대회, 채소 과학박람회, 농업 발전 세 가지 전략 포럼 등을 치밀하게 지휘하였으며, 전반적인 흐름을 파악하면서도 세부사항을 중시하는 점에서 자신이 뛰어난 간부라는 것을 스스로 입증하였다. 그녀의 인정미와 동정심, 민간인에 대한 깊은 애정은 모두 그녀가 웨이팡의 우수한 딸이라는 것을 설명하고 있다.

케케묵은 소설

이 제목의 첫 번째 뜻은 「우리의 일곱째 작은아버지我們的七叔」를 1996년 봄에 썼는데, 1999년 봄까지 묵혔다가 발표하여서, 그 사이에 거의 3년의 간격이 있다는 말이다. 지금 내가 다시 읽어보니 3년 전 막 탈고했을 때의 느낌과 같았다. 이는 이 작품이 아직 시의성이 사라진 것이 아니라는 말도 되겠지만 내가 지난 3년 동안에 발전이 없었을 수 있다는 점도 의미한다.

이 제목의 두 번째 뜻은 「우리의 일곱째 작은아버지」에서 묘사한 사건이 1980년대 초기에 일어난 것이고, 서술하는 과정에서 또 이야기를 1940년대까지 소급시켰기에, 내가 쓴 것이 케케묵은 옛날 일이라는 말이다.

이 제목의 세 번째 뜻은 「우리의 일곱째 작은아버지」 속에 사람을 현혹되게 하는 것들을 뒤섞어 넣었다고 해도 준수한 창작 방법은 여전히 전형적 환경 속의 전형적 인물을 창조한다는 케케묵은 이론이라는 말이다.

소설을 세 해 묵혀 시의성이 사라져버리면, 차라리 발표되지 않은 게 다행일 수도 있다.

오늘 오후에 일어나는 일을 쓸 수 있고 내일 일어날 가능성이 있는 일을 쓸 수도 있지만, 나는 오래전에 일어난 일들을 쓰길 더욱 원한다. 나는 소설을 이용하여 과거의 영광을 점검하고 과거의 죄악을 청산한다. 나 자신의 영광과 죄악을 포함하는 것은 물론이다.

소설의 이론은 수만 번 바뀌지만, 소설은 늘 사람과 사건을 쓰지 않을 수 없다. 많은 새로운 표현법은 낡은 표현법을 재포장한 것에 불과하다.

나는 케케묵은 것이 소설의 본질이고 훌륭한 소설일수록 케케묵었고, 케케묵은 술일수록 진하고 순수해지는 것과 같다고 말하고 싶다.

독서 이야기

솔직히 말하면 나는 결코 독서를 좋아하지 않는다. 가능하면 텔레비전 앞에 앉아서 가뿐하고 즐거운 프로그램을 보기를 더욱 원한다. 하지만 독서를 멈추면 안 된다. 이는 내 업무의 중요한 구성 부분이기 때문이다. 맞다. 책은 지식의 바다요 영감의 원천이다. 책은 또 여러 좋은 의미로 많이 비유되곤 한다. 독서란 실은 고달픈 일이다. 독서를 그때 그 시절에 밭에서 노동한 일과 비교해보자면, 당시 내가 노동을 하지 않았다면 땅은 양식을 산출하지 않고 나는 배를 곯았을 것이다. 지금 내가 독서를 하지 않으면 책을 써내지 못하고 책을 써내지 못하면 아마도 배를 곯을 것이다. 어떤 일이든, 먹고 사는 문제와 함께 결부되면 사람에게 즐거움을 가져다주지 못할 것이다. 물론 나도 예전에 독서의 즐거움을 체험하였다. 그것은 내가 어렸을 때로 책이 아주 적었고 어쩌다 간신히 책 한 권을 빌리면 그야말로 보물을 얻은 것이나 진배없을 때였다. 아버지는 내가 이런 쓸모없는 '소일거리 책'을 읽는 것을 반대하였고, 소와 양은 내가 자기들을 방목시켜 주길 기다렸다. 나는 나중에 어떻게 되거나 말거나 숨어서 가장 빠른 속도로 후다닥 책을 읽었다. 죄를 짓는 것 같은 느낌에 휩싸인 채여서 긴장되었고 또 자극적인 일이었다. 몰래 정을 통하는 과정과 아주 비슷하였을 것이다.

‘본드걸’의 등장을 환영하며

20년 전에는 이름이 류시홍劉西鴻이고 ‘본드걸’로 자처하길 좋아하는 이 여인이 아직은 꽃처럼 어여쁜 처녀였다. 그녀는 「너는 나를 바꿀 수 없어你不可改變我」라는 단편소설 한 편으로 문단을 뒤흔들었다. 이 작품은 뒤이어 전국중편소설상을 받았다. 그의 문학도 아주 훌륭하였고, ‘본드걸’도 기본적으로 ‘한번 이름을 날리니 세상사람들이 다 알게 되었다.’ 많은 사람이 그의 새 작품을 기대하고, 그의 더욱 많은 멋진 이야기를 기다리고 있을 때, 그가 별안간 종적을 감추었고, 어떤 잘생긴 프랑스 젊은이를 따라 저 멀리 프랑스로 시집을 가버렸다. 다시 그를 만나게 되었을 때, ‘본드걸’은 이미 세 아이의 어머니가 되었고, 풍채가 한창 시절보다 못하지 않다고 해도 결국은 예전의 그 햇살에 비친 연꽃과 같은 ‘본드걸’이 아니었다.

‘본드걸’은 예전에 광둥의 으뜸가는 재원이었다(어떤 사람은 버금가는 재원이었다고 말을 한다.). 으뜸이든 버금이든 간에 그의 작품이 느닷없이 세상에 나와 우리에게 경제특구에서 온 젊은이의 망설이면서도 소탈한 새로운 관념을 전해주었고, 작품 속에 넘쳐흐르는 모던 정신이 그 시기 문단 사람들의 이목을 확 트이게 하고 동시에 약간 얼이 빠지게도 하였다.

어떤 측면에서 보면 류시홍은 좀 장아이링張愛玲을 닮았다. 독자적인 신념대로 살아가는 성격과 세속의 흐름을 따르지 않는 행위가 모두 그녀에게 당찬 여인의 격조를 갖게 하였다. 시대의 맥박에 대한 정확한 진단과 새로운 기풍을 감지하는 민감함이 그녀의 작품에 예언적 개성을 갖게 하였고 또 그 시대의 새로운 사람의 형상을 빚어내게 하였다.

'본드걸'이 매혹적인 눈빛을 보낸 뒤에 서양에서 이름을 감추었지만, 문단의 친구들은 내내 그녀를 그리워하였다. 모두 다 이런 사람이 이렇게 붓을 놓을 수 있다는 것을 믿지 않았다. 그 빛나는 재능을 펼치지 않는 것은 칼을 칼집에 감추어두는 것이나 다름없는데, 어찌 애석하지 않으리? 물론 아이를 낳아 키우고 교육하는 것도 여인으로서 위대한 책무이다.

'본드걸'이 마침내 왕리산王立山처럼 "눈을 치켜뜨고 칼을 칼집에서 뽑았다." 짧은 글을 모아 엮은 것이라고 해도 한창 시절과 비교해 그 날카로움이 전혀 줄지 않았다. 글 속에서 그녀가 그동안 내내 문학과 헤어져 있었던 것은 아니었음을 알았다. 그녀는 많은 책을 읽고 많은 영화를 관람하고 프랑스 문단의 많은 재주꾼과 친분을 맺으면서 풍부한 인생 경험을 더욱더 늘렸다. 그녀의 견식과 안

목이 이미 당시 그 '본드걸'을 훨씬 뛰어넘었고, 물론 더더욱 나 같은 시골뜨기를 훨씬 뛰어넘었다. 그의 언어는 당시의 싱싱함과 날카로움을 유지하고 있는 것 말고도 힘과 노련함도 늘었다.

나는 이러쿵저러쿵 거침없이 내달리고 운치로 넘치는 그녀의 책을 매우 좋아한다. 나는 가슴 가득 희망을 품고 그녀의 새 소설을 기다리고 있다. 그녀는 20년 동안 무대를 내려와 냉정한 눈으로 통찰하였고, 20년 동안 와신상담하였으며, 20년 동안 쓱쓱 싹싹 칼을 갈았다. 이제 '본드걸'이 분장을 하고 다시 등장할 때가 도래하였으리라.

꼭두각시극을 관람하고 나서

나무토막에 대해 말하자면, 그것이 조각되면 우상이 된다. 이것은 쪼개져서 땔나무가 되고 해체되어서 침대 널판자가 되고 화롯불에 구워져서 굴대가 되는 것보다 행운에 속한 일이어야 할 것이다. 이는 사람이 우상의 위치로 떠받들어진 것과 유사하다. 우상에는 우상 나름의 고민이 있는데, 나무토막도 고민이 있을까?

꼭두각시의 움직임은 나무토막과 관계가 없고 무대 뒤에서 줄을 조종하는 사람이 꼭두각시를 대신하여 이야기나 감정을 구경하는 사람에게 전달한다. 어쩌면 관객 가운데서 감정이 복받쳐서 뜨거운 눈물이 눈시울에 가득한 사람이 있을 수 있겠지만, 무대 뒤의 사람은 손을 바삐 이리저리 놀리며 복잡한 기술을 조작하기 때문에 그들의 사유 활동은 극의 줄거리와는 무관하다.

사람이 그만 나무토막의 꾀임에 속았다.

언제부터인지는 모르지만, 사람에게 이용되거나 조종된 사람은 '꼭두각시' 혹은 '괴뢰'라 불리며 조롱당하였다. 하지만 이 '괴뢰'는 여전히 권위적이고 그를 거쳐야만 권리가 실지로 행해질 수 있다. '괴뢰'의 작용은 공공기관의 도장과 비슷하다.

어떤 사람들은 '괴뢰'가 되었어도 자각하지 못하고, 어떤 '괴뢰'들은 '괴뢰' 노릇을 달갑게 여기지 않는다. 또 '괴뢰' 노릇을 달갑게 여기지 않으면서 다른 사람이 '괴뢰' 노릇을 하길 바라기도 한다. 그리하여 궁정에 쿠데타가 생겼고, 사람 머리통이 땅에 떨어지는 일이 생겼다. 하지만 '괴뢰'가 되고 싶어도 될 수 없는 사람도 있다.

'괴뢰'의 고통은 입을 것과 먹을 것이 풍족한 기초 위에서 세워진다. 깊이 생각해야만 한다. 누가 또 다른 사람에게 이용당하지 않는지?

최초에 하느님이 한가하고 심심하여 나무토막 두 개로 수컷과 암컷 동물 한 쌍을 조각해냈다. 이것이 바로 인류의 시조이다. 인류가 꼭두각시를 조각하는 것은 하느님의 행위를 반복하는 일이다.

사람이 죽은 뒤에 특수한 처리를 거치면 꼭두각시와 비슷한 '미라'라고 부르는 것이 된다. '미라'로 될 수 있는 자는 생전에 모두 아주 위세가 있었던 자이다.

꼭두각시극을 좀 보면 사람을 죽이고 싶은 마음이 옅어질지 모르고, 짙어질 수도 있다. 짙음과 옅음은 한 가지 문제의 두 가지 표현이다.

인터넷을 하기만 하면 낯가죽이 두꺼워진다

인터넷은 문인과 고상한 선비들이 굉장히 신기하다고 허풍을 떨고 허세를 부리는 장소이자 같은 문인과 고상한 선비들이 한 푼의 가치도 없는 비난을 벌이는 공간이다. 나 개인적인 입장에서는 나 자신이 모르거나 어렴풋이 아는 것에 대하여서는 언제나 말을 신중히 하고 감히 좋고 나쁨을 쉽게 판단하지 않는다. 작년에 어떤 사람에게 억지로 끌려가서 온라인문학의 심사위원을 한 차례 맡은 적이 있는데, 결과적으로 인터넷 엘리트들을 아주 불쾌하게 하고 말았다. 그들이 인터넷도 하지 않고 인터넷에 글을 발표하지도 않은 사람이 어떻게 온라인문학의 심사위원이 될 자격이 있냐고 따졌다. 엘리트들의 비평은 나를 마음속으로부터 인정하지 않을 수 없게 하는 점이 있었다. 인터넷도 하지 않고 인터넷에 글을 발표도 할 수 없는 사람은 확실히 온라인문학의 심사위원이 될 자격이 없는 것이다. 음악을 감상하지도 않고 음악을 창작할 수 없는 사람이 콩쿠르에서 심사위원이 될 자격이 없는 것과 같은 이치이다.

자기비판을 한 뒤에 세찬 열등감이 모락모락 피어올랐다. '1990년대에 인터넷을 하지 않으면 1970년대에 입당하지 않는 것과 같다'라는 비유가 듣기에는 그럴싸해 보이긴 하지만 결코 딱 맞는 것이 아니다. 1970년대에 입당을 하려면 적극적인 자세를 갖고 지도에 복종하고 동료와 단결하는 것 이외에도 중요한 것은 또 가정 출신이 좋아야 하였다. 가정 출신이 좋지 않으면 아무리 적극적이라고 해도 헛고생하는 것이고 자칫하면 당신의 머리 위에 '위장 진보'라는 큰 모자가 씌워질 수 있다. 하지만 1990년대에 인터넷은 집에 컴퓨터가 있고 전화선만 있으면 언제든지 모두 접속할 수 있었다. 첫째 신청서를 쓰지 않고, 둘째 누군가가 비준하지 않아도 되고, 더욱더 적극적으로 나설 필요도 없다. 하지만 나는 왜 꾸물거리며 인터넷을 하지 않았을까? 내가 기계나 전자기기 따위를 만지는 것에 대해 마음속에 두려움을 갖고 있고, 이런 것들은 항상 아주 심오한 것이어서 천재가 아니면 배울 수 없다고 여긴 때문이다. 뒷날 택시를 탔는데 기사와 이런저런 이야기를 나누었다. 기사가 말하였다.

"인터넷에 들어가는 것이 잠자리에 들어가기보다 훨씬 쉬워요. 잠자리에 들어가려면 발을 씻고 양치질을 하고 옷을 벗어야 하지만, 인터넷에 들어가기 전에는 아무것도 할 필요 없다니까요."

그가 또 말하였다.

"인터넷 하는 것이 운전보다 훨씬 쉬워요."

나는 나 같은 사람이 한 달 시간을 들이면 운전을 배울 수 있을지 물었다. 그가 말하였다.

"선생은 말할 것도 없고, 돼지도 한 달 동안 핸들 앞에 묶어두면 운전할 수 있을걸요."

이 기사의 격려를 받아 드디어 인터넷을 하게 되었다. 인터넷을 한 뒤에 이른바 온라인문학과 오프라인문학에 사실 무슨 근본적인 차이가 없다는 점을 발견하였다. 만약 억지로 좀 차이를 찾아야 한다면 온라인문학이 오프라인의 문학보다 훨씬 더 자유롭고 더욱더 대담하다는 점이다. 바꾸어 말하면 바로 더욱더 허튼소리를 할 수 있다는 점에 있다. 종이 위에 글을 쓸 수 있는 사람이 전화비와 인터넷 사용료를 아까워하지 않으면 인터넷에서 온전히 글을 쓸 수 있다. 노래를 부르고 춤을 추지 못한다고 허튼소리도 못 한단 말인가? 점차 나도 대다수의 온라인문학이 모두 오프라인에서 쓴 다음에 게시한 것임을 알게 되었다. 글을 쓸 때 인터넷에 게시해야 하는 것을 알았기 때문이다. 그래서 이 오프라인에서 창작할 때도 온라인문학에서 "나의 글이 남을 놀라게 하지 못하면 죽어도 멈추지 않으리라"라고 허튼소리를 할 배짱도 갖게 되었다. 그래서 이러한 경험이 생긴 뒤에 웹 사이트에서 나에게 칼럼을 열라고 했을 때, 나는 살짝 망설였지만 동의하였다. 앞으로 나도 뻔뻔스럽게 흰소리를 할 수 있다. 나도 온라인에 글쓴이다. 나는 이제 인터넷 문학에 심사위원이 될 자격을 취득하였다.

오프라인의 글쓰기와 온라인의 글쓰기가 비슷하다는 점을 증명하기 위하여 나는 몇 년 전의 산문 수필집 『노래할 줄 아는 담장會唱

歌的墻』에 쓴 머리말을 탑재하였다.

이것은 내 첫 번째 산문집이지만 나는 이것이 양곱창 한 접시라고 말하고 싶다.

모아 놓은 이러한 글들이 도대체 산문인지 잡문인지 수필인지 아니면 다른 무슨 새의 노리개인지도 확정할 수 없다. 이 십몇 년 동안 소설과 극본 말고도 내가 또 횡설수설한 것들을 이렇게 많이 썼는지 생각지 못하였다. 몇 년 전에 산문과 수필이 유행할 때, 전후하여 출판사 열몇 군데에서 나에게 한 권 엮자고 부추겼지만, 매우 자신이 없어서 감히 수락하지 못하였다. 나는 사람이 소설을 쓸 때는 언제나 짐짓 티를 내거나 눈가림을 해야 독자가 소설 속에서 저자의 참모습을 그다지 쉽게 볼 수 없다고 생각하였기 때문이다. 하지만 이런 산문으로도 불리고 수필이라고도 불리며 잡문이라고도 불리는 자질구레한 짧은 글에서는 저자가 글쓰기를 할 때 자주 감추기를 잊어버린다. 그리하여 저자의 참모습이 더욱 쉽게 폭로된다. '외모가 반안潘安과 견줄 만하다'라고 하면 폭로야말로 기쁜 일이지만, 외모가 모옌과 견줄 만하다면 폭로가 어찌 문제되지 아니하랴? '사람은 자기 자신을 아는 것이 중요하니' 나도 나 자신을 안다. 산문을 쓰고 수필을 쓰는 데도 사상이 있어야 한다고 하는데 나는 사상이 없고, 있는 것은 그저 거칠고 속된 터무니없는 생각들뿐이다. 산문을 쓰고 수필을 쓰는 데도 학문이 있어야 한다고 하는데 나는 학문이 없고, 있는 것은 그저 귀동냥한 시골 촌구석의 촌스러운 이야기뿐이다. 산문을 쓰는 데는 고상한 정서와 아름다운 이상이 있어야 한다고 하는데 나에게는 이 두 가지가 모두 없고, 있는 것은 그저 초야에서 먹고살 생각과 생리적인 느낌일 뿐이다. 그래서 나는 쉽게 이런 것을 모아서 감히 대중에게 보이지 못하였다. 그런데 왜 또 이들을 모았느냐? 첫 번째 이유는 물어보나 마나 인세 때문이다. 두 번째 이유는, 나는 기왕 '온갖 꽃이 만발하였다'라는 말이 나온 이상 강아지풀에라도 꽃이 피게 해야 하고, 기왕 '온갖 사람이 자기주장을 펼친다'라는 말이 나온 이상 까마귀에게도 떠들 수 있도록 허락해야 한다고 생각하였다. 나의 존재가 나를 못생겼다고 조롱하는, 반안과 견줄 만한 외모의 남성 작가를 더욱 반안과 같이 만들어주는 것처럼, 나의 산문 수필집의 출판도 중국의 산문 수필집들의 심오함을 더욱 심오하게 하고 해박함을 더욱 해박하게 드러내주며 고상함을 더욱 고상하게 해주고 아름다움을 더욱 아름답게 드러내게 할 수 있을 것이다.

이는 그렇지만 나의 몽상일 따름이다. 실은 요즘 시대에 책 한 권 늘어나거나 줄어드는 것은 야채 시장에 배추 한 포기 늘어나거나 줄어드는 것과 마찬가지일 뿐이다. 심지어 더 못한 일일 수도 있다.

이 머리말을 다 쓴 다음에 나는 글 속의 관점을 바로잡기 시작하였다. 사람이 소설을 쓸 때 능청을 떠는데, 산문이나 수필을 쓴다고 어찌 능청을 안 떨겠냐고요?

소설은 꾸며낸 작품이지만 첫머리에 요지를 명백히 밝혀서 독자에게 '이것은 지어낸 것'이라고 알린다.

산문이나 수필은 허위적인 작품으로 첫머리에 요지를 명백히 밝혀서 독자에게 '이것은 내가 직접 겪은 것이다! 이것은 진실한 역사이다! 이것은 진실한 감정이다!'라고 알리지만 사실은 지어낸 것이기도 하다.

기녀를 좋아하는 사내가 별나게 아내를 찬미하는 글을 쓰길 잘할 수 있다.

해외에서 형편없이 지내는 사람이 미국에서의 자신의 눈부신 경력을 대대적으로 쓸 수 있고 자기 집의 수영장과 뒷마당 정원을 쓸 수 있으며 클린턴에게 자신이 백악관으로 초청받아서 포도주를 마셨고, 힐러리가 또 그에게 레이스를 두른 속옷 한 장을 선물하였다고 쓸 수도 있다.

덩샤오핑이 탄 노새조차도 본 적이 없는 사람이 덩샤오핑이 사망한 뒤에 당당하게 회고하는 글을 쓸 수 있고, 다베산大別山의 한 개울에서 자신과 존경하는 덩 정치위원이 함께 목욕한 광경을 추억할 수 있다.

자신의 아버지가 분명히 현 보조직에 불과한 사람이 산문이나 수필에서 자신의 아버지를 끊임없이 승급시켜서 병단 부사령관의 고위직까지 승급시킬 수 있다. 뻥을 치세요. 아무튼지 당신 아버지의 기록부를 조사하러 갈 사람은 없을 테니까.

작가가 되기 전에 분명히 병원의 잡역부에 불과하였던 인물이 작가가 된 뒤에 산문과 수필 속에서 처음에는 자신을 간호부장으로 승진시키고 그 다음에 주치의로 승진시켰다. 최근에는 자신을 옐친 대통령의 심장이식 수술을 집도한 의사로 승진시켰다. 다음번 산문에서는 당신이 마오쩌둥 주석에게 백내장 수술을 해준 일도 좀 쓸 수 있을 것이다. 당신은 독자에게, 당신이 작가로서 찬조 출연하고 있는 일은 전혀 원하던 바가 아니며, 당신의 최대의 재능은 의학 방면에서 표현된 것임을 알리고 싶을 것이다. 나는 당신에게서 깨우침을 받아서 회고적인 글을 쓸 준비를 하였다. 내가 어린 시절에 지구촌 김매기대회에 참가한 일을 회상하였다. 때는 1960년이고 내가 다섯 살 때이다. 대회 장소는 베이다황이고, 심사위원에 왕전王震 장군이 있었고, 조선의 김일성 수상이 있었으며, 또 베트남의 호치민 어른이 있었다. 대회가 시작되기 전에 호치민 어른이 나의 머리를 쓰다듬으면서 말하였다.

"착한 애야, 김을 잘 매렴. 1등을 하면 콩만두 한 개 줄게!"

『삼국지』를 읽어도 모르는 사람도 전고를 인용해 '학술성' 역사 문화 산문을 쓸 수 있다. 자료가 충분하지 않으면 대담하게 날조해도 되고 근거 없는 일일수록 안전하다. 당신은 소동파가 장원급제하였다고 말하면 안 되겠지만, 당신이 소동파가 하이난섬에서 기녀와 놀아났다고 말하면 누구도 당신의 결점을 흠잡을 수 없다. 당신이 톨스토이가 당신 고향에 온 적이 있다고 말하면 안 되겠지만, 만약 당신이 당신의 할아버지가 예전에 러시아에 갔었고 어떤 조그마한 술집에서 톨스토이 할아버지와 술잔을 부딪친 적이 있다고 말한다면 그것은 괜찮은 것이다. 당신이 어떤 상하이의 이름난 평론가가 당신을 루쉰보다 훨씬 더 심오하고 쉬즈모보다 훨씬 더 낭만적이고 첸중수보다 훨씬 더 해박한 위대한 문학가라고 말했다면 안 되겠지만, 모리셔스Mauritius의 어떤 한 이름난 평론가가 그렇게 당신을 평가하였다고 말하면 괜찮을 것이다.

몇 년 전에 어떤 사람이 또 타이완 작가 싼마오三毛를 비난하면서 대사막에 관한 그의 산문이 제멋대로 지어낸 것이라고 말하였다. 나는 이런 사람이 정말 꽉 막혔다고 생각한다. 누가 당신에게 산문과 수필이 모두 정말이라고 말해주었나? 좀 돌이켜 보시지. 지난 몇십 년 동안 우리의 이름난 산문과 수필에 몇 편이나 사실 그대로의 이야기가 있었는지? 몇십 년 동안 모두 저마다 속으로는 알면서도 말하지 않으면서 제멋대로 지어냈는데, 왜 싼마오만 제멋대로 지어내면 안 된다는 말이지?

나라는 사람도 솔직하게 나의 산문과 수필도 기본적으로 지어낸 것임을 인정한다. 나라는 사람은 이제껏 러시아를 제대로 가본 적이 없지만, 억지로 긴긴 러시아 관련 스케치 두 편을 썼다. 러시아 초원을 썼고 러시아 변방의 도시를 썼으며 러시아 소녀를 썼고 러시아 젖소를 썼으며 러시아 극장에서 상영하는 중국의 〈땅굴전〉을 썼고 러시아의 행상인이 자유시장에서 소형 원자탄을 팔았다고 썼다. 나라는 사람의 경험에 의하면 근거 없는 일일수록 쉽게 생생하게 쓸 수 있다. 글을 쓸 때 당신은 절대로 제 발 저려 할 것 없다. 당신은 이른바 산문과 수필 거장들의 작품일수록 제멋대로 대담하게 말한 것임을 생각해야 한다. 세상의 교묘한 일을 모두 다 그가 부딪치고 겪는다는 것이 어떻게 가능한가? 당신이 저 대단한 인기를 가진《리더스 다이제스트》를 좀 펼쳐본다면, 그렇게 깊이 감동적인 '직접 경험'을 쓴 글들이 사실은 모두 복제한 글임을 알게 될 것이다.

탐방기, 자서전, 일대기, 일기들도 있는데, 나는 모든 사람에게 삼류소설이려니 생각하고 읽기를 권한다. 누군가 만약 그것들을 정말로 여긴다면 작가의 속임수에 걸려든 것이다.

짧은 인터넷 경험이 나에게 사람이 인터넷을 하면 즉시 얼굴짝이 두꺼워지고 간덩이가 커진다는 것을 깨닫게 하였다. 내가 인터넷상에 칼럼을 여는 데 동의한 까닭은 바로 인터넷을 빌려 뻔뻔스럽게 자신을 추어올리고 또 인터넷을 빌려 다른 사람을 간덩이 크게 비난하려는 데 있었다. 물론 나도 오프라인 뒤에 이러한 추어올리기와 비난이 방귀처럼 흩어질 것이고, 어쩌면 방귀만도 못하리라는 것을 안다. 물론 나도 인터넷을 하는 사람들 가운데서 확실히 인품이 고상하고 사상이 건전하고 겉과 속이 일치하는 사람이 많이 있다는 것을 안다. 하지만 선무당이 사람 잡는 법이니, 만약 이 글이 누군가를 다치게 하였다면 크게 욕설을 내지르시길.

"흥, 이건 또 무슨 개소리 같은 글이야!"

연설

입대통지서를 받은 뒤에 우리 마을의 어떤 제대군인이 찾아와 알려주었다.

“부대에 가서 첫 번째 할 일은 신병 중대 최고 간부에게 결심서를 써서 내야 해. 이건 자네 배속 문제가 걸린 거야. 잘 쓰면 신병 훈련이 끝난 다음에 문서담당이 되거나 지휘관의 경호원이 될 수 있어. 두 군데 자리로 배치받으면 간부는 떼어 놓은 당상이지.”

그는 많은 소중한 경험도 전수하였다. 고차원에서 어떻게 지휘관의 호감도 살 것인가, 저차원에서 어떻게 뜨거운 국수도 먹을 것인가 등.

그의 가르침에 따라서, 신병 중대에 도착한 이튿날 바로 결심서 한 부를 써서 반장에게 주며 최고 간부에게 제출해서 나를 도와달라고 하였다. 반장은 노병인지라 의심스럽게 나를 쳐다보며 말하였다.

“자네 집에 군인이었던 사람 있나?”

나는 없다고 말하였다. 그가 고개를 흔들며 나의 말을 믿지 못하는 눈치였다.

결심서의 첫머리에 당 지부 위원회의 빼어난 지도를 받아 '우경 부활 풍조'에 대해 반격할 것이라고 썼다. 사실 무엇이 우경 부활 풍조인지에 관하여 나는 조금도 아는 것이 없었다. 뒷날 입단신청서에도 이렇게 썼다. 입당지원서를 써넣을 때도 뛰어난 지도자 화궈펑華國鋒 주석을 바짝 따라가 '두 가지 범시兩個凡是'를 지키겠다고 써넣었다. 이러한 것들이 지금까지도 여전히 나의 기록부 자루 안에 들어있겠지? 하지만 하늘도 땅도 진작 모습을 크게 바꾸었다.

결심서가 정말로 효력을 발휘한 것인지는 모르지만, 연대에서 새 전우환영대회를 거행할 때 신병 대표 한 명을 골라서 연설을 하게 하였고, 이 일이 영광스럽게 나에게 맡겨졌다. 나는 흥분하여서 하룻밤 내내 잠도 자지 않고 두 눈을 크게 뜨고 자신의 빛나는 앞날을 꿈꾸었다. 문서담당이나 지휘관이 되어서, 주머니가 네 개 달린 군복을 입고 고향에 돌아가 가족을 만날 때 소매를 걷어 올리는데, 손목에 시계를 찼을 것이다. 시계는 상하이표이고 전부 강철로 진동에 견딜 수 있고 19캐럿일 테지.

연설원고를 다 쓴 뒤에 신병연대의 지휘관이 한 차례 수정을 도와주면서, 익숙하도록 읽는 연습을 시키면서 강단에 올라가서 더듬거리지 말 것을 당부하였다. 이 일이 함께 입대한 고향 사람들을 매우 질투하게 하여서 별의별 소리가 다 나왔다. 나는 속으로 애써 흥분을 누르면서 단 한 번에 기염을 토해 깜짝 놀라게 하고 친구에게는 통쾌함을, 적에게는 고통을 안기겠다고 생각했다.

환영대회 그날 저녁, 신병 몇백 명과 연대 직속의 노병 몇백 명이 연대본부 강당을 가득 메우고 앉아 있었다. 게다가 구석 쪽에 가족과 아이들도 섞여 있었다. 대회 뒤에 또 문예 공연이 있기 때문이었다.

나는 처음으로 세상의 강당에 들어간 것이었기 때문에, 무대 위의 새빨간 벨벳의 커다란 막과 화려한 등불을 쳐다보면서 가슴이 벌렁벌렁 뛰었다. 노병과 신병의 노래가 이어지며 여기저기서 출렁이는 소리가 천장을 뒤흔들었다. 그 기분은 몇 마디 말로 분명히 말할 수 없었다. 나는 군인이 되니 정말 좋다고 생각하였다. '군대가 참으로 너무 좋다!' 활기찬 젊은 장교들을 보면서 나의 마음은 희망으로 가득 부풀었다.

마침내 막이 열렸다. 어떤 나이 든 장교가 무대에 올라가 개막사 몇 마디를 하고 차오曹 부단장에게 연설을 부탁하였다. 차오 부단장이 올라가 자리에 앉아서 붉은 천으로 싼 마이크에 대고 연설원고를 읽었다. 그 원고의 내용은 내가 쓴 것과 비슷하였다. 차오 부단장이 연설을 마쳤고, 우리는 힘껏 박수를 보냈다. 다음에 지휘관이 연설하였다. 지휘관도 자리에 앉아서 마이크에 대고 연설원고를 읽었다. 원고의 내용은 내 것과 별 차이가 없었다. 지휘관이 연설을 마쳤고, 우리가 힘껏 박수를 보냈다. 지휘관이 내려온 뒤에 대회를 이끌어가는 나이 든 장교가 말하였다.

"다음에는 신병 대표가 연설하겠습니다."

떠나갈 듯한 박수 소리 속에서 나는 어떻게 무대에 올라갔는지 모른다. 머리가 어지럽고 가슴이 뛰고 곧 죽을 것 같았다. 누가 이런 큰 장면을 봤어야 말이지. 하지만 이것은 영광이고 앞날이고 주머니 네 개 달린 군복이고 상하이표 손목시계이고 전부 강철에 진동에 견딜 수 있는 19캐럿이다.

나는 한쪽 엉덩이를 차오 부단장이 앉았고 신병연대 지휘관이 앉았던 의자에 붙이고 앉았다. 그것은 붉은색 인조 깔개를 깐 철제 접의자였는데, 엉거주춤 어리바리하게 앉았다. 한 눈으로 무대 아래쪽의 온통 나에게 쏠린 눈을 바라보다가 고개를 숙이고 원고를 읽었다. 입술이 잘 말을 듣지 않고 목구멍이 긴장하여서 나오는 소리가 모두 벌벌 떨리는 것을 느꼈다. 몇 마디 읽고는 마음을 크게 먹자 입술이 활기차졌고 목청이 느긋해졌다. 나는 봄날의 우레처럼 강당 안에서 데굴데굴 굴러다니는 자신의 목소리를 들었다. 금방 전에 감각을 찾은 데다가 미처 만족하지 못하였는데 원고를 벌써 다 읽고 있었다. 나는 일어나서 차렷하고 무대 아래 사람들에게 경례하였다. 그런 다음에 몸을 돌려 차렷하고 무대 뒤에 일렬로 앉아 있는 간부들에게 경례하였다. 그런 다음에 다시 몸을 돌려 무대 계단을 내려와 뭇사람의 눈이 지켜보는 가운데 내 자리로 돌아와 앉았다.

내가 자리에 앉자마자 반장이 나를 사납게 한 발로 냅다 걷어찼다. 반장이 목소리를 꽉 누르고 낮은 소리로 사납게 말을 내뱉었다.

"너, 이런 망할 자식, 완전히 끝났어!"

나는 당시에 어리둥절하였다. 문예 공연이 시작되고 연대 문예 선전대 여군들의 알록달록한 얼굴을 하나도 제대로 볼 수 없었다.

무거운 마음의 부담을 갖고 숙소에 돌아와 내가 물었다.

"반장, 왜 그러십니까?"

반장이 욕을 하며 말하였다.

"망할 자식, 그 의자, 네가 앉아도 돼? 그건 지휘관이 앉는 거지! 너 같은 신병 조무래기가 서서 연설하지 않고 어떻게 감히 지휘관처럼 앉아서 연설해? 너무 어이가 없어! 너 묵사발(신병연대의 유행어) 되었으니 내년에 집으로 돌아가 고구마 먹을 준비나 해."

나는 밤새도록 잠을 못 자고 온 머릿속에 온갖 잡생각을 하였고, 정말 자살할 마음까지도 생겼다.

반장에게 구제할 방법이 있는지, 없는지 가르침을 구하였다.

반장이 말하였다.

"인상을 너무 구겨서 별 가망이 없어."

눈에서 왈칵 눈물이 흘러내렸다. 나는 오랜 중농의 아들로서 천신만고 끝에 군인이 되었고, 원래는 부대에서 좀 잘하여서 장교로 진급하고 부모님께 떳떳한 아들이 되어 고구마와 헤어지고 싶었다. 누가 이렇게 간단하게 '묵사발'이 될 줄 알았나. "아픔은 있으나 말로 다 할 수 없고, 마음속에 수레바퀴 굴러가는 소리만 나네." 하지만 반나절 동안 머리를 굴리고 굴리다 한 가지 대책을 생각해냈다. 나는 신병 중대의 당 지부에 보내는 뼈저린 반성을 담은 검토서 한 부를 썼다. 내가 앉아서는 안 되는 의자에 앉은 잘못을 검토하였다. 검토서를 다 쓴 뒤에 담배 한 갑을 사서 반장에게 주면서 나의 검토서를 연대 지휘관에게 제출해달라고 요청하였다. 반장이 담배는 거들떠보지도 않고 나를 쳐보면서 말하였다.

"말하자면, 신병이니까…… 좋다, 내가 자네를 도와 전해주지. 우리가 최후의 일각까지 포기하지 말아야지!"

술 마신 뒤의 횡설수설

어렸을 때, 마을에 낙타를 끌고 다니는 관상쟁이 선생이 왔다. 많은 사람이 에워싸서 구경하였고, 나도 비집고 들어가서 볼거리를 구경하였다. 관상쟁이 선생이 사람들 앞에서 말하였다.

"이 애는 눈썹 속에 반점을 감추고 있어서 틀림없이 이다음에 자라면 술을 잘 마실 거요."

당시는 마을 사람들이 모두 겨와 푸성귀로 배를 채울 때였고, 술은 아주아주 사치한 물품이었다. 내가 운명적으로 술을 잘 마시도록 정해졌다고 점쳐졌으니 아마 자란 다음에 반드시 술을 마실 수 있을 것이다. 술을 마실 수 있는 생활이 어련하겠어. 그리하여 많은 사람이 색다른 눈빛으로 나를 훑어보았고, 나라는 미래의 술꾼을 쳐다보았다. 내 기억에 당시 제법 우쭐하였다.

1970년대 초에 생활이 조금 나아져서 한 번은 아버지가 집에 귀한 손님 한 분을 초대하였는데, 술 반병을 남겨서 뒤창 창틀 위에 놓아두었다. 나는 술 반병을 뚫어지도록 쳐다보면서 난데없이 관상쟁이 선생의 예언을 떠올렸다. 내친김에 술병을 들어 마개를 열고 단숨에 확 들이켰다. 입 안이 맵고 얼얼하고 눈에서 눈물이 흘러내렸다. 술이 나에게 준 첫 번째 느낌이다. 이는 나의 음주 생애의 시작이기도 하다.

그로부터 나는 집에 사람이 없기만 하면 몰래 병 속의 술을 마셨다. 높이가 날로 줄어드는 것이 보이니 발각되어 몸뚱이가 고통을 당하지 않을까 절로 걱정되었다. 꾀를 내서 물 항아리 안에서 물을 떠서 술병 속에 쏟아붓고 원래의 높이로 맞추어 놓았다. 이 방법을 발견한 뒤에 더욱더 방자하게 몰래 술을 마셨다. 어쨌든 물 항아리 속에 물이야 늘 있는 것이니까. 점차 병 속의 술맛이 갈수록 싱거워지는 것을 느끼면서 감히 더 마시지 못하였고 마음속으로 날마다 조마조마하였다. 며칠이 지난 다음에 또 손님이 왔다. 아버지가 그 술 반병으로 손님을 접대하였는데, 의외로 술맛이 싱거워진 것을 알아채지 못하였다. 알아챘지만, 말을 안 하였을 수도 있다. 자나 깨나 이 술 반병을 해결하는 것이 내 마음의 병이 되었다.

어머니는 나의 속임수를 알았지만, 그렇다고 아버지 앞에서 절대 나를 폭로하지 않았다. 나는 어려서부터 게걸들었고, 배는 영원히 텅텅 빈 것 같았다. 굶주림에 시달려서 게걸들었다. 집에 무슨 맛있는 것이든 어디에 숨겨놓든지 간에 어김없이 다 찾아냈다. 나의 식탐에 대하여 어머니는 두 손을 다 들었다. 어머니가 손가락으로 나의 이마를 가리키면서 아주 고통스럽게 말하였다.

"넌 어쩜 그렇게 게걸스럽니? 왜 그렇게 경고해도 고치지를 않니? 먹는 것 때문에 너 얼마나 미움을 샀니? 내가 너 때문에 얼마나 창피한 줄 알아? 너 언제나 그 게걸스러운 병을 고칠 수 있니? 넌 지금 몰래 먹고도 모자라서 몰래 마시지? 아버지 술을 마셨지? 속에다 찬물을 탔지, 너 내가 모르는 줄 알지?"

어머니의 꾸지람 속에서 나는 부끄러워 쥐구멍에라도 들어가고 싶었다.

당시의 술은 고구마말랭이를 원료로 해서 가열해낸 것이다. 이런 술은 질이 아주 낮고 맛도 쓰고 맵고 조금 더 마셨다 하면 가슴이 타고 머리가 아프고 신물을 토하였다. 수수를 가열하여서 빚은 술은 아무리 마셔도 머리가 아프지 않았다. 나의 큰할아버지는 술을 마시는 데 도가 텄고, 술의 종류에 관한 지식도 많았다. 나는 그에게서 모두 얻어들어 알게 된 것이다.

큰할아버지는 전통 의사였다. 아버지가 그는 서른몇 살에 뜻을 세워 의술을 배웠는데 뒤에 의외로 성공하였다고 말하였다. 그는 편작扁鵲이나 장중경張仲景 정도로 배우지는 못하였지만 일대 백 리 안에서는 이름을 많이 날렸고 명의인 셈이었다. 그는 평생 시골에서 봉사하였으므로 칭송이 자자하였다. 아버지는 늘 큰할아버지가 늘그막에 뜻을 세워 배움을 이루어낸 본보기를 갖고 나를 채찍질하고 격려하였다. 그리고 큰할아버지를 따라 나도 전통 의술을 배우게 하였다. 아버지가 말하였다.

"어떠한 사람의 밥그릇이든 다 깨질 수 있지만, 의사의 밥그릇은 절대 깨지지 않는다. 황제도 병이 나기 때문이다."

아버지가 말하였다.

“네가 배울 수 있으면, 틀림없이 너는 한평생 맛있는 것을 먹고 독한 것도 마실 수 있어.”

당시에 나는 ‘지네 조반 소대蒺藜造反小隊’를 조직한 일로 학교에서 제적당하였고,[11] 농사를 짓는 일을 하는 데서도 써주질 않았으므로 대부분 큰할아버지네 집에서 죽치고 지냈다. 의술을 배운다는 그럴듯한 구실이었지만, 실제로는 그곳에 살면서 볼거리를 구경하고 사방팔방에서 치료받기 위하여 오는 사람들이 말하는 희한한 이야기와 재미있는 일 따위를 귀동냥하였다. 큰할아버지는 지주 성분이었지만, 그저 의술을 가진 것뿐이어서 토지개혁 당시에 죽음을 면하였다. 1949년 뒤에 정부가 그를 특별히 보살펴서 강제로 그를 밭에 가서 농사를 짓게 하지는 않았고, 그에게 집에 앉아서 의사 노릇을 하도록 허가하였다. 그는 당시에 이미 나이가 여든이 다 되었지만, 여전히 귀가 밝고 눈이 밝고 머리도 맑았다. 그는 입담이 아주 좋은 사람이었다. 특히 술 석 잔이 배 속에 들어간 뒤에 말이다. 나는 큰할아버지에게서 아주 많은 이야기를 들었다. 이는 사실이다. 마르케스에게 이야기를 잘하는 외할머니가 있었다고 하여서 내가 이야기를 잘하는 큰할아버지를 만들어내서 어떻게 얼렁뚱땅

11 웨이이핑魏一平의 「모옌과 고향莫言與故鄉」(『삼련생활주간三聯生活周刊』, 제42기, 2012)을 참고하면, 1966년, 문화대혁명이 시작되고 화둥사범대학 중문과에 다니던 큰형이 집에 올 때, 상하이 ‘1월 혁명一月革命’에 관한 자료를 갖고 왔다. 당시 초등학교 5학년에 다니던 모옌이 이 자료를 본 뒤에 친구들을 이끌고 조반하고, ‘지네조반소대’를 조직했다. 지네가 작기는 하지만 가시를 가졌기 때문에 이런 이름을 취한 것이다. 하지만 조반 대열에서 배신자가 있어서 진압당했고, 모옌은 학교에서 제적을 당했다.

해보려는 것이 결코 아니다. 뒷날 나이 지긋한 마을 사람이 살짝 큰할아버지가 젊었을 때 고기로 채운 숲에 술로 이룬 연못에 빠진 사람이었고 마을을 뒤흔드는 애정행각을 많이 벌였었다고 말하는 소리를 들었다. 할아버지 세대의 이면사를 듣고 오히려 허물이 없어졌으며, 그에 대한 존경심도 전혀 줄지 않았고 반대로 더욱더 깊어졌다. 큰할아버지에게는 옛날을 그리워하는 마음이 있었다. 고구마말랭이 술에 대하여 그는 불만을 가득 품었다. 수수로 빚은 가오량주는 사기 어렵고 또 어쩌면 살 수도 없었고, 그래서 그도 고구마말랭이 술을 마시면서 가오량주를 그리워할 뿐이었다.

큰할아버지가 당시에 우리 마을에, 서른 몇 가구의 사람이 사는 이 조그만 마을 안에 규모가 아주 큰 양조장 두 곳이 있었다고 말하였다. 둥베이향에서 수수는 군데군데 널렸으니 양조장에서 빚어낸 것도 물론 가오량주였다. 그 두 양조장은 모두 자기 집안의 상호를 내걸었고, 하나는 '쫑지總記'이고 하나는 '쥐위안聚元'이었다. 두 집은 토지개혁 당시에 지주로 분류되었다. 그들의 후손은 모두 몇십 년 동안의 할아버지 대가 남겨준 고통을 고개 숙이고 허리 굽혀 고분고분 감당하였다. '쫑지'의 막내아들은 1949년 즈음에 대학생이었고, 반우파 투쟁 시기에 우파로 구분되었으며, 문화대혁명 시기에는 공직에서 파면당해 고향에 보내져서 노동개조를 받았다. 그는 몸이 좋지 않아 힘든 일을 할 수 없어서, 그저 우리같이 좀 큰아이들과 어울리며 지냈다. 나는 종종 그가 고구마말랭이 술에 새빨갛게 달궈진 눈을 부릅뜨고 노려보면서 미친 소리를 해대는 것을 보았다.

"술아, 술아, 친엄마가 술 한 병만 못해!"

문화대혁명이 막을 내린 뒤에 그가 공직을 회복하였고, 고향을 떠나기 전에, 길거리에 항아리 한 개를 내놓고 주변의 공급판매합작사 세 곳의 술이란 술을 전부 사서 항아리 가득 쏟아붓고, 그런 다음에 나무 위로 올라가서 폭죽을 터뜨리며 온 마을 사람들이 모두 나와서 술을 마시게 하였다. 그는 명예 회복을 경축하고 동시에 색시를 구해달라고 하였다. 즉시 어떤 빈농의 딸이 나서서 남편감을 찾았다. 1980년대 말에 '쭝지'의 몇몇 후손이 조상의 영광을 회복하고 양조장을 재건하겠다고 큰소리치면서 가오량주를 제조하고 포도주도 제조할 것이라고 말하였다. 그들이 이탈리아에서 수입하였다고 하는 포도 종자를 고향 사람들에게 재배하게 하였는데, 아쉽게도 포도가 미처 열매를 맺기도 전에 몇몇 몽상가의 열정이 식어버렸다.

당시에 우리같이 척박한 작은 마을에는 술 냄새가 흘러넘쳤고, 마을에서 나이 먹은 사내들은 대부분 양조장에서 일하였다. 양조장에서 일하면 술은 마음대로 마실 수 있고 일을 그르치지 않기만 하면 주인도 말을 하지 않았다. 나의 사촌큰아버지는, 당시에 양조장의 일꾼들에게 먹이는 음식이 아주 좋았다고 말하였다. 하루 세 끼 밀가루이고 아침에 네 가지 반찬이 나왔으며, 사람마다 소금에 절인 오리알 한 알씩을 주었고, 점심 저녁밥에는 생선과 고기가 있으며, 술을 마음껏 마실 수 있었다고 한다. 그러니 당시의 일꾼이 힘닿는 데까지 열심히 일하는 것이 당연했다. 사촌큰아버지가 다리를 저는 이유는 '쭝지' 양조장에서 일을 하도 많이 하여서 그리된 것이다. 큰할아버지는 당시에 약방을 운영하고 있어서 마을의 거물이었다. 그는 물론 양조장에 가서 품을 팔지 않았지만, 술을 빚는 과정에 대하여서는 손바닥 보듯 훤히 알고 있었다. 내가 『붉은 수수 가족』을 쓸 때, 그들의 예전 생활에서 영감을 많이 얻었다.

큰할아버지는 여든몇 살이 되었을 때도 날마다 두 끼는 술을 마셔야 하였다. 점심에 마시고 저녁에 마시고, 매번 반 근씩 마셨다. 그가 젊었을 때는 얼마나 마실 수 있었을까? 누구도 정확하게 말할 수 없다. 큰할아버지가 나에게 두 차례 술에 진탕 취한 경험을 말해주었다. 한 번은 그가 외지에 왕진을 나갔다가 돌아올 때였다. 길에서 어떤 친구를 우연히 만났는데, 친구가 술 단지 한 개를 등에 지고 있었다. 옛날 저울로 열두 근이 담긴 술 단지였다. 두 사람이 인사말 몇 마디를 나눈 뒤에 그 자리에 주저앉아서 술을 퍼마셨다. 안주가 없었는데 마침 길가에 야생마늘 몇 포기가 있어서 야생마늘 이파리를 떼어가면서 안주로 삼았다. 단지를 주거니 받거니 하면서 당신이 꼴깍꼴깍 몇 모금 마신 뒤에 나에게 건네주고, 내가 꼴깍꼴깍 몇 모금 마신 뒤에 당신에게 건네주었다. 잠깐 사이에 술 한 단지는 꼴깍꼴깍 다 마셔버렸지만, 그 야생마늘 몇 포기는 미처 다 먹지 못하였다. 그런 뒤에 입을 문지르며 일어났다. 미처 흥이 다하지 않았으나 두 손을 맞잡고 작별 인사를 하고 아무 일도 없었던 사람들인 양 각자의 길을 갔다. 저마다 옛날 저울로 바이주白酒 여섯 근씩을 마셨는데, 의외로 모두 취기가 없었다. 요즘 눈으로 보면 그야말로 대단한 주량이었다. 또 한 번은 이웃 마을의 어떤 술자리에 갔을 때인데, 그는 거기서 맞은편에 불구대천의 원수가 앉아 있는 모습을 보았다. 그래서 술 한 잔을 마신 뒤에 자리를 떠서 나와버렸다. 비틀비틀 걸어가면서 뜨거운 불이 머릿속에서 불타는 것을 느꼈고 두 마을을 잇는 작은 돌다리를 지나자마자 머리를 그대로 마을 어귀의 짚 더미 옆에 처박고 하룻밤 내내 취한 채로 있었다. 깨어난 뒤에 수레바퀴만큼 큰 붉은 해가 시나브로 떠올라 곳곳에 내린 서리와 눈을 비추고 있었다.

뒷날 내가 점차 어른이 되면서 밭에서 일해서 자기 먹을 것을 자신이 해결해야만 살 수 있게 되었다. 큰할아버지 집에 가서 계속 죽칠 수 없게 되자 전통 의술을 배우는 일도 그만두었다. 아버지가 나에 대해 상당히 불만을 품었다고 하여도 어쩔 수 없었다. 먹을거리가 부족하였기 때문에 집안에는 언제나 어두침침한 공기가 드리워져 있었고, 그래서 나와 형과 누나들은 밥을 먹고 잠을 자러 집에 가는 것 말고는 나머지 남는 시간을 거의 모두 여섯째 작은아버지 집에서 보냈다. 여섯째 작은아버지 집도 물론 배불리 먹을 수 없고 따뜻하게 입을 수 없었지만 소박한 즐거움이 주는 분위기가 가득하였다. 마을에서 제법 재미있다고 하는 사람은 모두 여섯째 작은아버지네 집의 단골손님이었다. 더딘 겨울밤이면 그들은 밤마다 왔다. 집이 작아 사람이 비집고 들어찼고 나의 자리는 벽 한쪽 구석에 있었다. 깨진 물 항아리에서 키우는, 벽 구석 쪽에 웅크린 채로 겨울을 참고 견디는 협죽도 한 그루와 바짝 붙어 있는 구석 자리였다. 방 안에는 영원히 불을 때지 않아서 발이 얼어 고양이가 무는 것처럼 아팠다. 콩만 한 등잔불 한 개가 많은 사람의 어렴풋한 얼굴을 따스하게 비추고 있었다. 방 안에는 담배 연기로 자욱하였다. 입담 하나로 소설을 쓰는 시골 소설가들은 당신이 한 단락을 말하면 내가 한 단락을 말하는 식으로 별의별 소문과 이상한 일을 꾸며냈고, 때로는 경제에 대해 왈가왈부하고 때로는 정치에 대해 이러쿵저러쿵 말하였다. 가장 많은 화제가 요괴나 귀신 아니면 도깨비와 마을 사람 가운데 남녀가 정분난 이야기였다. 어느 날 밤에 거위 깃털 같은 큰 눈이 내렸다. 사람들은 전과 다름없이 몰려왔다. 누가 말을 꺼냈는지 모르겠지만 "술 한 주전자 있었으면 좋겠다" 하고 말하였다. 술이야 없지만, 사람마다 모두 눈 내리는 밤에 술을 마시는 행복한 정경을 상상하고 있었다. 여섯째 작은아버지가 꾀를 내서 돼지에게 주사를 놓을 때 쓰는 소독용 알코올 반병에 찬물 한 그릇을 붓고(그는 맨발의 수의사였다), 짠지 단지에서 배추쪼가리를 꺼내 안주로 삼아서 당신 한 모금, 나 한 모금 주거니 받거니 마셨다. 이 일을 『술의 나라酒國』에서 표현하긴 하였지만, 눈이 멀도록 마시지는 못하였다. 우리가 섭취한 메틸알코올의 양도 몸을 상할 정도에 이르지는 않았던 것 같다.

1980년대에 이르러 생활이 나아져서 술을 마시는 것은 흔한 일이 되었다. 술 제조는 폭리업종이다. 크고 작은 술 공장이 비 온 뒤의 죽순처럼 얼굴을 내밀고 각양각색의 술을 만들어 내놓았다. 잔으로 파는 고구마말랭이 술이 사라졌고, 모든 술은 죄다 병에 담아져 상자로 포장하고 게다가 포장이 갈수록 화려해졌다. 신문에서 툭하면 공업용 메틸알코올을 혼합한 가짜 술을 만들어 사람을 해친 사건을 폭로하여서 뉴스를 읽은 사람을 치를 떨게 한다. 가짜 술 제조자는 각지에 널려 있고 비열한 수단도 논란이 되고 있다. 대량의 가짜 술 제조자와 판매자는 떼돈을 벌지만, 적발된 자는 천만 가운데 하나에 불과하다. 설사 적발되었다고 하여도 벌금을 조금 내면 될 뿐이다. 벌금이라고 해봐야 그들이 취한 폭리와 비교하면 아예 아무것도 아니다. 그래서 더욱 많은 가짜 술 제조자가 계속 자신들의 독주로 사람을 해치고 있다. 많은 지방의 관리는 형형색색의 가짜 제조 집단에 대하여 관용하고 심지어 비호까지 한다. 배후의 일은 상상하고도 남는다. 사실 어찌 가짜 술뿐이랴? 사람들은 툭하면 농담으로 "가짜가 정말 가짜인 것 말고, 그 나머지는 모두 가짜야" 하고 말한다. 다행히 우리가 어리바리 기만당하는 것에 길이 든 나머지, 사람 목숨을 소중히 여기는 마음도 엷어져서 가짜 상품을 샀다고 해도 고개나 내저을 뿐이고 화낼 기분조차도 날로 희미해졌다. 요즘에 바로 가짜 상품 적발 운동이 일어났다. 하지만 운동이 지나간 뒤에 원 상태로 되돌아갈 것이 아니라 심지어 더욱더 엄격해지기를 바란다. 나는 베이징에서 꾐에 빠지는 걸 방지하기 위하여 소규모 자영업자의 것은 쉽게 사지 않는다. 이런 사람의 물건에 진짜 상품은 많지 않기 때문이다. 게다가 이런 사람의 대부분이 날카로운 칼을 품고 잘못하면 사람을 찌르기도 한다. 하지만 신문에서 보면 버젓한 국영상점조차도 가짜 상품으로 넘쳐나고 있으니

납품업자가 부자가 되는 건 말할 필요가 없다. 소비자에게 해를 끼치는 가짜 상품 제조와 판매가 판을 치는 일은 순수한 경제 현상이 아닌 것으로 보인다. 이런 현상에는 깊이 도사린 배후가 있고, 부패가 효과적으로 억제되지 않는다면 가짜 상품은 영원히 사라지기 어려울 것이다. 관리의 부패는 모든 사회의 추악한 현상의 근본 원인이다. 관리 부패 문제가 통제되지 못한다면 가짜 제조와 판매 문제는 해결될 수 없고, 사회 기풍의 타락 문제도 해결될 수 없고, 환경오염 문제도 해결될 수 없다. 멸종위기에 놓인 희귀 동물의 천적도 부패한 관리이다.

나의 신경을 자극하고 나의 영감을 불러일으켜서 나에게 붓을 들어 『술의 나라』를 쓰게 한 것은 어떤 간행물에 게재된 글 「나는 예전에 술상무였다我曾是個陪酒員」이다. 글을 쓴 이는 가정 출신이 좋지 않고 공부할 때 '우파'로 분류된 사람이다. 그는 배운 것이 중국어인데, 졸업한 뒤에 둥베이의 어떤 광산의 초등학교에 교사로 배치되었다. 그는 뜻을 이루지 못하여 내내 답답하였고 마누라조차도 얻을 수 없었다. 한 번은 월급을 받은 뒤에 아예 술 마시고 팍 죽어버리자고 작정하고 술 여덟 근을 샀다. 그는 유서를 쓴 다음에 술을 짊어지고 산에 들어가서 숲속의 작은 자리를 찾아 자리 잡고 앉아서 술 여덟 근을 다 마셔버리고 죽을 때를 기다렸다. 하지만 배가 불룩한 것 말고는 뭐 별로 불편한 느낌이 없었다. 그는 그제야 자신이 영원히 취할 수 없는 사람임을 알았고 그래서 대성통곡하였다. 학교에 있는 사람이 그의 유서를 발견해 급히 그를 찾아 나섰는데,

온 땅에 술병이 나뒹굴고 그 가운데 사람이 통곡하고 있는 모습을 찾아냈다. 그에게 무엇 때문에 우는 것이냐고 물었더니, 그가 원래 술을 마시고 죽을 생각이었으나 전혀 반응이 없을 줄 몰랐고, 이번 달 월급도 몽땅 날렸고 그래서 슬퍼서 통곡하는 것이라고 말하였다. 사람으로 하여금 울 수도 웃을 수도 없게 한다. 점차 천 잔을 마셔도 취하지 않는다는 그의 이름이 소문났다. 어느 날 광산의 당 위원회가 관리를 파견해 그의 주량을 현지 조사하게 하였다. 조사 나온 사람 앞에서 그는 독한 바이주 세 병을 마시고도 낯빛이 변하지 않고 가슴도 전혀 뛰지 않았다. 그리하여 그는 광산의 당 위원회 선전부로 이동되었다. 구체적인 업무는 광산의 간부와 동행하여 술자리에 출석하는 일이었다. 이로부터 그는 물고기가 물을 만난 듯이 수많은 귀한 손님을 그의 앞에서 쓰러뜨렸다. 그는 중문학과 출신으로 술 권하는 사詞 몇 구절 짓는 것쯤은 식은 죽 먹기였고, 사람이 재치도 있어서 종종 기발한 어구를 줄줄 엮어내서 좌중을 놀라게 하여 책임자의 총애를 깊이 받았다. 그가 길을 걸어가면 많은 사람이 모두 우러러보는 눈빛을 던졌다. 인근의 대기업 몇 군데서 그를 거액에 영입하려고 하였지만, 광산에서 절대로 그를 놓아주지 않았다. 물론 마누라도 얻었다. 게다가 현지에서 이름난 미녀였다. 술 속에 절로 황금으로 지은 집 있나니, "술 속에 절로 온갖 곡식 담겼나니, 술 속에 절로 옥같이 어여쁜 여인 있나니."[12]

---

12 송宋나라 3대 황제인 진종眞宗 조항趙恒의 「권학시勸學詩」에서 유래했다. '집이 부유해지고자 좋은 밭 사지 마소, 책 속에 절로 온갖 곡식 담겼나니 / 편히 살고자 높은 집 짓지 마소, 책 속에 절로 황금

글은 이 술을 마시는 천재가 남쪽 고향으로 돌아간 뒤에 지은 것이다. 구절구절 고통이 가라앉은 다음에 이전 고통을 회상하는 맛으로 가득하다. 그가 아직도 둥베이 광산에서 일하고 있다면 어쩌면 그는 이러한 글을 쓰지 못하였을지도 모르겠다.

『술의 나라』는 1989년 9월에 쓰기 시작하였다. 원래는 5만 자 정도의 중편을 쓰려고 하였는데, 일단 쓰기 시작하자 그만둘 수 없게 되었다. 원래 정치를 멀리 피하여서 술에 관해서만 이야기하고 아리송한 액체와 인류 생활의 관계를 쓰고 싶었다. 글쓰기 과정에 들어서야 그것이 불가능한 것임을 깨닫게 되었다. 요즘 사회에서 술을 마시는 것은 이미 경쟁의 장이 되었다. 술자리는 교류의 장이 되었다. 술잔을 이리저리 주거니 받거니 할 때 많은 일이 결정된다. 술자리로 깊숙이 들어가면 이 사회의 오묘한 비밀 전부를 발견할 수 있다. 그리하여 『술의 나라』에 정치 풍자적인 의미를 담게 되었고, 비판 같은 보잘것없는 까끄라기도 드러나게 되었다.

당국이 통계한 숫자에 의하면 중국 사람이 매년 소비하는 술의 양도 사람을 놀라게 한다. 나랏돈으로 먹고 마시는 것을 금지하는 법령을 여러 차례 명문화하여 공포한다고 해도 효과가 매우 적다. 게다가 한 번씩 정돈할 때마다 미친 듯한 반작용이 나타난다. 각양각색의 술 겨루기 방법이 이에 따라 생겨났다. 내 친구에 말단 관리

으로 지은 집 있나니 / 문밖 외출 때 따르는 사람 없다 탓하지 마소, 책 속에 수레와 말이 많이 있나니 / 아내를 들일 때 좋은 중매쟁이 없다 탓하지 마소, 책 속에 절로 옥같이 어여쁜 여인 있나니 / 사내 평생의 뜻을 이루고자 한다면, 창 앞에 앉아 육경을 부지런히 읽으시라.' 모옌은 '책'을 '술'로 바꾸었다.

가 많이 있고 나도 그들을 따라가서 공짜 술을 많이 마셨다. 이것도 부패행위인 줄을 나는 안다. 나는 주량을 겨루는 술자리에 가는 것이 절대로 즐거운 일이 아님을 깊이 깨달았다. 당신이 또 그저 의리를 따진다면 충동적이어도 좋고 반드시 쓰러져야 하지만, 냉정한 얼굴에 얼음같이 차가운 마음을 한 사람들이 있다면 취하지 말아야 한다. 술에 취한 뒤의 괴로운 맛은 고뿔에 걸렸을 때보다 훨씬 견디기 어렵다. 내가 한 번 술에 취하였는데, 머리가 적어도 일주일은 마비되었다. 하지만 술자리에 가서 석 잔이 배 속으로 들어가면 이전의 고통을 까먹는다. 늘 영웅인 양 통쾌하게 마시고 겁쟁이처럼 취해 쓰러진다. 저들 말단 관리도 사실은 집에 돌아가 가족과 함께 밥을 먹고, 흥이 날 때 마음 내키는 대로 한두 잔 마시고 싶지만, 그들의 몸이 말을 듣지 않는다. 한편으로 그들은 나랏돈으로 먹고 마시고 술로 연못을 이루고 고기로 숲을 이루도록 낭비를 일삼기 때문에 백성들에게 욕을 먹는다. 한편으로 그들은 또 술자리의 고통을 깊이 느낀다. 이것은 어쩌면 중국의 독특한 모순일지 모르겠다. 나는 중국이 나랏돈으로 먹고 마시는 일이 근절되면 1년에 남은 돈으로 싼샤댐 세 곳을 지을 수 있고, 3년 동안 나랏돈으로 먹고 마시지 않으면 이제껏 가난에서 벗어나지 못한 농민들을 가난에서 벗어나게 해줄 수 있다고 생각한다. 이것 역시 백일몽이다. 달을 폭파할 수 있다 해도 나랏돈으로 여는 술자리를 없앴을 수 없을 것이다. 이러한 현상은 어느 하루에 통제할 수 없다. 백성의 입에 달린 비난과 뱃속에 담긴 불평은 어느 하루에 그칠 수 없다.

『술의 나라』에 몇몇 말단 관리를 썼는데, 그들에 대해 나는 충분한 이해와 관용을 표현하였다. 내가 그들의 자리에 있다면 나도 그들과 다름없을 것을 깊이 알기 때문이다. 나는 자주 이런 생각을 하였다. 주원장같이 가죽과 살을 발라 그 속에 짚을 넣는 고문을 발명하여 탐관오리를 처리하여 관청에 걸어놓아 후임에게 경계로 삼게 할 수는 없을까? 내가 이 방법을 친한 친구에게 말하였더니 그들이 내가 어린애 같다며 웃었다. 주원장의 끔찍한 형벌의 발명도 왕조의 부패를 막지 못하였으니 내가 너무 어린애 같았다.

물론 『술의 나라』는 무엇보다 먼저 소설이다. 내가 공력을 가장 많이 들인 부분은 폭로와 비판이 절대 아니라 이 소설의 구조를 찾는 것이었다. 지금 이 소설의 구조가 가장 훌륭하다고 말할 수 없다고 하여도 나는 스스로 비교적 괜찮다고 여긴다. 언어도 나로서는 갖은 궁리를 한 것이다. 가장 훌륭하게 쓴 것은 술 마신 뒤의 횡설수설이다. 가장 형편없이 쓴 것도 술 마신 뒤의 횡설수설이다. 독자가 이 책 속에서 이전 작품과 다른 곳을 읽어낼 수 있다면 나는 황홀할 것이다.

여기까지 쓰니 이 글도 마무리할 때가 되었다. 하지만 차마 헤어지지 못하게 막는 건 무슨 까닭이지? 아쉬움이 너무 많기 때문이다. 지난 5천 년의 역사는 어떤 의미에서 말하면 거의 술의 역사나 마찬가지이다. 술이 좋은 일을 많이 하긴 하였지만, 좋은 일을 망치기도 하였다. 옛사람이 흠뻑 취한 채로 얼마나 고달픈 세월을 보냈고 얼마나 빛나는 시편을 써냈던가. 하지만 나는 술에 취하면 이런 매정한 글을 써낼 뿐이다. 나는 앞으로 반드시 술에 관한 거작이 탄생할 것이라고 여긴다. 나의 『술의 나라』는 한번 길게 휘파람을 분 것에 불과할 뿐이다. 바람처럼 크게 휘파람을 부는 이가 뒤에 있을 것이다.[13]

13 [지은이] '쑤먼의 휘파람蘇門嘯'에 대하여 첸중롄錢仲聯이 주에서 『위씨춘추魏氏春秋』를 인용해서 말하였다. "완적阮籍은 (중략) 늘 쑤먼산蘇門山에 놀러 갔다. 어떤 은자가 있었는데 이름은 알 수 없으나 대나무 열매 몇 섬과 절구통과 절굿공이만 있을 뿐이었다. 완적이 그걸 듣고 그곳으로 가서 아주 오랜 옛날의 무위의 도를 논하고 오제삼왕의 바름을 말하였다. 쑤먼 선생이 곁눈질도 하지 않고 듣지 아니하였다. 완적이 이에 길게 휘파람을 부니 소리가 처량하게 울렸다. 쑤먼 선생이 한번 웃었다. 완적이 내려오자 선생이 탄식하며 휘파람을 부는데, 마치 바람 소리 같았다." 길게 휘파람을 불어 남다르다 자처하였으나 더욱 높이 휘파람을 부는 사람이 뒤에 있을 것이다.

수다쟁이

나에게 이론적 소양이 없는 것은 창작 이야기를 썼다 하면 즉시 탄로가 날 것이다. 푸샤오홍傅曉紅이 창작 이야기를 쓰지 않아도 되고, 단편소설을 짓는 방법에 관하여서는 좀 말해도 괜찮다고 말하였다. 이런 제목을 마주하면 나는 놀라고 겁이 나서 벌벌 떨 뿐이다. 누가 말하였는지는 잊어버렸지만, 창작 이야기를 쓰는 것이 암탉에게 알을 낳는 느낌을 말하도록 하는 것과 다름없다고 하였다. 나는 암탉에게 알을 낳는 느낌을 말하도록 하는 것은 가장 곤란한 것이 아니고, 가장 곤란한 것은 배 속에서 달걀이 형성되는 과정을 암탉에게 말하도록 하고, 거기에다 물리, 화학, 생물학 등 방면에서 첫째, 둘째, 셋째 등으로 말하라고 하는 것일지 모른다고 생각한다. 암탉은 달걀이 배 속에서 형성되는 과정을 말할 수 없고, 소설가가 단편소설을 짓는 방법을 말하려는 것도 쉬운 일이 아닐지 모른다. 과학의 발전에 따라서 인류가 달걀이 형성되는 과정을 설명하는 것은 어려운 일이 아니게 되었지만, 단편소설을 짓는 방법에 관하여서는 아직도 저마다 자기 얘기만 한다. 작가가 단편소설을 구상하는 건 암탉이 달걀 한 알을 낳아 기르는 것보다 조금 더 번거로운 일임을 볼 수 있다. 루쉰 선생이 예전에 우리에게 절대로 단편소설을 짓는 방법 따위를 믿지 말 것을 경고하였으니, 누가 단편소설을 짓는 방법을 함부로 말하고 싶을까. 좀 가볍게 말하면 당신이 살짝 병든 것이고, 좀 심하게 말하면 당신이 바로 일부러 루쉰 선생과 상대해보련다는 것이다. 루쉰 선생과 상대해본 사람은 모두 좋은 결말이 없었던 것 같다.

나도 알을 낳는 느낌을 착실하게 말해보고 싶다. 단편소설을 달걀이라 치면, 그러면 지금까지 내가 대략 달걀 마흔 몇 알을 낳은 거다. 닭이 게으른 닭이면 달걀도 좋은 달걀이 아니다. 안에 썩은 달걀들이 있을지도 모른다. 암탉은 계절을 가려 알을 낳는다. 365일 날마다 낳을 수가 없고, 한 차례 낳으면, 닭장에서 쉬면서 영양을 보충하고 털갈이 등도 해야 한다. 작가의 창작도 같은 이치이다. 한동안 썼으면 좀 쉬면서 풀 나무 벌레 물고기를 좀 먹고 수돗물을 좀 마시면서 다음 알을 낳을 때를 기다려야 한다. 앞부분에 발표한 「엄지수갑拇指銬」이 바로 두 해를 쉬고 난 다음에 참았다가 나온 첫 번째 알이다. 낳을 때 나는 이 알이 그다지 작지 않다고 느꼈다. 낳고 보니, 오호, 이런 쌍알이네! 나의 고향에서 가족 계획에 대하여 속으로 반감을 품은 농촌 아녀자들이 비싼 돈 내고 쌍알을 사면서 쌍알을 먹으면 낳는 아기도 쌍둥이일 것이라고 말하였다. 사람이야 쌍둥이를 낳을 수 있지만, 쌍알이 정말 껍데기 속에서 병아리 두 마리를 부화할 수 있을지 없을지는 모른다. 푸샤오훙, 안다면 나에게 알려주시길.

아마도 '재물신'을 한 적이 있어서겠지

입대한 지 10년이 되면서 시대의 흐름을 따라서 점차 다른 사람과 마찬가지로 처음에는 어색하였으나 절로 젊은이처럼 삐치거나 천진한 걸 흉내 내길 좋아하게 되었다. 세월의 수레바퀴를 붙잡아 두어 청춘을 만리장성처럼 영원히 쓰러지지 않도록 하지 못하는 게 한이었다. 나쁜 풍조가 나에게 적잖이 도움이 되었다. 그래서 감각 면에서 내내 자신을 아주 작고 부드럽고, 지금까지도 아직 꽃봉오리에 가시가 달려서 마치 한번 잡기만 하면 물을 내뿜을 것 같은 어린 오이처럼 보았고, 또 이것을 아Q 같은 핑계로 삼아 자신의 무능력과 장래성 없음을 용인하였다. 작년에 중국인민해방군예술대학에 입학한 뒤에 어떤 사람이 나에게 젊고 유망하며 앞길이 구만리 같다면서 아첨할 때도, 아첨을 당연한 듯이 받아들이고 스스로 젊은 사람이 뜻을 얻으니 앞길이 창창하다고 여겼다. 설날에 3위안 6마오 돈을 들여 땡처리하는 청바지를 사서 하반신을 감싸고 두구화豆蔻花가 핀 듯이 산뜻한 느낌을 얻은 김에 가족을 방문하러 고향으로 돌아갔다. 기차에서 내려 버스를 타고 버스에서 내려 작은 다리를 건넜다. 돈 벌 생각에 눈이 먼 버스의 무게를 견디지 못하고 작은 다리가 두 갈래로 끊어져 틈 한 군데가 생겼다. 옆쪽의 돌길에서면 여기 틈에서 물을 길 수 있었다. 다리 아래쪽에 누군가가 얼음위에 구멍 한 개를 뚫어놓았고, 구멍 속의 물이 아주 파랬다. 내가 작은 다리 위에 올라서자 어떤 아낙네가 물을 긷고 있는 것이 보였다. 그녀가 여자 팔로군이 유행시킨 단발머리를 하고 상반신에 새빨간 솜저고리를 입고 하반신에 기름으로 번들번들한 까만 솜바지를 입었고 맨발에 하얀색 플라스틱 샌들을 신고 있었다. 보통 추운 날씨가 아니어서, 통 속의 물이 돌다리 위에 튀자마자 얼음이 얼어붙었다. 아낙네의 하얀 샌들 속에서 드러난 새빨간 발뒤꿈치를 보면서 마음이 좀 언짢았다. 문학과에서 받은 교육이 종종 생활을 지나치게 부풀려서 관찰하게 하였고, 그래서 나는 그녀의 새빨간 발뒤꿈치를 발견하였을 것이다. 어쩌면 뒤쪽에서 누군가 보는 것 같은 인기척을 느꼈는지 모르겠지만, 아낙네가 후다닥 몸을 돌려 팔에 멜대를 걸고 멜대 고리를 물통에 걸었다. 물통에 물이 출렁거려 공중에서 한 바퀴를 돌면서 얼음처럼 차가운 포물선을 그려냈고, 그런 다음에 철썩 소리를 내며 돌다리에 부딪쳤다. 그녀가 나의 얼굴을 쳐다보았을 때 나도 그녀의 얼굴을 보았다.

“너구나, 재물신!”

그녀가 큰 소리로 불렀다.

“야아!”

나는 좀 허세를 부리며 놀라 외쳤고, 이어서 말하였다.

"둥메이, 10년 만이구나. 네가 나를 부른 게 아니면 나는 정말 알아보지도 못하였을 거야."

"그건 그렇지. 너는 지금 높은 장교인데, 어떻게 나를 알아보겠어?"

"무슨 말을."

나는 좀 멋쩍어져서 말하였다.

"너 많이 변했네."

"넌 안 변했단 말이야? 그 얼굴에 주름살 하며 새우 허리 하며, 그래도 내가 한눈에 척 너를 알아본 거 아니야?"

그녀가 경멸조로 말하였다.

"너 잘나가잖아? 볼기 싼 바지 입지 않았어!"

나는 온 얼굴에 열이 났지만, 헤헤하며 억지로 웃었다.

그녀가 거칠게 웃었고, 웃고 난 다음에 말하였다.

"너의 곰상을 보니 스물을 지나 서른 살은 된 사람이네. 뜻밖에도 아직 얼굴은 붉네. 우리 동기간의 정은 하루 이틀 쌓은 게 아니야. 너는 관管 뭐를 다 잊어버렸어도 내가 너를 데리고 재물신을 꾸미러 간 그 섣달그믐날 밤을 잊어버린 건 아니겠지?"

"어떻게 잊어버릴 수 있어?"

내가 목을 긁적이며 말하였다.

"가자."

그녀가 발을 동동 굴렀고, 그 딱딱하게 언 플라스틱 샌들에서 탁

탁 소리를 냈다. 그녀가 말하였다.

"여기에 서 있지 말자. 〈다릿목의 만남橋頭會〉을 공연하는 것 같아. 우리 애 아빠에게 들키면 아마 또 나를 때리려고 할 거야. 그 돼질 곰이 의심이 아주 많아. 내가 누구랑 말하는 것을 보기만 하면 뭘 한 줄 알아."

"그가 너를 사랑하는 거지."

나는 금방 전에 배운 고리타분한 말을 써먹었다.

그녀가 깜짝 놀라 나를 쏘아보았다. 눈을 동그랗게 뜨고 눈가에 살이 팽팽해지면서 살짝 주름이 잡혔고, 주름 아래 해쓱한 피부가 드러났다.

"그만둬. 너 그런 말로 나를 미워하지 마."

그녀가 발을 동동 구르며 말하였다.

"얼른 가자, 나 발 시려."

"이 한겨울에 너 어째서 샌들을 신었어?"

"발에서 냄새날까 봐!"

작은 다리를 지나면 마을로 가는 두 갈래 좁은 길이 있다. 한 갈래는 동남쪽으로 가고 한 갈래는 서남쪽으로 간다. 서남쪽으로 가면 그녀가 사는 현재의 마을이다. 동남쪽으로 가면 그녀의 과거이자 나의 현재 마을이다(세상에는 갈림길이 많이 있다. 인생에도 갈림길이 많이 있다. 네거리는 학문을 펼치는 곳이다. 문학가는 이를 갖고 병 없이 신음할 수 있고, 철학가는 이를 갖고 요란하게 왈가왈부할 수 있다. 나는 이를 갖고 입에서 나오는 대로 숙제 「나는 어떻게 문학의 길을 걷게 되었나我怎樣走上文

學之路」라는 글을 완성하였다.). 창백한 색의 좁은 길인데, 한 갈래는 서남쪽으로 통하고, 한 갈래는 동남쪽으로 통한다. 한 갈래는 그녀의 집으로 통하고, 한 갈래는 내 집으로 통한다. 그녀가 말하였다.

"우리 집에 잠시 들렀다가 가. 우리 남편은 말할 줄은 몰라도 마음은 알아. 너를 매우 존경해. 내가 너를 데리고 가서 그를 좀 놀라게 하게."

나는 조금 머뭇거리다 말하였다.

"아니야, 오늘은 가지 말고, 설을 쇤 다음에 내가 꼭 너에게 새해 인사하러 갈게!"

"가기 싫으면 가지 마. 누가 또 너한테 새해 인사를 받겠다고 기다려. 귀하신 분이 누추한 곳을 가시겠어!"

그녀가 말을 마치고 물통을 들고 가버렸다.

그녀는 아예 고개도 돌리지 않았다. 나는 그녀의 그 헐렁헐렁한 솜저고리와 솜바지 안에 싸인 가느다란 허리가 활기차게 흔들리는 모습을 보았다. 멜대 고리와 물통 코가 부딪치면서 내는 삐꺽삐꺽 하는 소리를 들으면서, 플라스틱 샌들 속에서 드러난 그녀의 새빨간 발뒤꿈치가 길게 뻗은 창백한 좁은 길을 따라가는 것을 쳐다보면서, 그녀의 점차 멀어져가는 거칠고 무거운 숨소리를 들으면서, 그녀가 내 곁에 남긴 그 시골 아낙네 특유의 후끈후끈하고 시큼시큼한, 하도 맡아서 아주 친근해진 숨결을 들으면서, 후다닥 엉덩이를 드러내고 길거리를 누비고 온몸에 진흙투성이가 되어 물고기를 잡고 새우를 잡고, 살갗이 갈라지고 살이 터지며 나무에 올라 매미를 잡았던 그때 그 시절의 옛일을 떠올렸다. 몇십 년 동안의 광경이 휙휙 지나갔다. 맨발로 강물을 건너듯이 당신이 얼마나 큰 물보라를 일으키건 간에 사람이 지나가면 물도 잠잠해졌다. 대단한 물보라라면 자연히 머릿속에도 남을 것이다. 이 모든 것을 대하면서 「나는 어떻게 문학의 길을 걷게 되었나」에 써넣을 수 있는 소재가 문득 머릿속에 한 무더기 떠올랐다.

너는 벌써 스물을 지나 서른 살이 되었고, 또 '나는 젊은이'라는 구호를 외칠 때 조마조마한 느낌을 느껴야 한다. 너는 이미 다리와 대부분 몸이 중년의 문턱을 넘어 들어가서 엄숙하고 진지하게 자기반성을 할 나이에 이르렀다. 너는 절대 우쭐거리며 뽐내선 안 되고, 그 엉터리 글 열 몇 편으로 도취해서도 안 된다. 너의 글은 사실 누구나 쓸 수 있다. 너는 지금 창작 경험을 말할 때도 정말 아니고, 너는 한평생 영원히 무슨 창작 경험을 말하여서도 안 된다. 너는 남이 무엇을 말하는지 좀 잘 들어라. 영화 〈꼬마 병사 장가小兵張嘎〉를 못 봤어? 그 안에 아주 훌륭한 대사가 있는데, 팔로군이 일본놈 통역관에게 경고하며 말하였다.

"너 오늘 좋아 날뛸 거 없어. 앞으로 갚을 날이 있을 테니까."

그래서 너는 절대 덩달아 날뛰면 안 돼. 선생님이 너에게 「나는 어떻게 문학의 길을 걷게 되었나」를 쓰게 하면, 쓸 수 있으면 쓰지만, 사실 쓸 수 없으면 쓰지 마. 작문 한 편 안 썼다고 선생님도 너를 제명할 수 없을 테니까. 사실 굳이 써야 한다면 네가 이 물방울이 얼어붙은 아침에 플라스틱 샌들을 신고 강물에서 물을 긷는 아낙네를 좀 써보시지, 그래. 작년에 네가 고향에 갔을 때, 너의 아버지가 너의 귀를 잡아당기며 당부했잖아?

"셋째야, 넌 곧 서른이 될 거다. 적지 않다. 좀 사리를 알아야 한다. 너 설마 아직도 나를 한평생 걱정시키려고 하는 건 아니겠지? 너는 어려서부터 수다 떨기를 좋아하였다. 입에 문이 빠졌어. 너 귀에 거슬리는 말을 하면 말 한마디가 사람을 독살할 수 있어. 나이를 먹는 대로 안목을 좀 키워야 해. 말을 내뱉으려면 먼저 세 번을 생각하고 말할 수 없는 것은 가능한 한 말을 하지 말아야 해. 누구에 대해서건 간에 모두 듣기 좋은 말을 해야 한다. 다른 사람이 하는 말도 못 들었어? '좋은 말 한마디는 3년 추위를 녹이고, 남을 해치는 악담은 유월의 서릿발이라'라고 하였다. 용을 그리고 범을 그리되 뼈를 그리기 어렵고, 사람을 알고 만나는데 마음을 알지 않으면 안 되는 법이다. 딱따구리가 나무 구멍 속에서 죽는 건 그놈의 입이 말썽인 거야. 손을 떠나면 무술이 안 되고 입을 떠나면 노래가 안 되는 법이다. 죽을 때까지 배워야 해. 사람이 갓 태어날 때는 착한 본성을 가졌다고 한다……."

"아버지, 그만 좀 하세요. 이 세상의 진리를 전부 저한테 말씀하시지 마세요. 제가 먼저 소화 좀 시킬게요. 나중에 이어서 말씀하세요."

왕둥메이王冬梅는 나보다 한 살을 더 먹었다. 내가 십 년 동안 그녀를 못 본 것은 내가 입대한 이듬해에 그녀가 관둥으로 갔기 때문이고, 그녀가 관둥에서 돌아온 뒤에 내가 3년 동안 내리 고향에 다니러 가지 못하였기 때문이었다. 정월 초하룻날, 나는 이른 아침에 그녀 집에 새해 인사를 갔다. 사내대장부가 말을 꺼냈으면 실천을 해야지. 섣달그믐날 밤에 눈이 조금 내렸고, 눈은 아주 엷게 쌓였지만 역시 수줍어하듯이 들판과 길바닥을 덮었다. 살짝 눈이 내렸기 때문에 이번 음력 정월 초하루가 별나게 음력 정월 초하루 같은 느낌을 드러냈다. 사실 해가 나오자마자 눈이 녹아서 그게 다 그거였다. 당시에 내가 왕둥메이를 따라서 재물신을 꾸미러 간 그 섣달그믐날 밤에도 눈이 내린 일이 생각났다. 그야말로 엄청난 폭설이었다. 장타유張打油의 「눈을 읊으며詠雪」와 비슷하게 "강 위는 온통 어렴풋한데, 우물은 검은 구멍 뚫린 거네. 검둥개 몸뚱이 하얘졌고, 흰둥이 몸뚱이 뚱뚱해졌네" 하도록 내렸다.

"둥메이 누나, 새해에 부자 되세요!"

나는 그녀의 집 마당 안에 서서 큰 소리로 인사하였다.

둥메이가 집 안에서 대답하자마자 튀어나와 나를 맞이한 사람은 오히려 누런 수염과 누런 눈알의 날쌔고 거친 남편이었다. 그가 누런 흙색의 눈동자로 사납게 나를 쏘아보며 한마디도 하지 않았다. 나는 이 사람이 틀림없이 바로 둥메이의 아주 의심 많은 남편인 줄 알았기에 온 얼굴에 웃음을 띠면서 소개하듯이 말하였다.

"형님, 저는 둥메이와 같은 마을에 사는 이웃으로 어렸을 때의 친구입니다."

누런 눈의 사내가 나의 말에 전혀 반응하지 않고 두 눈을 데굴데굴 굴리면서 나를 위아래로 훑어보았다. 내가 입은 3위안 6마오짜리 청바지 위에서 그의 시선이 잠시 멈추었고, 그런 다음에 그의 입이 삐쭉이면서 새끼손가락을 추켜올리고는 내 앞에서 흔들면서 입에서 사람 마음을 오싹하게 하는 괴성을 냈다. 나의 마음이 순식간에 무겁게 가라앉았다. 알고 보니 왕둥메이가 언어장애인에게 시집을 간 것이었다. 그녀가 정말 불쌍하였고, 나는 더욱더 불쌍하였다. 이 언어장애인이 분명히 나를 경멸하였고, 그가 그의 새끼손가락으로 나를 내 몸에 입은 청바지와 마찬가지로 모두 값어치 없는 저질품이라고 표시하였다. 언어장애인이 어버어버하는 소리에 집 안쪽에서 머리를 박박 깎은 아이 두 명이 튀어나왔다. 아이 둘이 똑같은 차림새, 똑같은 모습, 똑같은 크기, 똑같은 누런 눈알로 나를 쳐다보았다. 나는 급히 호주머니에서 사탕을 꺼내 그 아이들에게 주었다. 사내아이가 막 손을 내밀어 받으려고 하는데, 언어장애인이 갑자기 어버어버 소리를 냈다. 사내아이가 내 손 안의 사탕을 뚫어지도록 쳐다보면서 감히 앞으로 다가오지 못하였다. 이때 둥메이가 집 안쪽에서 걸어 나왔다. 그녀는 분명히 금방 전에 온몸에 새 옷을 갈아입었고, 온몸이 폭죽처럼 새빨갰다. 그녀의 머리카락이 축축하게 젖었는데, 분명히 물을 묻힌 것이다.

"어머나, 새해에 운수 대통하세요! 재물신이 왕림하셨네요!"

그녀가 말하면서 웃으면서 내 앞쪽으로 걸어와서 다정하게 나의 손을 잡았다.

언어장애인이 후다닥 그녀를 잡아당겨 떼놓았는데 노기충천한 모습에 누런 눈알은 마치 불이 붙을 것 같았다. 그가 새끼손가락으로 나의 바지를 가리키면서, 얼굴 위에서는 끊임없이 표정을 바꾸었다. 언어장애인이 연거푸 괴성을 내면서 마지막에 침을 탁 한 번 뱉었고, 또 관둥의 커다란 솜을 넣은 방한화를 신은 커다란 발로 힘껏 짓뭉갰다. 나를 놀라 쩔쩔매게 짓뭉갰고, 나는 즉시 도망치지 못한 것이 한이었다. 둥메이가 그에게 몇 마디 말하면서 엄지손가락을 내밀고 나를 가리키고 우리 마을 방향을 가리키고 내 가슴 앞 호주머니 안의 펜을 가리키며 글자를 쓰는 몸짓을 하고 또 네모반듯한 책 모양을 만들고 또 엄지손가락을 내밀어 높이 들었다. 몸짓 손짓에 따라 그녀의 얼굴 위의 표정도 다채롭고 풍부하였다. 언어장애인이 즉시 온 얼굴에 웃음을 띠면서 눈이 늙은 양처럼 순해졌다. 그가 급히 웃으면서 커다란 엄지손가락을 내밀어 내 앞에서 흔들었다. 그가 나의 명치를 가리키고 또 그 자신의 명치를 가리키고 그런 다음에 발을 구르고 소리를 질러 나를 하마터면 눈물을 흘릴 정도로 감동하게 하였다. 그 두 어린아이가 멀리서 고개를 갸웃하고 나를 쳐다보았다. 내가 손에 쥔 사탕을 앞으로 건네주며 말하였다.

"이리 와!"

언어장애인이 두 사내아이에게 손짓하자 그 아이들이 날쌘 강아지처럼 달려와서 내 손에 쥔 사탕을 집어갔다. 언어장애인이 그 가운데 한 사내아이를 잡아당겨서 아이의 머리를 누르며 나에게 절을 하게 하였다. 또 다른 사내아이 하나도 자발적으로 다가와서 내 앞쪽에서 함께 무릎을 꿇고 나에게 절을 하여서 빡빡 깎은 머리에 흙이 묻었다.

"쌍둥이야?"

내가 둥메이에게 물었다.

"뭐가 쌍둥이야? 셋째도 있어."

그녀가 말하였다.

"한 배에 셋을 낳았어, 강아지 낳는 것처럼. 둘은 사내고 하나는 딸애고, 둘은 울지 못하는 매미이고 하나는 우는 매미이고."

그녀가 이렇게 말하는 것을 보면서 나도 비꼬듯이 말하였다.

"너는 정말 재간 있네!"

그녀가 좀 웃으며 나에게 대꾸하지 않았다.

언어장애인이 사내아이 손에서 사탕 몇 개를 빼앗아서 집 안으로 성큼성큼 걸어 들어갔다.

"그가 사탕을 딸애한테 주려는 거야. 세 아이 가운데 딸애가 말을 할 수 있어서 그가 예뻐해."

둥메이가 조용히 말하였다.

여자아이가 이불 속에 누워 있었고, 칠흑같이 까만 눈으로 나를 쳐다보았다. 나는 호주머니 속의 사탕을 전부 꺼내서 그 아이의 앞에 쌓아두었다.

"이분은 너의 큰외삼촌이야."

둥메이가 말하였다.

언어장애인이 커다란 엄지손가락을 추어올리며 여자아이에게 흔들었다.

"큰외삼촌!"

여자아이가 또랑또랑하게 나를 불렀다.

이날 나는 아주 즐겁게 보냈다. 둥메이가 그녀 집에서 가장 좋은 것을 나에게 먹게 하였다. 언어장애인도 아주 열정적이어서 나는 형제 같은 따뜻함을 느꼈다. 저녁 무렵에 저무는 해가 비추면서 알록달록한 하얀 눈을 녹였고, 둥메이가 여자아이를 안고 나와서 나를 마을 바깥까지 전송하였다. 언어장애인과 사내아이가 문 어귀에 서서 나에게 연거푸 손을 흔들었다.

그녀가 고개를 들어 나를 쓱 쳐다보는데 얼굴에 슬픈 표정이 드러났다. 나는 그녀가 무슨 말을 할까 봐 황급히 말하였다.

"들어가, 들어가. 먼 데까지 나왔어. 들어가."

그녀가 한숨을 내쉬며 말하였다.

"좀 더 갈게. 10년 동안 못 보았어. 너는 높은 장교, 대학생, 대작가가 되었어. 게다가 우리 집에 와서 같이 식사해서 체면을 적지 않게 세워주었어!"

"또 올게, 둥메이 누나. 누나가 이번에 나를 새콤달콤하게 했어."

내가 말하였다.

"사기꾼이 고향 사람을 가장 무서워한대. 내가 맨밥 몇 그릇을 먹었는지 다른 사람이 모른다고 누나도 몰라? 누나는 우리가 함께 재물신을 꾸미러 갔을 때 그런 가사들이 모두 누나가 지어낸 것인 걸 잊어버렸어. 사회적 원인이 아니었으면 누나는 틀림없이 여성 작가가 되어서 나보다 열 배는 대단하였을 텐데."

그녀가 킥킥 웃고는 말하였다.

"정말 빨라, 정말 후다닥 지나갔어. 그저 눈 깜짝한 시간인 것 같은데 20년이 지나가 버렸어!"

20년 전에 나는 여덟 살이고, 그녀는 아홉 살이었다. 우리 집은 중농이고, 그녀의 집은 부농이었다. 중농 역시 단결 대상이고, 부농은 바로 계급의 적이 되었다. 그해 봄에 태풍을 만났고, 여름에 큰 가뭄을 만났고, 가을에 큰물을 만나서 농작물을 거의 몇 알 수확하지 못하였다. 설날 전야에 상부에서 구제 식량을 내려보내며 백성 군중에게 대재난의 해에 설날을 보내게 해야 한다고 말하였다. 중농은 기본적으로 중국 백성일 수 없고, 부농은 중국 백성이 아닐 뿐 아니라 더더군다나 적이었다. 그래서 이 구제 식량은 자연히 우리 집이나 그녀 집이나 모두 몫이 없었다. 온 식구에게 섣달그믐날 밤에 물만두 한 끼를 먹이기 위하여 아버지가 그 녹슨 목공 도구로 낡은 문 한 짝을 작은 식탁 두 개로 만들어서 나에게 짊어지고 장터에 가서 팔게 하였다.

자칭 세무서에서 나온 사람이 식탁을 몰수하여 가져갔다.

아버지가 나를 한 번 발길질한 다음에 '아이고' 하며 한숨을 내쉬었다.

어머니는 눈물이 그렁그렁하였다.

둥메이가 살그머니 나에게 말하였다.

"셋째야, 괜찮아. 나한테 우리 두 집이 모두 설을 쇨 물만두를 먹게 할 방법이 있어."

그 음력 섣달그믐날 밤에 얼음과 눈이 온 땅에 널려 있었다. 한밤중에 드문드문 폭죽 소리가 울려 퍼졌다. 나는 속으로 꿍꿍이가 있어서 일찌감치 일어났다. 물만두가 있어야 설을 쉰다. 물만두가 없어도 설을 쇠야 한다. 아버지가 일어나서 기름 등잔에 불을 붙이고 조상의 신위에 향을 피우고 종이를 태웠다. 이 기회를 틈타 나는 미리 준비해놓은 오지동이를 들고 집 문을 빠져나왔다.

둥메이가 이미 우리 집 대문 밖에서 나를 기다리고 있었다. 그녀는 추워서 계속 덜덜 떨었다. 말도 떨었다. 그녀가 말하였다.

"우리 동쪽 마을로 가자. 동쪽 마을이 우리 마을보다 부자이고, 또 우리를 아는 사람이 없어."

우리는 몹시 추웠고, 추위를 다스리는 가장 좋은 방법은 바로 달리는 것이었다. 우리는 얼음과 눈으로 뒤덮인 곳에서 달렸다. 땅 위에 쌓인 눈이 우리 발아래서 뽀드득뽀드득 소리를 냈다. 동쪽 마을 어귀까지 달려가자 몸에서 이미 땀이 났다. 우리는 잠시 숨을 헐떡거렸다. 그녀가 나에게 물었다.

"가사를 외웠지?"

우리는 환한 곳으로 달려갔다. 누구네 집이 밝고 환하면 바로 물만두를 찌고 있다는 얘기이다. 사실 눈을 감고도 나는 누구네 집에서 물만두를 찌고 있는지를 알았다. 물만두 찌는 냄새가 몹시 추운 깊은 밤에 그렇게 강렬하게 사람 마음속으로 깊숙이 파고들어 왔다. 우리가 개시한 그 집에 높고 커다란 문루門樓가 있었다고 기억한다. 짖는 소리가 크고 우렁찬 개 한 마리를 키우고 있었다. 비렁뱅이와 개는 앙숙이다. 하지만 우리는 비렁뱅이가 아니다. 우리는 남에게 행복과 재물을 갖다주는 재물신이다. 우리 고향에서 비렁뱅이가 가장 호사할 때가 바로 섣달그믐날 밤이다.

나는 오지동이를 들고 둥베이의 손을 잡고 대문 밖에 서 있었다. 물만두 찌는 냄새가 솔솔 풍겼다. 물만두를 얻기 위하여 나는 큰소리로 낭송하였다.

"재물신이 문 앞에 서서 당신 집에서 섣달그믐날 밤을 쇠는 걸 보고 계신다. 섣달그믐날 밤을 쇠는 것이 정말 딱 알맞다. 당신 집이 재물을 부르고 또 보물이 들어간다. 얼른 문 열어라, 얼른 문 열어라, 문을 열고 화수분을 가져가라. 물만두를 보내라, 물만두를 보내라, 금덩이 은덩이가 집으로 달려간다……."

내가 둥메이가 지어낸 가사를 다 읊기도 전에 대문이 활짝 열렸다. 나이가 나와 엇비슷한 사내아이가 물만두 두 개를 받쳐들고 나왔다. 그가 한 손에 그릇을 받쳐들고 또 다른 한 손에는 붉은 등롱 한 개를 들고 있었다. 내가 오지동이를 내밀어 물만두를 받을 때 우리는 서로를 알아보았다. 아이가 깜짝 놀라 외쳤다.

"이야, 너였어? 네가 바로 재물신이었어!"

그가 물만두를 나의 오지동이에 채워주고는 웃으면서 집 안으로 뛰어 들어갔다. 나는 그가 마당에서 아주 크게 외치는 소리를 들었다.

"아빠, 재물신이 내 학우야."

둥메이가 한쪽 팔로 나를 밀면서 말하였다.

“좋아, 개시했으니까 또 다른 집에 가자.”

내가 말하였다.

“나는 싫어. 집에 가고 싶어.”

그녀가 물었다.

“왜?”

“이 마을에 내 학우가 있어.”

“상관없어!”

“선생님도 계셔.”

“그게 뭐가 무서워?”

“만나면 창피해.”

“예로부터 빌어먹는 건 창피하지 않댔어. 나는 학교에 안 가니까 창피한 건 안 무서워. 네가 오지동이 들고 내가 하는 거 봐.”

둥메이는 학교에 가지 않았지만, 절대적으로 나보다 똑똑하였다. 그녀는 말솜씨가 뛰어나고 노래를 할수록 다채롭고, 어른이고 아이고 한 무리를 불러와서 우리 뒤쪽에서 졸졸 따라오면서 듣게 하였다.

어떤 남자가 말하였다.

“나라가 망하려니까 요괴가 나왔어. 수탉이 알을 낳고 암탉이 홰친다니까. 재물신까지도 여자가 되었네.”

설날을 쇠고 내가 학교에 갔다. 꺽다리 장張 선생님과 부딪쳤는데, 그가 살그머니 나에게 물었다.

“섣달그믐날 밤에 네가 재물신을 했니?”

"네……. 우리 집이 가난해서요……. 설을 쇨 때 물만두를 먹을 수 없어서요……."

"너 아주 잘 불렀는데, 그 여자아이가 더욱 잘 불렀어. 가사는 너희들이 직접 지은 것이니?"

내가 고개를 끄덕였다.

선생님이 말하였다.

"예로부터 개천에서 용 나온단다. 열심히 해라!"

선생님이 이러셨다. 나는 단지 문학을 사랑하는 사람으로서 당신의 제목은 의심할 바 없이 자기 풍자와 밀접하게 연관되게 쓰려고 하였다. 나는 지금까지도 아직 문학의 길을 걷지 못하였고, 할 수 없이 이렇게 잔꾀를 부려서 당신을 속였다. 우리 아버지가 예전에 나에게 말한 적이 있다.

"늘 강가에 가는데 어떻게 신발이 안 젖을 수 있겠냐? 오지동이는 우물둔덕을 벗어나지 않아도 깨진다. 무당을 따라가야 푸닥거리를 배우지."

나도 이렇게 작은 당나귀처럼 지성껏 문학을 둘러싸고 맴맴 돌고, 오래되고 또 오래되면 궤도 가까이에 오를 수 있지 않겠어!

《연지》에서 《호수와 바다》까지

《호수와 바다湖海》는 지방 간행물이고, 나는 이 간행물의 고문이다. 이름만 걸어놓았을 뿐이고 돌보지顧도 않고 묻지問도 않는다. 하지만 모든 지방 간행물에 대해 나는 깊은 정을 품고 있다. 《호수와 바다》에 대해서는 더욱 그러하다. 나의 학우가 그곳에서 일하고 있기 때문이다. 그래서 《호수와 바다》가 나에게 원고를 쓰라고 하기만 하면 나는 바로바로 썼다.

내가 지방 간행물에 정을 품은 까닭은, 나의 초기 소설 다섯 편이 모두 어떤 지방 간행물에 발표된 데 있다.

이 간행물은 '연꽃의 못'이라는 의미의 《연지蓮池》라고 하는데, 바오딩시 중국문학예술계연합회에서 발간하는 것이었다. 뒷날 《연지》에서 《소설창작小說創作》으로 개명하였고, 더 뒷날에는 아예 없어졌다. 남에게 좀 알아보았더니 가난해서 죽었다고 말하였다. 예전에 매우 잘 나간 간행물이 의외로 돈에 쪼들려서 죽었다고 하니 안타까움을 느끼지 않을 수 없다.

1979년 가을에, 나는 보하이만에서 랑야산 자락으로 이동되어 어떤 훈련대대에서 정치 교관을 맡았다. 오랫동안 간부로 발탁되지 못하였기 때문에, 앞길이 막막한 데 대한 정신적 고민이 붓을 들어 소설을 쓰게 하였다. 그리고 쓰는 대로 바로바로 《연지》에 부쳤다. 부쳤다가 되돌아오면 다시 부치고 또 되돌아왔다. 마침내 어느 날 《연지》의 편지 한 통을 받았다. 편지에서 나에게 편집부로 와서 이야기를 나눌 수 있기를 희망한다고 말하였다. 나는 이 편지를 이리 보고 저리 보며 하룻밤 내내 눈을 붙이지 못할 정도로 흥분하였다. 이튿날 이른 아침에 나는 장거리 버스를 타고 바오딩시로 갔다. 편지 봉투에 적힌 주소대로 《연지》 편집부를 찾아갔다. 문에 들어가기 전에 나는 거의 죽을 지경으로 긴장한 상태여서 두 손에서 땀을 줄줄 흘렸다. 문에 들어가자마자 빙그르르 한 바퀴 돌면서 경례를 붙이고 그런 다음에 그 편지를 내놓았다. 어떤 중년의 편집인이 편지를 보고는 말하였다.

"좀 기다리세요. 라오마오는 집이 멀어서 아직 도착하지 않았어요."

나는 나무 의자에 앉아서 기다리면서 몰래 그 편집인이 원고 처리에 몰두하는 모습을 쳐다보면서 그들의 일이 굉장히 위엄 있고 엄숙하다고 느꼈다. 동시에 나는 또 그들 한 사람마다 앞쪽에 모두 원고 뭉치가 잔뜩 쌓여 있는 것을 보았고, 그래서 문학을 사랑하는 사람이 아주아주 많은 사실을 알았다. 대략 30분 정도 기다렸고, 쉰몇 살 정도의 사람이 허리를 굽히며 문에 들어왔다. 조금 전에 나의 편지를 본 그 편집인이 말하였다.

"라오마오, 당신의 작가예요."

이렇게 하여서 나는 내가 영원히 감히 잊어서는 안 되는 마오자오황毛兆晃 선생님을 만났다. 그는 키가 아주 크고 매우 마른 분이었다. 그는 온몸에 헐렁헐렁하고 기름때에 절고 닳아서 너덜너덜한 중산복을 입고, 진한 담배 냄새를 풍겼다. 그가 나를 그의 책상 앞에 앉게 하고 나의 상황에 관하여 간단하게 물었다. 그런 다음에 나의 그 원고를 꺼내놓고, 원고에 어느 정도 기초가 있으니, 내가 가져가서 수정할 수 있기를 희망한다고 말하였다. 원고 이야기를 다 한 다음에 그가 나에게 물을 마시지 않겠냐고 물었다. 나는 마시지 않는다고 말하고 그곳을 나왔다.

부대에 돌아온 뒤에, 원고를 고치자니 쉽지 않다고 느껴서 아예 새 출발을 하여서 달리 또 한 편을 새로 썼고, 편집부에 보내서 마오 선생님에게 봐달라고 하였다. 그가 재빨리 본 다음에 첫 번째 것보다 훌륭하지 못하다고 말하였다. 그의 말이 나에게 아주 큰 타격을 주었지만, 나는 또 그의 제안에 대해 계속 고치기를 원하고, 게다가 잘 고칠 것을 약속하였다.

이번에 나는 앞뒤 소설 두 편을 함께 버무려서 다시 편집부로 보냈다.

얼마쯤 시간이 지난 뒤에 마오 선생님이 편지 한 통을 보내서, 아주 잘 고쳤고 간행물에서 게재할 것을 결정했다고 말하였다. 그리고 오래지 않아 소설이 《연지》에 처음으로 발표되었다. 이것이 나의 처녀작 「봄밤에 비는 부슬부슬 내리고春夜雨霏霏」이다. 오래지 않아 《연지》는 또 나의 두 번째 소설 「추한 병사醜兵」를 싣고, 게다가 편집인의 말을 첨부하여, 모옌은 모 부대에 근무하는 전사로서 필치가 섬세하고 감정이 진실하며, 이 작가에게 많은 희망을 걸어본다고 말하였다.

오래지 않아 마오 선생님이 부대 주둔지로 나를 보러 왔다. 그가 도시에서 이렇게 멀리 떨어져 있을 줄을 생각지 못하였고, 진작 알았더라면 이렇게 나에게 원고를 보내러 왔다 갔다 하게 않았을 것이라고 말하였다. 그는 치아가 좋지 않고 또 위병이 있어서 밥을 아주 조금 먹었다. 식사를 마친 뒤에, 내가 어떤 전우와 함께 그를 모시고 산속을 거닐 때, 나의 전우가 이 산에서 수생 이끼류 화석이나 탄산칼슘 이끼류 화석 같은 상수석이 난다고 말하였다. 마오 선생님이 화초 키우기에 아주 흥미를 느끼며 돌을 어루만지며 교류하기도 좋아한다고 말하였다. 또 한 번은 시내로 들어갔을 때 내가 커다란 돌 두 덩이를 등에 짊어지고 갔다. 족히 80근은 되었을 것이다. 차에서 내려서 알아보고 나서야 마오 선생님이 사는 곳이 남쪽 교외인 줄 알았다. 당시에 바오딩은 형편없이 뒤떨어진 고장이었고, 교외 지역은 차가 들어가지 않았다. 나는 커다란 돌 두 덩이를 등에 짊어지고 십몇 리 길을 걸어갔고, 어쨌든 그의 집을 찾아간 셈이었다. 게다가 그는 6층에 살았다. 나는 돌덩이를 짊어지고 낑낑거리며 기어 올라가 문을 두드렸다. 그가, 내가 그렇게 커다란 돌 두 덩이를 짊어진 것을 보자마자 좀 화를 내며 누가 자네한테 이렇게 커다란 돌덩이를 짊어지게 하였냐며 사실 자신은 주먹만 한 것이면 된다고 말하였다. 그의 집에서는 군자란 화분 몇십 개를 가꾸고, 또 메추라기 몇십 마리를 키웠다. 그의 부인은 기계공장의 전문기술자였고, 아주 자상한 분이었다. 그녀가 맛있는 요리를 많이 만들어주었다. 나는 돌덩이를 짊어지고 십몇 리 길을 걸어갔고, 확실히 배가 고파서 뱃가죽이 커지도록 배불리 먹었다.

나중에 또 내가 짧은 '물의 고장 소설水鄕小說' 시리즈를 썼다. 마오 선생님이 쑨리孫犁 소설의 맛이 많이 담겼다고 말하였다. 그래서 그가 나를 데리고 바이양뎬에 가서 생활을 체험하게 하였다. 그가 나를 데리고 이름난 민병대 영웅 자오후趙虎를 탐방하러 갔다가 집안에 일이 있어서 그는 앞당겨서 돌아갔다. 나 혼자 마을에서 이리저리 서성거렸는데 많은 사람이 의심스러운 눈초리로 쳐다보았다. 당시가 바로 5월이었고, 밤이면 매우 서늘하였다. 나는 어떤 농민 집에서 빈방을 빌려 묵었다. 온돌 한 개만 있고 이불도 베개도 없었다. 잠을 잘 때 할 수 없이 고무신을 베고 홑저고리를 덮고 잤다. 하룻밤 자고 나자 고뿔에 걸렸다. 당시에 바이양뎬에서는 사람들이 엉덩이를 땅에 붙이고 앉을 새도 없이 바빴기 때문에, 나 혼자 외롭고 쓸쓸한 데다, 생활을 어떻게 체험하는 것인지 방법도 몰랐다. 중요한 것은 역시 그 고생을 견딜 수 없어서 이틀 만에 도망쳤다. 뒷날 마오 선생님을 보니 그가 또 나무라며 내게 그렇게 급히 떠나면 안 되는 일이었다고 말하였다.

《연지》가 나의 세 번째 소설 「아이 때문에因爲孩子」를 발표하였다.

1982년 여름에, 나는 소대장 교관으로 발탁되었고, 곧바로 또 베이징의 상급 기관으로 이동하여서 근무하게 되었다. 이 기간에 《연지》가 또 나의 네 번째 소설 「면화 판로售棉大路」를 발표하였다. 다음 해에 또 나의 다섯 번째 소설 「민간음악民間音樂」을 발표하였다. 「면화 판로」를 《소설월보小說月報》에서 옮겨 실었고, 「민간음악」이 쑨리 선생의 호평을 받았다. 그가 《톈진일보天津日報》에 글을 발표하였고, 그 가운데서 나에 대해 이렇게 말하였다.

> "작년에 발간한 《연지》의 한 호에 모옌의 「민간음악」이라는 제목의 소설 한 편이 게재되었다. 나는 그것을 읽은 뒤에 훌륭하게 썼다고 생각하였다. 그는 어린 시각장애인을 썼다. 그는 악기를 잘 다루는데, 날이 어두워지면 어떤 작은 마을로 간다. 어떤 여주인이 돌보아주기 때문이다. 여주인은 음악의 천재인 그를 이용해 돈을 벌 궁리를 하였다. 어린 시각장애인은 그러고 싶지 않아서 아주 슬펐고, 혼자 또 먼 곳을 향해 길을 떠났다. 내용이 그다지 전형적이지는 않지만, 당시 농촌의 규모가 작은 거주 지역의 일부 생활 면모, 상업에 종사하는 사람들의 일부 심리적 변화도 반영하였다. 소설의 창작 방법은 좀 서구화되었지만, 기본적으로는 역시 현실주의적이다. 주제는 예술 지상의 맛을 담고 있다. 소설의 분위기 역시 일반적인 것과 달리 어린 시각장애인 형상에 어느 정도 상투를 벗어난 신선한 느낌을 담아냈다."

몇 달 뒤에 내가 쑨리 선생의 글과 「민간음악」을 들고 중국인민해방군예술대학의 대문을 두드렸다. 이로부터 문학의 길을 걷게 되었다.

눈 깜짝할 사이에 십몇 년이 흘러갔다. 마오 선생님은 이미 예순 몇 세가 되었겠지? 그의 모습이 늘 나의 눈앞에 나타난다. 베이징은 바오딩과 거리가 아주 가까운 것 같기도 하고 아주 먼 것 같기도 하다. 나는 《연지》에서 푸드덕 날개를 펴고 나온 사람이다. 그곳은 나에게 있어서 영원한 성지이다.

지방의 문학 간행물이 현지에서 작가를 배출하는 데 있어서 작용이 아주 크다. 문학창작 번영에 대한 작용도 아주 크다. 그것은 첫 계단이나 마찬가지이다. 그것을 밟아야만 위로 올라갈 수 있다. 《연지》가 나에게 용기를 주지 않았다면, 내가 작가가 될 수 있었을까. 감히 상상하기 어렵다. 하지만 《연지》는 결국 가난하여서 죽었다.

《호수와 바다》는 《연지》보다 훨씬 더 커져야 한다. 많은 작가가 이곳에서 용기를 얻고 참 기량을 단련해낼 것이라고 믿는다.

배추 팔기

1967년 겨울, 내가 열두 살이 된 해에 설날을 앞둔 어느 날 아침이었다. 어머니가 얼굴에 근심을 잔뜩 달고 무거운 마음으로 집 안에서 이리저리 서성거리며, 수시로 돗자리 한쪽 구석을 들춰내고 깔아놓은 밀짚을 들척이다가 또 오래된 책상의 서랍을 잡아당겨 열고 낡은 천 조각과 실꾸리를 뒤적거렸다. 어머니가 한숨을 내쉬며 또 수시로 눈을 높이 들었다가 벽에 매달아 놓은 배추 세 포기를 힐끗 보았다. 마지막에 어머니의 눈빛이 배추 위에 고정되었고, 자세히 보더니 마침내 마음을 굳힌 듯이 나의 어릴 적 이름을 부르며 말하였다.

"서더우社斗, 가서 바구니 좀 가져오너라……."

"엄마."

나는 슬프게 물었다.

"저것들을 팔게?"

"오늘이 대목 장날이다."

어머니가 무겁게 말하였다.

"그렇지만, 이건 우리가 설을 쇠려고 남겨둔다고 말씀하시고선……."

말을 미처 마치지 못하고, 나의 눈물이 쏟아졌다.

어머니의 눈은 촉촉해졌지만, 그녀는 울지 않고 좀 성난 듯이 말하였다.

"이렇게 큰 사내가 돼서 툭하면 눈물을 닦는 게, 무슨 모양새니?"

"우리가 배추 백네 포기를 심었고 백한 포기를 팔았고 겨우 이 세 포기 남았어요. ……설 쇠려고 남겨둔다고 다 말해놓고, 설 쇠려고 남겨두고 물만두 빚는다고 다 말해놓고……."

나는 울면서 말하였다.

어머니가 나에게 다가와 옷섶을 들어서 내 얼굴의 눈물을 닦아주었다. 나는 얼굴을 어머니의 가슴에 묻고 억울한 듯이 엉엉 울었다. 나는 어머니의 거칠고 커다란 손이 나의 머리를 어루만지는 것을 느꼈고, 그녀의 옷섶에서 풍기는 흐물흐물하도록 만진 배춧잎 냄새를 맡았다. 여름에서 가을까지, 가을에서 겨울까지, 한 해 세 계절 동안에 나와 어머니는 이 배추 백네 포기를 여린 싹을 틔워서 옹골진 커다란 배추로 키워냈다. 우리는 씨를 뿌리고, 솎고, 잡초를 뽑고, 벌레를 잡고 비료를 주고 물을 뿌리고 수확하고 햇볕에 말렸다. 이파리 한 잎 한 잎에 모두 우리의 손도장이 남았다. 하지만 어머니가 오히려 그것들을 포기마다 팔아치웠다. 나는 나도 모르게 큰 소리로 엉엉 울었다. 울면서 또 어머니에 대한 불만을 표시하였다. 어머니가 나를 사납게 그녀의 가슴에서 밀어냈고, 목소리가 커지면서 눈 속에 성난 빛을 번뜩이면서 말하였다.

"난 아직 안 죽었어, 뭘 울어?"

그런 다음에 그녀가 옷섶을 들어서 자신의 눈을 좀 문지르고 큰 소리로 말하였다.

"얼른 안 가!"

어머니가 화를 내는 것을 보면서 내 마음속의 억울함이 순간 사라졌고, 후다닥 마당으로 달려 나가서 그 성에가 잔뜩 낀 라탄바구니를 들고 와 홧김에 어머니 앞에 휙 내던졌다. 어머니가 목청을 높이고 사나운 목소리로 말하였다.

"너 지금 누구한테 내던졌어?"

나는 더욱더 큰 억울함이 가슴속에서 솟구치는 것을 느꼈지만, 입술을 악물고 울음소리조차도 목구멍에서 나오지 못하도록 하였다.

눈물이 흘러 흐릿한 눈 너머로 나는 어머니가 가장 큰 배추를 벽에 박아놓은 나무말뚝 위에서 들어내는 것을 보았다. 어머니가 두 번째로 큰 배추도 떼어냈다. 마지막에 가장 작고, 모양이 중의 머리통처럼 동그란 것도 나무말뚝에서 들어내서 바구니 안에 넣었다. 나는 이 배추를 잘 안다. 나 자신의 손가락 한 개처럼 잘 안다. 그것은 가장 길가 쪽의 그 줄의 한 귀퉁이에서 자랐고, 어렸을 때 송아지나 아이한테 밟혔고, 그래서 내내 잘 자라지 못하였다. 다른 배추가 대야만큼 자라는 동안에 그것은 겨우 그릇만큼 자랐다. 그것의 작고 가련한 모습을 발견하고 우리가 물을 주고 비료를 줄 때 그것을 특별히 돌봐주었다. 나는 늘 어머니 몰래 화학비료를 듬뿍 그것의 주변에 뿌렸다. 하지만 그런 다음 날 그것이 시들어버렸다. 어머니가 진상을 안 뒤에 급히 그것의 주변의 흙을 바꾸어주었고, 그래서 그것이 기사회생하였다. 나중에 그것이 여전히 작기는 해도 속이 아주 옹골차게 찼다. 수확할 때 어머니가 그것을 두드리면서 감격해서 나에게 말하였다.

"너 요것 좀 봐, 요것 좀 봐라……."

그 순간에, 어머니의 얼굴에 하염없이 기쁜 표정이 어리는데 온갖 고초를 겪은 뒤에 어른으로 자란 아이를 다독이는 것 같았다.

이웃 마을에서 장이 섰다. 우리 집에서 3리 먼 거리에 있었다. 어머니가 나에게 그녀를 도와 배추를 가져가게 하였다. 나는 기분이 안 좋아서 투덜거리며 말하였다.

"저는 학교에 가야 해요."

어머니가 고개를 들어 해를 좀 보더니 말하였다.

"늦지 않을 거야."

나는 말대답을 더 하고 싶었으나 어머니의 낯빛이 좋지 않은 것을 보면서 입을 다물었다. 떨떠름하게 배추 세 포기를 담고, 위에 양가죽을 덮은 바구니를 등에 짊어지고 강둑을 따라 남쪽의 그 좁은 길을 따라 장터를 향해 터덜터덜 걸어갔다. 된바람이 매섭고 해가 마치 수시로 꺼질 것 같은 모양으로 약하게 있었다. 수시로 장터로 가는 사람이 우리의 곁을 지나쳐 갔다. 나의 손이 후다닥 얼어서 굽은 바람에 바구니를 바닥에 떨어뜨릴 때까지도 나는 그만 몰랐다. 바구니가 땅에 떨어지면서 나는 맑은소리가 울렸고, 라탄바구니 바닥에 줄 몇 가닥이 끊어져서 그 가장 작은 배추가 바구니에서 튕겨 나와서 길가의 하얀 얼음이 언 개울로 굴러가 떨어졌다. 어머니가 나의 머리를 손바닥으로 때리면서 야단쳤다.

"빌어먹을 놈!"

그런 다음에 그녀가 작은 발을 옮겨 두 팔을 벌리면서 조심조심 그러나 또 아주 급히 개울 바닥으로 내려가서 그 배추를 안고 올라왔다. 나는 배추의 뿌리가 끊어졌지만, 아예 싹 뭉개진 것은 아니고, 겉 이파리 몇 장이 달라붙어 있는 것을 보았다. 나는 큰일을 저지른 것을 알고 바구니 옆에 선 채로 울면서 말하였다.

"제가 일부러 그런 것이 아니에요. 저는 정말 일부러 그런 것이 아니에요……."

어머니가 배추를 바구니 속에 넣었다. 원래는 매우 화가 난 모습이었지만, 어쩌면 내가 진심으로 우는 것을 보았을지 모르고, 또 어쩌면 나의 시커먼 손등에 이미 짓무른 동상을 보았는지도 모르지만, 어머니의 얼굴도 누그러져서 더는 나를 때리지도 욕하지 않고 그저 나에게 따뜻하게 느껴지는 말투로 말하였다.

"쓸데없이 밥을 어디로 먹었니?"

그런 다음에 어머니가 상반신을 굽히고 바구니를 등에 지는 막대기를 어깨에 걸었다. 내가 뒤쪽에서 부축해서 어머니의 몸을 똑바로 펴게 하였다. 하지만 어머니의 몸은 영원히 더는 똑바로 설 수 없었다. 지나친 노동과 어려운 생활이 진작부터 그녀의 허리를 굽게 하였다. 나는 어머니의 뒤쪽에서 따라가면서 그녀의 거친 숨소리를 들으며 한 걸음 한 걸음 앞쪽으로 내디디었다. 장터에 거의 다 갔을 때, 내가 어머니를 도와서 좀 짊어지고 싶었지만, 어머니가 말하였다.

"됐다. 곧 다 왔다."

마침내 장터에 도착하였다. 우리는 짚신 가게 거리를 지나갔다. 짚신 가게 거리 양쪽에 짚신을 파는 사람 몇십 명이 서 있었고, 사람마다 앞에 짚신 한 무더기씩 벌려놓았다. 그들은 모두 차가운 눈빛으로 우리를 쳐다보았다. 우리는 설맞이 용품 가게 거리를 지나갔다. 양쪽 바닥에 훌륭하게 쓴 대구 글귀를 늘어놓았다. 또 대문이나 창문에 걸어두는 궈먼첸過門錢이라고 부르는 알록달록하게 쓴 글귀도 있었다. 설맞이 용품 가게 거리 귀퉁이에 폭죽을 파는 가게 두 곳이 있었고, 각자 자신의 물건을 자화자찬하고 있었다. 볼거리를 구경하는 사람들이 추켜세우는 바람에 멍청해져서 네가 한 묶음 사면 내가 한 묶음 사서 앞다투어 터뜨리는 바람에 펑펑펑펑 터지는 소리가 이곳에서 울려 퍼졌고, 공기 속에 화약 연기 냄새로 자욱하였다. 이 냄새가 우리에게 설이 이미 코앞에 닥쳤다는 느낌을 들게 하였다. 우리는 양식 가게 거리를 지나서 채소가게 거리에 도착하였다. 그 거리에는 채소를 파는 사람 십몇 명만 있었다. 몇몇 사람은 푸른 무를 팔고 몇몇 사람은 홍당무를 팔고 또 어떤 사람은 시금치를 팔고 어떤 사람은 미나리를 팔았다. 어머니를 따라 늘 배추를 팔러왔기 때문에 이런 사람들을 대부분 알았다. 어머니가 바구니를 그 푸른 무를 파는 키 큰 노인의 채소 바구니 옆에 내려놓고 허리를 펴면서 노인과 인사를 나누었다. 어머니가 노인에게 하는 말을 들으니 나의 외갓집의 이웃 마을 사람으로 한 집안 같은 성씨의 사람이었다. 어머니가 나에게 그분을 일곱째 외할아버지라고 부르게 하였다. 일곱째 외할아버지의 얼굴은 새빨간 색이었고, 머리에 낡은 홑겹 모자를 쓰고 귀에 토끼 가죽으로 만든 귀마개를 하여서 하얀 털 두 덩이가 쫑긋 세워져 있어서 아주 귀엽게 보였다. 그가 두 손을 교차시켜 소매통 속에 넣고 있는데 좀 거드름을 피우는 듯이 보였다. 어머니가 나에게 학교에 가게 하였고, 나도 가고 싶었지만, 그러나 어떤 할머니가 우리 배추 쪽으로 다가오는 것이 보였다. 바람이 그녀 쪽으로 불어서 그녀의 몸을 흔들리게 하였고 바람이 약간만 더 세게 불면 그녀를 싣고, 마른 이파리처럼 하늘로 날려 보낼 것 같았다. 그녀도 어머니처럼 작은 발이었고, 심지어 어머니의 발보다도 훨씬 작았다. 그녀가 차가운 바람을 막기 위하여 헐렁헐렁한 솜저고리 소매로 입을 막았다. 그 할머니가 우리의 바구니 앞으로 걸어와서 똑바로 서고 싶은 것 같았지만, 바람이 그녀를 쉬지 않고 흔들리게 하였다. 그녀가 옷소매를 입에서 옮기자 그 바짝 마른 입술이 드러났다. 나는 이 할머니를 안다. 그녀는 무의탁 노인이었고, 늘 장터에서 만날 수도 있었다. 그녀가 가늘고 쉰 목소리로 배추의 값을 물었다. 어머니가 그녀에게 대답하였다. 그녀가 고개를 좀 흔들었다. 비싸다고 생각하는 눈치였다. 하지만 그녀는 가지 않고 게다가 쭈그리고 앉아서 덮어놓은 양가죽을 들춰내고 우리 배추 세 포기를 들척였다. 그녀가 그 가장 작은 배추 위에서 떨어질락말락 달랑달랑 붙어있는 뿌리 반 토막을 잡아당겼다. 그런 다음에 장작개비처럼 마른 손가락으로 우리 배추를 꾹꾹 찔렀다. 그녀가 입을 삐쭉이면서 우리 배추가 옹골차게 차지 않았다고 말하였다. 어머니가 걱정스러운 목소리로 말하였다.

"아주머니, 이런 배추까지도 덜 차서 싫으면, 그럼 다른 데 가서 좀 보세요. 어디 또 더욱 옹골차게 찬 게 있나 찾아보세요."

이 할머니에 대해 나는 싫은 느낌으로 가득 찼다. 당신이 우리 배추 뿌리까지도 끊어놓은 건 그렇다 치고, 그래 당신이 양심을 속이고 우리 배추를 속이 안 찼다고 하면 안 되지. 내가 참지 못하고 한마디 내뱉었다.

"더 차면 돌덩이 되라고요!"

할머니가 고개를 들고 놀랍고 의아한 듯이 나를 쳐다보면서 어머니에게 물었다.

"이게 누구요? 당신 아들이요?"

"막내예요."

어머니가 할머니의 묻는 말에 대답하고 고개를 돌려 나를 나무랐다.

"조그만 애가 버르장머리 없이 말을 하다니!"

할머니가 그녀의 팔에 걸친 버드나무 가지로 만든 바구니를 땅에 내려놓으면서 손을 빼서 그 가장 작은 배추 위에 이미 바짝 마른 겉대를 뜯어냈다. 내가 화가 폭발해 그녀에게 쏘아붙였다.

“뜯지 마세요. 자꾸 뜯어내면 우리더러 어떻게 팔라고요?”

“너, 애가 말하는 게 어째 총알 먹은 것 같으니?”

할머니가 중얼거렸다. 하지만 겉대를 뜯어내는 손은 오히려 멈추지 않았다.

“아주머니, 뜯지 마세요. 여기 놓았을 때 배추보다 겉대가 대여섯 겹은 벗겨졌어요. 알배추 되었어요.”

어머니가 그녀를 말렸다.

그녀가 결국 여전히 그 마른 겉대를 전부 다 뜯어내서 여리고 새하얀 속대가 드러났다. 맑고 차가운 된바람 속에서 우리 배추가 단내를 솔솔 풍겼다. 이러한 배추로 물만두를 빚으면 맛이 얼마나 좋은데! 할머니가 배추를 옮겨놓고 일어나서 어머니에게 저울에 달게 하였다. 어머니가 저울 고리에 배추 뿌리를 매달아 배추를 들었다. 할머니가 그녀의 얼굴을 거의 저울 막대기에 붙이고 자세히 위쪽의 무게를 살펴보았다. 내가 그 알배추가 되도록 발가벗겨진 배추를 쳐다보면서 눈앞에 그것이 자라던 모습이 떠올라 마음이 슬픔으로 뜨끔뜨끔 아팠다.

마침내 알배추의 무게를 정확하게 달았는데, 할머니가 말하였다.

“나는 계산할 줄 모르네.”

어머니도 편두통 때문에 계산을 잘 못했기 때문에 나를 불렀다.

“서더우, 네가 좀 계산해.”

내가 막대기 한 개를 찾아서 금방 전에 배운 곱셈으로 땅에다 쓰면서 계산을 하였다. 내가 숫자를 말하자 어머니가 내가 알려준 숫자를 되풀이해서 말하였다.

"잘못 계산하지 않았지?"

할머니가 믿지 못하겠다는 눈빛으로 나를 쳐다보면서 말하였다.

"직접 계산해보시면 되잖아요."

내가 말하였다.

"저 애가 말도 정말 거칠게 하네."

할머니가 나지막한 소리로 중얼거렸다. 허리춤에서 더러운 손수건을 끄집어내서 겹겹이 싼 것을 풀자 지폐 뭉치가 드러났다. 그런 다음에 손가락을 입에 쏙 집어넣고 침을 묻혀서 한 장 한 장 세었다. 그녀가 마침내 다 헤아린 돈을 어머니의 손에 건네주었다. 어머니도 한 장 한 장 세었다. 나는 일곱째 외할아버지의 날카로운 눈빛이 나의 얼굴을 좀 찌르다가 그런 다음에 다른 곳으로 옮겨가는 것을 보았다. 낡은 신문지 한 조각이 우리 앞쪽에서 잠시 멈추었다가 그런 다음에 데굴데굴 굴러갔다.

내가 학교를 파하고 집에 돌아간 뒤에, 집에 들어서자마자 어머니가 부뚜막 앞에 멍하니 앉아 있는 것을 보았다. 그 라탄바구니가 그녀의 옆에 놓여 있고, 배추 세 포기가 모두 바구니 안에 있고, 그 가장 작은 것은 할머니가 마른 겉대를 벗겨냈기 때문에, 이미 심각하게 동상에 걸려 있었다. 나의 마음이 쿵 하고 무겁게 내려앉았고, 가장 나쁜 일이 이미 일어났다는 것을 알았다. 어머니가 고개를 들고 눈이 빨개진 채로 나를 쳐다보았다. 한참 지난 다음에 나에게 평생토록 잊을 수 없는 목소리로 말하였다.

"얘야, 너 어떻게 그럴 수 있어? 너 어떻게 남의 돈 1마오를 더 계산할 수 있어?"

"엄마."

나는 울면서 말하였다.

"나는……."

"네가 오늘 엄마를 창피당하게 했어……."

어머니가 말하는데, 두 줄기 눈물이 볼에 매달렸다.

이것은 내가 처음으로 굳센 어머니가 눈물을 흘리는 모습을 본 일이다. 지금 생각해도 마음이 여전히 아프다.

무강과 연극광

무강茂腔은 이른바 높은 자리에 오르지 못한 소규모 전통극의 하나로, 유행하는 범위는 나의 고향 가오미 일대로 한정된다. 그것은 창법이 간단하고 남자의 노래이든 여자의 노래이든 간에 들으면 모두 슬픔에 겨워 흐느끼는 가락이다. 공평하게 말하면 무강은 실제로 아름다운 소리가 아니다. 하지만 아름다운 소리가 아닌 전통극이 예전에 우리 가오미 사람을 먹고 자는 것을 잊을 정도로 몰두하고 오매불망 그리워하게 하였다. 개중의 도리는 비교적 분명하게 말하기 어렵다. 예를 들어 말하면, 나는 고향을 떠난 지가 30년이 되어 가고, 서울 베이징의 번화한 땅에서 각종 훌륭한 대형 전통극이 이미 나의 귀를 고귀하게 수양시켰다고 해도, 하지만 어쩌다 고향에 돌아가 기차역을 나오자마자 작은 점포 안에서 흘러나오는 무강의 느리고 구슬픈 가락을 듣기만 하면, 나의 마음은 즉시 감정에 복받쳐서 눈에 눈물이 그렁그렁해진다. 무강이란 아름다운 소리가 아닌 조그만 전통극이 어떻게 그리 사람을 사로잡을 수 있는지? 이 문제는 잠시 내려놓고 말하지 않겠다. 독자 여러분! 소생이 오늘은 여러분에게 무강과 관련된 이야기 두 가지를 말해주련다.

우리 마을의 사람은 거의 다 창 듣기를 좋아하지만, 얼이 빠질 정도로 좋아하는 사람은 아마 네댓 집 정도뿐일 것이다. 쑨孫 당나귀도 한 집으로 치자. 쑨 당나귀의 마누라와 아들은 모두 연극광이다. 며느리를 얻었는데 더욱 슈퍼급 연극광이었다. 이를 '가족끼리는 닮는다'라고 말하는 것이다. 어느 날 저녁에, 쑨 당나귀가 부뚜막 앞에서 불을 때고 며느리는 솥단지 앞에 서서 밀가루 반죽을 하면서 솥 바닥에서 밀떡을 구울 준비를 하였다. 이때 드넓은 들판에서 전하는 호금 켜는 소리가 들렸다. 연주하는 소리는 무강의 새색시가 시집가는 대목이었다. 시아버지와 며느리가 모두 귀를 쫑긋 세웠다. 며느리가 말하였다.

"아버님, 들어보세요."

쑨 당나귀가 말하였다.

"들었다. 오늘 밤에 탄자마을에서 창 공연한대."

며느리가 말하였다.

"아버님, 불을 더 때세요. 밥 다 먹고 창 들으러 가요."

쑨 당나귀가 며느리의 발을 잡아들고 아궁이 속으로 쑤셔 넣으려고 하였다. 며느리가 발끈해서 말하였다.

"아버님, 늙어서 눈도 안 보여요? 뭘 하려는 거예요?"

쑨 당나귀는 빨간 수 놓인 꽃신을 신은 며느리의 작은 발을 좀 쳐다보고는 미안한 김에 할 수 없이 드넓은 들판에서 들려오는 호금

가락에 맞추어 목청을 가다듬고 노래하였다.

"얘야, 며늘아, 오해하지 마라, 금련을 장작인 줄 알았다—."

솥단지가 뜨거워지자 며느리가 밀반죽 한 덩이를 떼어서 손에 놓고 요리조리 뒤집다가 철썩하고 쑨 당나귀의 이마 위에 냅다 붙였다. 쑨 당나귀가 큰소리로 외쳤다.

"며늘아, 너 뭐 하냐?"

며느리가 시아버지의 우거지상을 좀 보더니, 호금의 반주에 맞추어 한 곡조 뽑았다.

"아이고, 아버님. 오해하지 마세요. 이마를 솥 바닥인 줄 알았어요—."

이야기가 지나치게 과장된 것이 민간의 우스갯소리에 속하지 않을지 그 진실성을 의심해볼 만하다. 이어서 진실한 이야기 한 가지를 말하겠다.

'문화대혁명' 후기에 우리 마을에 어떤 선전공작대가 왔다. 대원은 20여 명이었고, 모두 현 무강극단의 배우였다. 우리 마을의 상황이 비교적 복잡하여서 현에서도 평판이 나빴고, 선전공작대가 내려온 것은 우리를 도와 계급투쟁의 뚜껑을 열려는 것이었다. 선전공작대가 마을에 들어온 뒤부터 마을 안은 설을 쇠는 것처럼 들뜬 분위기가 되었다. 이런 대원들 가운데 거의 모든 현 무강극단의 이름난 배우가 포함되어 있었기 때문이었다. 예를 들면 청의靑衣 쑹리화宋麗花, 화단花旦 덩구이슈鄧桂秀, 노단老旦 자오구이잉焦閨英, 노생老生 가오런쯔高人滋, 소생小生 쉐얼밍薛爾名, 무생武生 장진룽張金龍 등이 모두 레이관얼雷貫耳 같은 인물이었고 평소에 멀리서 바라볼 수 있을 뿐 가까이 다가갈 수가 없었는데, 지금 우리 앞에 있고 우리와 같이 먹고 함께 살고 어울려 일하게 되었으니 우리의 행복과 흥분은 말로 형용할 수 없었다. 선전공작대는 직접 취사를 하지 않고 현지에서 배정해준 당번 집의 밥을 먹었다. 일반적으로 세 사람이 한 조가 되어서 집마다 돌아가면서 밥을 먹었다. 당시에 생활이 아주 곤란하였고, 사람마다 1년에 200여 근의 양식만 배분되었을 뿐이고, 밀은 20여 근뿐이 없었어도 설을 쇠면서 그래도 물만두를 빚어 먹을 수 있었다. 하지만 선전공작대의 동지들을 잘 먹이기 위하여 집마다 모두 설을 쇨 때의 밀을 꺼내서 갈았다. 이는 완전히 철저하게 자발적으로 자원한 것이고, 심지어 경쟁적인 색채도 띠었다. 집마다 모두 새로운 것을 만들어내서 선전공작대의 동지들을 즐겁게 먹도록 하고 싶었다. 원래 이 선전공작대가 과거의 선전공작대와 마찬가지로 기껏해야 열흘 혹은 보름 뒤에는 마을을 떠날 것이라고 여겼기 때문이다. 하지만 그들이 한 달을 살고도 여전히 가지 않을 줄을 생각지 못하였다. 집마다 그 하얀 밀가루를 이미 거의 다 소모할 때가 되자 동지들에게 거친 밥으로 바꾸어 먹게 하자니 첫째는 체면상 좋지 않고, 둘째는 마음이 내키지 않았다. 밥을 짓는 여인들이 연극광이건 아니건 간에 모두 배우들을 좋아하였기 때문이었다. 우리 생산대대 회계의 부인은 곰보였는데, 용모야 뒤지지만, 심장은 별나게 뜨거웠다. 배우 동지들을 보면 특히 남자배우 동지들을 보면 그녀의 눈에서 눈물이 출렁거렸고 죽을 정도로 뜨거운 감정이 넘쳐흘렀다. 밀가루가 다 떨어진 상황에서 동지들을 배불리 잘 먹이기 위하여 그녀는 거친 양식을 정성껏 만들어내는 천재성을 충분히 발휘하였고, 집 안의 녹두나 광저기를 불리고 갈아서 채소를 섞었고, 목화씨 기름으로 노르스름하게 튀겨서 동지들에게 먹게 하였다. 동지들이 먹은 뒤에 칭찬이 자자하였다. 이 제조법은 재빨리 보급되어서 밥을 지을 때마다 마을 안에 완자를 튀기는 냄새가 흘러넘쳤다. 몇십 년이 지나갔고, 이 식품은 여전히 우리 마을에 퍼져있고, 게다가 '마오창완쯔茂腔丸子'라는 아름다운 이름이 생겼다.

선전공작대에 밥을 지어준 가정은 반드시 빈농이나 하층민이어야 하고 태도가 좋은 중농도 괜찮았다. 이는 정치적인 대우이자 영예이기도 하였다. 선전공작대에게 밥을 해주는 데 선정될 수 없는 '다섯 부류 반동분자' 집의 여인들은 마음속 고통이 아주 깊었다. 부농 왕진王金의 딸 왕메이王美는 인물이 아름답고 목소리도 훌륭하여서, 마을에서 전통극을 공연할 때 주연이었다. 선전공작대가 마을에 들어온 뒤부터 그녀의 눈에는 시종 눈물을 머금고 있었다. 그녀는 자기 집의 밀로 간 밀가루를 곰보의 집에 보냈고 그녀에게 동지들에게 먹을 것을 만들어주게 하였다. 곰보가 감사히 받지 않고, 또 생산대대에 그녀를 고발하며 그녀가 혁명 간부를 농락하고 부식시키려 한다고 말하였다. 마을에서 그녀를 조리돌리려고 하였지만, 선전공작대의 반대에 부딪혔다. 그녀가 밀가루를 보냈지만 성사되지 못하자 밀가루를 불에 굽고 큰 밀떡으로 만든 정성스러운 음식을 몰래 선전공작대 동지들이 사는 집의 창문 앞에 갖다 놓았다. 그녀가 이전에 곰보 여인에게 말하였다.

“아주머니, 아주머니, 나는 심장을 파내서 동지들에게 먹이지 못하는 게 한이에요.”

곰보 여인이 물론 그녀를 대신해 비밀을 지켜줄 수 없었고, 재빨리 온 마을에서 다 알도록 선전하였다. 선전공작대의 동지들도 물론 들었다. 그 젊은 무생 장진룽이 감격에 겨워 말하였다.

“그녀가 부농의 딸이 아니었다면 얼마나 좋을까!”

젊은 무생은 몸집이 작지만 다부지고 용감하였고, 눈빛에 반짝반짝 정기가 돌았다. 길을 걸어가면 발아래 용수철을 밟는 것 같았다. 그는 공중에서 재주넘기를 할 수 있었고 목소리도 훌륭해서 마을 안의 여인들이 모두 그를 좋아하였다. 그가 왕메이의 출신이 좋지 않은 것에 대해 한숨을 내쉬었다고는 해도, 결국 왕메이와 좋아져서 타작마당 옆의 짚가리 속에 있다가 현장에서 두 사람이 남에게 붙잡혔다. 젊은 무생은 입장이 확고하였으나 사탕발림에 넘어가 노선착오를 범하였기 때문에 앞당겨서 되돌아가게 되었다. 어떤 사람이 왕메이를 재판할 것을 제안하고 현에 보고하였는데, 현에서는 마을이 알아서 비판 투쟁하라고 말하였다. 비판 투쟁을 벌일 때, 왕메이는 시종 얼굴에 웃음을 잃지 않았고 그 모습에는 조금도 후회하는 뜻이 없어 보였다. 그녀의 태도가 곰보로 대표되는 여인들의 반감을 불러일으켜서 그녀들이 달려들어서 물어뜯고 욕설을 퍼부었다.

"너, 이 더러운 X을 찢어발겨! 너, 이 음탕한 여우 같은 년을 죽여!"

이듬해 여름에 마을 안의 여인들이 한 달 동안에 아기 열몇 명을 낳았다. 곰보가 가장 재간이 좋아서 한 번에 두 명을 낳았다. 이런 아이들이 자란 뒤에 어떤 아이는 쉐薛를 닮았고, 어떤 아이는 가오高를 닮았고, 그 가운데 여덟 명은 모두 젊은 무생을 닮았다. 그 애들의 눈빛이 반짝반짝하고 길을 걸어가면 발걸음이 가볍고 재서 발로 마치 용수철을 밟는 것 같았다. 물론 공중에서 재주넘기도 할 수 있다.

초원을 노래하는 가객

검찰문학포럼에서 내몽골철로검찰원으로 온 검찰관 먀오퉁리苗同利가 그의 건초 냄새를 띠는 목소리로 「오랫동안 어머니의 코 고는 소리를 듣지 못하였다」라는 제목의 시를 낭송하였다. 좌중의 몇몇 여성 검찰관이 구슬 같은 눈물을 데굴데굴 흘렸고, 나도 오래도록 코가 시큰거렸다.

오랫동안 어머니의 코 고는 소리를 듣지 못하였다
우레같이 코 고는 소리
어머니는 날마다 우레같이 코를 곤다
어렴풋이 나는 비가 내리려나 보다
폭우가 한바탕 내리려나 보다 생각한다
병실이 복도에 연이어 있다
대낮의 초조함을 가라앉히며
나는 어머니의 병상 앞에서 기다리고 있다

어머니가 계시고 내가 있다
어머니가 계시면 행복이 있다
체액이 어둠 속에서 세차게 흐른다
강물에 뜬 등롱 한 개
온 강을 환히 밝힌다.

이러한 시를 써낼 수 있는 사람과는 깊은 우정을 쌓을 수 있다.

훗날 그와 깊은 우정을 쌓지는 못하였지만, 그의 시를 읽을 기회를 가질 수 있었다. 그와 몽골 파오 안에 앉아서 맛 좋은 술을 실컷 마시지는 못하였고 그가 말 등에서 하늘을 우러러보며 길게 휘파람 부는 소리를 듣지는 못하였고 그가 풀밭에서 기어가는 것도 보진 못하였지만, 그의 시집을 읽어서 기본적으로 이 사람을 알게 되었다.

먀오퉁리는 초원에 영혼을 의지하기 때문에 그의 시는 초원의 숨결과 이어져 있다. 그는 정말 아들이 어머니를 사랑하듯이 초원을 사랑한다. 초원이 있으면 행복이 있고 초원이 있어야 시가 있다. 그의 시 속에서 초원은 생명의 상징이다. 사람과 초원이 이미 혼연일체가 되었다. 그는 꽃의 기쁜 웃음, 구름의 비명, 바람의 속삭임과 많고 많은 내가 들을 수 없는 소리를 들을 수 있다고 말하였다. 그는 반드시 많고 많은 내가 볼 수 없는 색깔을 볼 수 있고, 많고 많은 내가 맡을 수 없는 냄새도 맡을 수 있고, 많고 많은 내가 느낄 수 없는 온도도 느낄 수 있다. 그는, 무엇보다 먼저 초원을 사랑하고 자신을 초원의 아들로 삼고, 심지어 자신을 초원 위에서 풀을 먹는 소와 양이라 생각한다고 하였다. 심지어 자신을 초원에서 자라나 소와 양에게 먹히는 풀 한 포기로 여기고, 그런 다음에 시를 사람이 읊어내는 것이 아니라 초원의 무거운 한숨이거나 흐느낌이라고 말하였다.

이 도시가 광적으로 확장되고 욕망이 마그마처럼 흘러넘치는 탈공업 시대에 먀오퉁리는 그의 초원을 지키려는 정신으로 슬픔 속의 원망이면서 슬픔 속의 분노인 시로 그의 초원을 위한 장송곡을 읊고 있다. 이러한 기분에 확실히 비장함을 담고 있지만, 어찌할 수 없는 것도 같다. 우리가 아무튼 물욕에서 여전히 벗어나기 어렵다고 하더라도, "초원이 이미 존재하지 않는다면 누가 뻔뻔스럽게 계속 살아갈까" 하는 정감에 비장함을 담고 있다. 하지만 우리는 "양떼로 말 무리로 걸어 들어가고, 나리꽃, 수레국화, 민들레, 애기메꽃 등의 초원으로 걸어 들어가며, 쪽빛의 고향으로 걸어 들어가고, 아버지의 초원과 어머니의 강, 그리고 후두음 창법[14]과 몽골 긴 가락의 바다로, 뜨거운 눈물을 눈에 그득하게 담고 단번에 자기 자신으로 돌아가" 자연의 품에 안긴다고 하더라도 결국은 여전히 물욕의 유혹에서 벗어나기 어렵고 철근 시멘트로 주조해낸 도시로 되돌아가서 또 문명적인 듯이 보이지만 실제는 야만적인 삶을 이어

14 '후두음 창법呼麥'이란 몽골어로 Xөөмий이고 '인후咽喉'라는 뜻이다. 또 후음 창법喉音唱法, 쌍성 창법雙聲唱法, 다성 창법多聲唱法, 하오린차오얼浩林潮爾이라고도 불리는데, 알타이산 주변 지역의 여러 민족의 노래를 부르는 방법으로 몽골인만의 독특한 방법은 아니라고 한다.

간다. 우리 모두는 저도 모르게 자신을 감동하게 하고 새로이 우리 자신을 찾게 하는 초원과 대자연을 파괴하고 있다. 우리가 캐시미어 외투 한 벌을 입으면 풀밭 한 군데를 파괴할 가능성이 있다. 우리가 하룻밤 동안에 에어컨을 켜면 들꽃 한 무더기를 시들게 할 가능성이 있다. 그래서 먀오퉁리의 초원을 위한 노래는 바로 인간성이 지닌 탐욕에 대한 비판이다.

고향의 설렘
치료할 약은 없어
기억이 옭매듭을 지어
나를 평생토록 아프게 하네
눈으로 파괴되어서는 안 될 것들이 파괴되는 것을 보았지
끝없는 실의와 뒤엉킨 아픔만 있는
아득히 멀고 황량한 초원
줄거리도 있고 세부도 가진 초원
생각해도 아픔, 잊어도 아픔.

먀오퉁리도 초원과 무관해 보이는 시들을 썼다. 무관해 보이지만 실은 밀접하게 관련된다. 높은 자리 당당한 베이징에 있건 나긋나긋한 말투의 쑤저우에 있건 간에 모두 다른 사람의 고향이고, 그는 그곳의 나그네이기 때문이다. 아름다운 경치가 눈에 들고 아름다운 소리가 귀에 들고 맛 좋은 것이 입에 맞는 것이지만, 이 모든 것

이 그에게 그의 초원을 떠올리게 할 수 있다. 눈앞의 모든 것과 자기 자신의 초원을 비교하게 되고 그래서 온갖 감상이 교차하고 그것을 붓대로 놀리되 껍데기는 타향이나 영혼은 여전한 초원이다.

먀오퉁리는 초원을 위해 노래하며 초원을 위해 운다. 그것을 노래하며 슬피 우는 과정에서 인간성의 신비함을 발견하였다. 그래서 초원의 가객이 되었다. 그는 오래된 초원의 마지막 가객이지만 새로 태어난 초원의 첫 번째 가객이 되기도 희망하였다.

옮긴이의 말

이 에세이집은 모옌의 『새로 엮은 모옌의 산문莫言散文新編』에 수록되어 있는 59편을 번역한 것이다. 다만 원 작품집이 작품들을 순서없어 보이는 방식으로 배치하고 있어서, 한국어판에서는 독자들이 좀더 체계적으로 이해를 할 수 있도록 대체적인 내용에 따라 '붉은 수수, 그 고향은 어떻게 내 소설이 되었는가?', '삶을 질투하지 않는 문학, 문학을 질투하지 않는 삶', '다른 세계와 나', '초원이 존재하지 않는다면 누가 뻔뻔스럽게 계속 살아갈까' 등 4부로 나누어 『고향은 어떻게 소설이 되는가』라는 제목으로 상권을, 『다른 세계와 나』라는 제목으로 하권을 묶어보았다.

이 에세이집의 출간을 앞두고 보니 많은 감회가 몰려온다.

우선적으로는 오랜 인연을 갖고 있는 모옌의 작품을 명색이 중국문학 한다면서 한번쯤은 제대로 번역 소개해야 할 텐데 하는 해묵은 부담에서 어느 정도 벗어나게 되었다는 점이다. 그의 소설 작품들은 2012년 노벨문학상을 수상하기 전부터 거의 모두가 번역 출간되어 있었다. 그러면 번역한다면 무슨 작품을 번역해야 하지? 그렇지, 한번 산문집을 찾아보자. 기실 옮긴이는 2008년에 당대 대표작가 13인의 중국현대소설선집 『만사형통』을 공동으로 배도임 박사 등과 편역 출판할 때 모옌 단편 작품을 한 편 번역해본 적이 있다. 소설집이란 이름 하에 실렸고 다른 작가 작품들은 명실상부 소설이었지만 이 모옌 작품만은 산문이라고도 할 수 있는 작품이었는데, 무엇인가 사람의 폐부를 파고드는 필치의 힘이 돋보여서 매우 인상이 깊었다. 그렇게 하여 찾아낸 것이 이 에세이집이다. 마침 중국작가협회에 중국현대작가 작품의 외국어 번역을 지원하는 프로젝트가 있어서 지원해 보았는데 1~2년 지나서야 연락이 왔다.

모옌과의 인연은 거슬러 올라가자면 2005년으로 돌아가야 한다. 그때 대산문화재단과 한국문화예술위원회가 공동으로 주최하여 제2회 서울국제문학포럼이 열렸는데, 대산문화재단 곽효환 시인의 위촉으로 중국어작가 추천을 담당하는 조직위원을 맡게 되었다. 역자는 당시 중국 작가로 모옌, 해외 망명 시인으로 베이다오를 추천하였다. 그들이 내한하였을 때, 여러 가지 역할을 맡게 되었는데, 그중에는 이 두 분을 한국외대 특강에 초청한 것도 포함되었다.

무뚝뚝한 모옌이지만, 이때 맺은 인연은 중국작가협회 주석 톄닝鐵凝으로 연결되어 2007년 10월 서울과 전주에서, 12월 베이징과 상하이에서 열린 한중문학인대회로 이어지고, 무엇보다도 그 뒤 2008년 서울과 춘천 포럼, 2010년 일본 키타큐슈北九州 포럼, 2015년 베이징과 칭다오 포럼, 그리고 2018년 다시 서울과 인천 포럼으로 이어지는 한중일 동아시아문학포럼의 조직위원으로 함께 꾸준히 참여해왔다. 그리고 2010년 이래 중국에서 격년에 한 번씩 베이징, 창춘長春, 구이저우貴州 등에서 열린 "한학자 문학번역 국제학술대회"에서 여러 차례 만나게 되었다. 그 사이 사이 만날 때마다 그와 인사도 나누고 문학적인 이야기며, 교류 관련 대화도 적지 않게 나누면서 막역한 인연과 정을 이어왔다.

개인적인 연분이 깊어진 것은 2014년에는 베이징사범대학에서 열린 "모옌과 중국당대문학 국제학술회의"에도 초청받은 뒤라고 하겠는데 이때 모옌의 형님과 딸 등 가족과도 알게 되었다. 무엇보다도 인상이 깊은 것은 2016년 11월 모옌의 고향 산둥 가오미高密를 방문했을 때 모옌 형님의 안내로 모옌의 생가며, 새로 심기 시작한 붉은 수수밭이며 모옌의 소설에 등장하는 장면의 이러저러한 모습들을 보고 듣고 체험한 일이다.

모옌 소설이나 이 에세이집에 나오는 고향 모습을 제대로 보았다고 말하면 터무니없는 과장일 터이고 또 모옌의 고향도 옛날에 비해 많이 변했다고 하니 모옌 원체험의 옛 고향을 재현해보는 것은 불가능하겠지만 느낌만은 뭔가 깊이 와닿았다고 할 것이다. 특히 그의 생가와 모옌이 태어난 방을 보고는 지난 세기 1950~1960년대 우리 시골의 오막살이집이 연상되었다. 개인적으로는 뭔가 관리가 제대로 되고 있지 않다는 느낌이 들었다.

2018년 여름에는 귀저우貴州 모임에서 하루 종일 포럼에 참여하여 지쳐 있는데, 모옌이 몇몇 사람과 함께 술 한잔 마시러 가자고 하여 20년 묵은 마오타이를 함께 실컷 마신 일도 기억에 남는다.

직접 겪은 모옌에 대해서 몇 마디 하라면 다음 몇 가지 이야기를 할 수 있을 것 같다.

우선 말이 없는 양반이다. 근본적으로 말수가 적은 사람이다. 모옌莫言을 우리말로 풀이하면 "말을 하지 말라"라는 의미이다. 어렸을 때 말을 함부로 많이 해 부모의 근심을 많이 샀다는 모옌이고 보면 필명을 그렇게 지어 말을 적게 하겠다는 의지의 표명일 수도 있을 것이며, 어지간히 무뚝뚝한 모옌을 마주하고 있노라면 다분히 운명적인 그 무엇이 그 속에 들어 있는 것 같기도 하다. 서문에는 한국에 10차례 방문하면서 벗을 많이 사귀었다고 말하지만, 모옌을 붙임성 있고 다정다감한 친구로 기억하는 이는 별로 없을 것이다. 황석영은 대놓고 별로 재미가 없는 친구라고 하였다. 그러나 이 무뚝뚝한 양반도 이 에세이들을 보게 되면 그 속마음에는 희로애락이 살아 있고 넉살도 좋으며 익살스러우면서도 눈물 흘릴 줄 아는 인간적인 면모를 깊이 있게 발견하게 된다.

역자는 개인적으로 모옌을 촌놈 같은 소박한 진정성이 있는 친구, 그러면서도 중국 작가로서는 상당히 해박하고 분석력, 통찰력을 갖춘 친구로 생각한다. "촌놈 같은 소박한 진정성이 있다"는 의미는 문자 그대로이다. 2007년 1월말 일부러 베이징대학 숙소까지 역자를 찾아와 중국작가협회로 안내해준 그 소박하면서도 꾸밈없는 태도는 잊혀지지 않는다. 그러면서도 어떤 작품이나 현상, 문제에 대한 그의 입체적인 분석과 통찰력 있는 판단을 보면 이미 상당히 이론 수준을 지닌 작가, 세계의 보편적 사고의 높은 지점에 도달해 있는 지식인 모옌을 발견하게 된다.

역자는 또 모옌이 용기 있는 친구라고 느껴지는데, 모옌이 살아온 사회의 특수성을 감안해서 그렇다는 이야기이다. 자신을 어려서 배곯게 하던 세상, 비정상적인 일이 많이 발생하던 사회에 대해 체험한 대로 느낀 대로 쓰다 보면, 알게 모르게 비판적인 시각이 많이 개입하게 될 것이다. 심지어 대놓고 중국의 어두운 면이나 못난 면을 부각시키려는 것으로 오해를 살 수도 있을 것이다. 그렇지만 모옌의 작품 중 많은 부분은 "원래의 즙에 원래의 맛原汁原味"이라고들 한다. 모옌의 살아온 삶의 모습에 대한 묘사 자체가 일정 정도 과거와 현재의 보통 중국 사람들이 살아온 있는 그대로의 모습으로 이해해도 좋을 것이다. 물론 변모된 도시 사람들의 삶 등 방면에서 모옌 소설이 담아내지 못하고 있는 부분도 적지 않게 있겠지만 말이다. 이는 우리의 입장에서 별 일 아니게 느껴질 수도 있겠지만 모옌이 살아온 사회적 상황에서는 이런 작가적 태도를 갖는 데는 많은 용기가 필요한 것임에 틀림없다.

모옌은 그러면서도 낙관적인 친구이다. 에세이를 읽다 보면 자기 자신을 저렇게 모질게 파헤쳐 가며 묘사할 수 있을까, 자기 비하적인 표현이 너무 많은 것 아닌가 하는 생각이 들 때도 있다. 그러나 모옌은 태연자약하다. 술자리에서는 드물지만 영화 〈붉은 수수밭〉에 나오는 노래를 직접 부르기도 한다. 번역하면 이렇다 "누이야

대담하게 앞으로 나아가거라! 앞으로 나아가라! 돌아보지 마라. 이제 붉은 신방을 꾸미거라. 붉은 수놓은 공을 던져 내 머리를 맞추거라. 함께 고량주를 마시자꾸나, 붉은 고량주를 마시자꾸나.” 이 에세이집에는 역자가 직접 체험한 모옌의 이러한 성격들이 알게 모르게 많이 담겨 있다.

모옌은 중국에서나 세계에서나 자타가 공인하는 이야기꾼이다. 글로 하는 '입담'으로 말한다면 모옌을 따라갈 사람이 없을 것이다. 여기에 수록된 에세이 59편은 어떻게 보면 이 희대의 이야기꾼이 풀어내는 59개의 이야기인 셈이고 이 이야기들은 모자이크처럼 저마다 빛을 내면서 또 서로 어우러지는 방식으로 독자에게 모옌의 문학예술 세계 속의 여러 가지 진수를 맛 보여주고 있다. 시치미 떼기, 낯설게 하기, 해학, 넉살, 익살 내지는 중국어의 단어에 숨어 있는 모종의 다른 뜻言外之意과 속임수의 진수 등등이다. 그야말로 소설에서 채 드러나지 않은 모옌의 인간적인 매력을 아주 진솔하게 드러내 주고 있다.

이 에세이집을 내용에 따라 임의로 분류해보면, 창작과 관련한 글이 27편으로 가장 많다. 그리고 신변잡기 15편, 문화예술 7편, 여행 5편, 사회 3편과 군대 생활 관련 작품 2편 등으로 되어 있다. 앞에서 언급한 것처럼 역자들은 우리 나라 독자들의 이해 편의를 위해 출판사와 상의하여 새로이 다음과 같이 총 4부로 분류 편역하여 1, 2부를 상권에 3, 4부를 하권에 실었다.

1부는 '붉은 수수, 그 고향은 어떻게 내 소설이 되었는가?'이다.

모옌은 산둥성 가오미 출신이다. 가오미는 '모옌' 문학 세계 속의 고향이기도 하다. 이 부분 작품은 모옌이 현실 속의 고향을 소설 속에서 '가오미 둥베이향'으로 재구성하게 된 창작 이야기와 고향을 바탕으로 문학의 꿈을 꾸었고 그것이 작품화한 '경험' 이야기들로 이루어져 있다.

모옌은 젊은 시절에 고달픈 시골 생활에서 벗어나고 싶어서 고향을 탈출하였지만, 작가의 길을 걸으면서 고향으로 되돌아갔다. 그것은 그의 운명적인 문학적 선택이라고 할 수 있다. 그가 1970년대 후반에 입대할 때는 고향에서 영원히 탈출하는 줄 알았지만, 해방군예술대학 문학과에 입학하고 문학 수업을 받으면서 고향을 재인식, 재구성, 재창조하게 되었다. 모옌은 군대에 소속되어 오랜 세월을 보냈으면서도 자신의 군대 경험을 별로 많이 말하지 않는 것 같다. 하지만 여기서는 그가 입대하지 않았으면 작가 모옌도 탄생하기 어려웠으리라는 점, 요컨대 오늘의 '노벨문학상 수상 작가'를 탄생시킨 요람은 어떤 의미에서 보면 해방군예술대학이었음을 보여준다.

대학에 입학하려고 노력했던 일, 대학의 꿈을 이루고 작가로서도 성공한 이야기, 신비한 꿈에서 탄생한 「투명한 홍당무」, 첫 번째 장편소설 『붉은 수수 가족』에서 추구한 서사 시각으로 기존의 소설 창작의 상투적인 틀을 돌파하면서 작가로서의 입지를 굳힌 일, 신예 작가였을 때의 우상 아청阿城과의 인연 등 문학창작과 관련한 회상들도 포함되어 있다. 마르지 않는 샘물 같은 열정으로 창작에 몰두하였던 그때 그 시절에 대한 회상, 고향 풍경에 대한 그리움, 가족들을 둘러싼 코끝 찡하게 하는 작지만 소중한 추억 등은 인간적인 모옌의 참 모습을 이해하게 하는 이야기들이다. 소박한 이야기들이고 에세이이긴 하지만 곳곳에서 매직 리얼리즘을 활용한 단편소설 같은 신비함을 담아내서 읽는 이들의 호기심을 일으키게 하기도 한다.

2부는 '삶을 질투하지 않는 문학, 문학을 질투하지 않는 삶'이다.

이 부분 작품들은 성장기와 신변잡기에 중국 문단 이야기도 곁들였으며, 중국의 현대사와 관련한 민감한 문제들에 대한 모옌의 비판적인 시각이 엿보이는 관찰과 사색도 담아내고 있다.

우리는 이 부분에서 모옌의 어린 시절 이야기를 통하여 중국의 현대사의 단면들을 엿볼 수 있다. 석탄을 먹을 정도로 굶주림에 시달린 대기근 시절의 참담한 이야기는 독자들로 하여금 견디기 힘들게 만들지만, 작품은 또 그들 세대가 그 시절을 견뎌냈고, 나름대로 삶의 의미와 재미를 찾아왔다는 사실도 보여 준다. 모옌이 집에서 키우던 개한테 물린 이야기, 입대 뒤에 20년이 지난 뒤에 처음 주둔했던 곳을 다시금 가본 경험, '국가 애도일'에 일어난 조그만 일에서 사회적인 배려심에 대한 단상, 어린 시절의 설날 풍경 등에서 가슴 시린 추억도 있고 자연과 동물과 관련한 사색이 스며들어 있다. 사극영화에 엑스트라로 출연하기 위하여 허난河南에서 말을 타고 후난湖南으로 온 젊은이들의 이야기, 말과 사람의 교감 이야기, 회화전시회에서 느낀 점 등도 포함되어 있다.

문학창작과 관련하여서는 전문적인 논문이 아니지만, '전문' 이상의 통찰과 분석을 보여주고 있다. 충웨이시 선생의 인간적인 매력에 대하여 말하면서 또 사마천이 궁형을 당함으로써 그의 저술 『사기』가 불후의 문학작품이 되었다는 점을 강조한다. 사마천은 호기심이 많고 여행을 통하여 얻은 다양한 견문과 사색을 『사기』로 구체화하였으니 현대 작가는 이 점을 거울삼을 수 있고 루쉰의 작품도 그러하다는 이야기이다. 중국의 현대 전쟁문학은 영웅주의 일색이었기 때문에, 전쟁 속에서 드러나는 사람의 영혼 깊은 곳에 감추어진 야만성과 폭력성 해부에 대해서는 놓친 부분과 1949년에서 1966년 사이에 나온 장편소설 가운데 성애性愛 묘사가 왜곡된 점 등을 지적하고, 독자에게 '폭력성'의 문제에 대하여 사색하게 한다. 아울러 현역에 있을 때 국가 지도자의 서거 소식을 접하였던 경험을 통해서는 역사의 한 페이지를 장식할 뿐이며, 세상은 돌아가고 있고 변하고 있음을 이야기하였다.

3부는 '다른 세계와 나'이다.

이 부분에서 모옌은 세계 곳곳을 여행하며 현지 사람을 만나고 그곳 문화, 문학과 예술을 접하며 그것을 통하여 세계와 소통하고 있음을 서술하였다. 사람 사는 곳은 어디나 다 똑같았고, 사람들은 어디서나 소박하고 훈훈한 정을 나누며 살아가기에 그래서 이 세상은 아름답다고 보는 것이다.

난생처음 타지 칭다오에 갔다가 길을 잃은 경험, 스페인에서 느낀 휴머니즘, 독일 사람들의 동물 사랑과 관련한 단상, 자신들이 하는 일을 천직이라 여기며 묵묵히 열심히 살아가는 홋카이도의 사람들, 베를린에서 만난 타이완의 경극 현대화를 위해 노력하는 우싱궈吳興國, 관광버스를 타고 중국 국경을 넘어 해본 러시아 경내 관광, 중국과 일본 사이를 오가며 중국과 일본의 문화예술 교류에서 다리 역할을 하는 젊은이 등이 모두 세계와 소통하는 과정에서 얻은 소중한 인연이자 경험이다.

세계문학과 관련하여, 오에 겐자부로, 오르한 파묵, 일본 역자 요시다 도미오吉田富夫 교수 등과 만남과 교류와 관련한 글이 있다. 모옌의 문학적 스승은 아마도 윌리엄 포크너일 것이다. 한국의 향토작가 김유정의 탄생 100주년 즈음에 지은 작품도 있다. 여기서 외국 작가와 작품들에 대한 모옌의 이해도를 느낄 수 있고, 그가 다방면에 관심을 기울이고 루쉰과 같이 '가져오기' 하는 점을 볼 수 있다. 그런가 하면 세대를 뛰어넘어 세계적인 사랑을 받는 말괄량이 삐삐와 관련하여 생명력이 강한 동화가 우리에게 주는 교훈에 대한 모옌식의 진단도 들어있다. 또한 별다른 문화생활을 할 수 없었고 오락거리가 없었던 시절에 〈꽃 파는 처녀〉가 왜 그렇게 중국 사람들의 눈물샘을 자극하였는지에 대한 분석과 관람 경험도 들어있다.

4부는 '초원이 존재하지 않는다면 누가 뻔뻔스럽게 계속 살아갈까'이다.

이 부분에서는 모옌의 소박한 성격과 인간적인 면을 드러내고 있다. 독자는 문학작품을 통하여 작가를 만나기 때문에, 작가에 대한 환상을 품을 수 있다. 모옌은 노벨문학상을 수상하였으니까 보통 사람과는 매우 다를 것이라 여길 수 있다. 그렇지만 이 작품들 속에서 우리는 외피를 한 겹 걷어낸 우리와 비슷한 보통 사람 모옌을 만날 수 있다.

등단 초기에 지역 간행물을 통하여 차츰차츰 이름을 알리기 시작한 경력, 검찰관으로 초원을 노래하는 가객 먀오퉁리苗同利의 시에 대한 공감과 그의 문학 세계에 대한 높은 평가, 현직 부서기 정진란鄭金蘭의 업무와 관련하여 저술한 저작에 대한 경의 표시, 문학적 재능을 지닌 작가들의 등단과 발전에 손뼉을 치고 기대하는 것 등은 중국의 문학 발전과 작품 세계의 확장을 기원하는 작가적 소망을 담아낸 글이다.

산둥 가오미 시골 출신으로서 모옌의 겉도는 도시 생활, 그리고 도시 사람이라고 말할 수 없이 동화하지 못하고 거리감을 느끼는 이야기, 꼭두각시극을 관람하고 나서의 연상, 인터넷 문학에 참여해본 경험과 개혁개방 이후 현대화 건설 과정에서 나타난 중국 사회 새 풍속에서 탄생한 『술의 나라』 이야기 등에서 모옌의 평소 사색과 생활의 한 단면들을 엿볼 수 있다. 어릴 적 단짝 친구를 고향에서 10년 만에 만났고, 이 친구는 모옌의 단편소설에도 등장한 인물이다. 어린 시절에 어머니와 함께 집에서 재배한 배추를 장에 내다 판, 가슴 아픈 이야기도 있고, 초등학교 5학년 때 퇴학당한 학력 이야기도 들어있다. 고향 지역의 전통극에서 알 수 있는 고향의 정과 사랑도 가슴 찡한 감동과 해학을 보여준다. 그러면서 그는 좌충

우돌하면서 실수도 하며, 절대 결점 없는 완벽한 사람이 아니라는 점을 독자에게 알려준다.

이 에세이집을 통해 독자는 희대의 이야기꾼 모옌이 풀어놓은 이야기보따리 속에서, 어쩌면 가벼움 속의 무거움, 무거움 속의 웃음, 웃음 속의 애환, 애환 속에서 우리네 삶의 진정성과 치열성을 느낄 수 있을 것이다. 더불어 소설을 통해서는 미처 알 수 없었던, 알려지지 않은 이야기와 그가 창작하는 이유도 알게 될 것이다. 독자는 아마도 노벨문학상 작가 모옌이 무척 친근한 이웃집 아저씨 같다는 느낌을 받을지 모른다. 그는 타고난 이야기꾼이다. 모옌의 친구로서, 번역자로서 이야기를 뿜어내는 영원히 마르지 않는 샘물 같은 그의 창작 생명력이 계속 이어지고 더 원숙해지기를 바란다.

혹 번역에 부족함이 있을까 염려되기도 하지만 독자 여러분의 질정을 기대해 본다. 아울러 이 책을 잘 꾸며내 준 아시아 출판사와 이 책의 한국어판 번역 출간을 지원해준 중국작가협회에 감사를 표한다.

2022년 11월 말

박재우 · 배도임

옮긴이 **박재우**朴宰雨
서울대학교 중문과 졸업 후 대만대학 중문연구소에서 석박사학위를 취득했다. 1983년부터 한국외대 중국언어문화학부에서 근무하였고 현재 명예교수로 있다. 또한 2020년 중국교육부 장강학자(長江學者) 석좌교수로 선임되어 산시사대(陝西師大) 인문사회과학고등연구소에서 중국문학 연구와 번역에 전념하고 있다. 한국중국현대문학학회 회장 등을 역임하고 현재 국제루쉰(魯迅)연구회 회장, 한국세계화문문학협회 회장, 세계한학연구회(마카오) 이사장 등을 겸하고 있다. 저서에 『사기한서비교연구(중문)』와 『20세기 중국한인제재소설의 통시적 고찰』 등 공저 포함 60여 종이 있고, 『애정삼부곡』(바진),『만사형통』(모옌 등) 등 공역 포함 25종 이상을 번역하고, 『한국루쉰연구논문집(韓國魯迅硏究論文集)』1,2(중문) 등을 주편하였으며,『중국루쉰연구명가정선집』10권(소명출판)의 한국어판 번역 출판을 주도하였다.

옮긴이 **배도임**裵桃任
한국외국어대학교 대학원 중어중문학과에서 리루이 소설 연구로 문학박사 학위를 취득하였고, 현재 한국외국어대학교 중국어대학 중국언어문화학부 시간강사로 강의하면서, 중국 현대문학 연구와 번역 소개를 하고 있다. 역서로는 『한밤의 가수』, 『장마딩의 여덟째 날』, 『바람 없는 나무』, 『만리에 구름 한 점 없네』, 『만사형통』(공역), 『중국은 루쉰이 필요하다』(공역) 등이 있고, 『중국 당대 12시인 대표시선』(공저)을 편역하였다. 논문에 「장후이원의 단편소설 「달 둥근 밤」 속의 '내면의 낯설음' 연구」, 「린리밍의 『아Q후전』 속의 '식인'주제 읽기」, 「자핑와(賈平凹)의 장편소설 『진강(秦腔)』의 주인공 장인성(張引生)의 '욕망'읽기」 등 다수가 있다.

모옌 에세이집 (하)

다른 세계와 나

2022년 12월 20일 초판 1쇄 2,000부 펴냄

지은이 모옌 | **옮긴이** 박재우, 배도임 | **펴낸이** 김재범
펴낸곳 (주)아시아 | **출판등록** 2006년 1월 27일 | **등록번호** 제406-2006-000004호
전화 031-944-5058 | **팩스** 070-7611-2505 | **주소** 경기도 파주시 회동길 445
이메일 bookasia@hanmail.net | **홈페이지** www.bookasia.org

ISBN 979-11-5662-621-3 04820 | 979-11-5662-622-0 04820 (세트)

* 값은 뒤표지에 표시되어 있습니다.

고향은 어떻게 소설이 되는가

모옌 에세이집 ㉯

모옌 지음 | 박재우·배도임 옮김
360쪽 | 15,000원

물론 행복한 어린 시절을 보낸 작가도 있다. 행복한 어린 시절의 경험도 작가의 가장 소중한 자산이자 요람이다. 생리학적인 각도에서 말하면, 어린 시절은 작고 약하며 도움이 필요한 때이다. 심리학적인 각도에서 말하면, 어린 시절은 환상과 두려움을 갖고 사랑의 보살핌을 갈망하는 때이다. 인식론의 각도에서 말하면, 어린 시절은 유치하고 천진하며 단편적인 시절이다. 이 시기의 모든 감각은 가장 피상적이면서도 가장 깊은 것이다. 이 시기의 모든 경험은 더욱 예술적 색채를 지니지만 실용적인 색채가 부족하다. 이 시기의 기억은 뼛속 깊이 새겨지지만, 어른이 된 뒤의 기억은 표피에 남아 있는 것이다. 행복하지 못한 어린 시절의 가장 직접적인 결과는 왜곡된 영혼이다. 기형적인 감각과 병적인 개성이 수많은 이상야릇한 꿈나라와 자연, 사회, 인생에 대해 세상을 놀라게 하는 견해를 갖게 한다. 이것이 바로 이탁오의 동심설과 헤밍웨이의 요람설의 본뜻이리라. 문제의 근본은 이 모든 것이 다 고향에서 비롯된다는 데 있다. _『고향은 어떻게 소설이 되는가』 본문 중에서